Jan Bosse

Öömrang

Der etwas andere Inselkrimi mit Androiden

Mit 35 Jahren entschied sich Jan Bosse, den Playstation Controller an den Nagel zu hängen und gegen seinen alten Schulfüller auszutauschen. Seitdem schreibt er sich vom Agententhriller bis zum Zombie Roman quer durch alle Genres und berichtet als @bosseschreibt auf Instagram über den aktuellen Stand seiner Autorenlaufbahn.

Jan Bosse

Öömrang

Der etwas andere Inselkrimi mit Androiden

Amrum-Krimi

PIPER

Mehr über unsere Autoren und Bücher:
www.piper.de

Wenn Ihnen dieser Krimi gefallen hat, schreiben Sie uns unter Nennung des Titels »Öömrang – der etwas andere Inselkrimi mit Androiden« an empfehlungen@piper.de, und wir empfehlen Ihnen gerne vergleichbare Bücher.

ISBN 978-3-492-50453-9

Redaktion: Franz Leipold
Satz auf Grundlage eines CSS-Layouts
von digital publishing competence (München)
mit abavo vlow (Buchloe)
Covergestaltung: Alexa Kim »A&K Buchcover«
Covermotiv: Shutterstock.com und PNGTree
Printed in Germany

Kapitel 1

Die Luft roch salzig mit einem Hauch von Seetang und in der abendlichen Sonne von Amrum standen zwei steife Gestalten an der Bushaltestelle des örtlichen Fähranlegers.

»Kann man das fassen? Diese verrückten Insulaner. Ich glaube, ich musste seit zehn Jahren nicht mehr auf ein Auto warten«, sagte Paul zu Daneel.

Daneel schaute Paul aus leeren Augen an. Er war bereits an das konstante Gezeter seines menschlichen Kollegen gewöhnt. Daneel hatte ein perfekt symmetrisches Gesicht, kurzes braunes Haar und trug ein blaues Sakko mit farblich passender Krawatte. Auf den ersten Blick konnte man nicht erkennen, dass es sich um einen Androiden handelte. Es war der Mangel an Fehlern, der einen erst bei genauem Hinsehen stutzig werden ließ.

Ganz im Gegenteil zu meinem Gesicht, dachte Paul. Das spitz zulaufende Kinn, die etwas zu nah zusammenstehenden Augen und seine leicht gebogene Nase umrahmten den kleinen Mund mit den – für seinen Geschmack – zu schmalen Lippen. Graue Strähnen durchzogen sein mittellanges braunes Haar. Seit Avas Tod waren es mehr geworden, viel mehr als für sein Alter eigentlich üblich. Niemand würde auch nur auf die Idee kommen, er hätte zu wenig Fehler für einen Menschen.

»Weißt du was?«, setzte Paul fort, »Ich denke, ich mag diesen Fall von Sekunde zu Sekunde weniger. Ich will zurück aufs Festland, zurück zu Avas Fall.«

Der Wind zerrte an Pauls langem braunem Mantel. Er hatte sich auf die frische Luft der Insel vorbereitet, doch hier am Hafen, direkt am Meer, bot ihm selbst der dicke Mantel nicht genügend Schutz. Die trostlose Fähre, mit der sie vom Festland übergesetzt waren, hatte inzwischen längst wieder abgelegt; die wenigen anderen Passagiere, die mit ihnen angereist waren, hatten sich gleich nach der Ankunft entfernt. Im Fährhaus zu ihrer Linken war es dunkel. Das Rauschen des Meeres wurde nur vom Kreischen einiger Möwen unterbrochen – die einzigen Geräusche um sie herum. Auf den Wegen am Strand waren keine Spaziergänger unterwegs.

Paul schaute auf die leere Straße dieser gottverlassenen Insel und hoffte, dass Magnus, ihr Ansprechpartner der örtlichen Polizei, endlich erscheinen würde. Er hatte versprochen, sie am Hafen abzuholen. Paul hatte ihm mitgeteilt, dass das nicht nötig sei, er würde stattdessen ein AutoCab zur Ferienwohnung nehmen. Aber Magnus hatte, zu Pauls Unmut, erwidert, dass es so etwas auf der Insel nicht gäbe. Keine automatisierten Taxis, keine Flugtaxis, nicht einmal einen fahrerlosen Bus hatte die Insel.

»Kannst du mir ein Update über den Fall geben? Was hat die Untersuchung des Tatorts ergeben?«, fragte Paul seinen Begleiter in der Hoffnung, die unnütze Wartezeit sinnvoll zu überbrücken.

»Ich habe mich schon mit der Kriminalakte verbunden, aber es sieht so aus, als gäbe es keine neuen Einträge, seit wir losgefahren sind«, antwortete Daneel.

»Was meinst du mit ›keine neuen Einträge‹?«, hakte Paul verwundert nach. »Hat die Ermittlung am Tatort nichts ergeben? Haben die Kollegen vor Ort nur geschlafen?«

»Zum Schlafverhalten der örtlichen Kollegen kann ich mich nicht äußern, aber ich kann sagen, dass seit der Aufnahme des Mordes in die elektronische Kriminalakte kein weiterer Eintrag hinzugekommen ist.«

Oh, diese Präzision! Zu Beginn ihrer Zusammenarbeit hatte die Kleinkariertheit seines neuen Kollegen Paul noch entsetzlich genervt. Daneel nahm die Dinge wörtlich. Er hatte keine andere Wahl. Inzwischen hatte Paul seine Genauigkeit schätzen gelernt. Sie half ihm dabei, nichts zu übersehen, auch nicht die kleinen Dinge. Wörter haben eine Bedeutung, und vor allem dann, wenn man in einem Mordfall ermittelt.

Immerhin besteht ein entscheidender Unterschied zwischen »wo waren Sie in den letzten zwei Wochen« und »wo waren Sie in der Nacht vom 6. auf den 7. August um 23.15 Uhr?«.

Während Paul noch über das Für und Wider kriminalpolizeilicher Präzision sinnierte, kam ein Auto auf den Vorplatz des Anlegers gefahren. Es war ein alter Volkswagen ID 3, der Lack am Spoiler schon leicht abgeplatzt. Eines dieser Autos, bei denen der Fahrer noch selbst lenken musste. Kein Wunder, dass Magnus so lange gebraucht hatte.

Der Wagen hielt mit quietschenden Bremsen direkt neben ihnen an der Bushaltestelle. Magnus stieg aus und kam ihnen mit schwankenden Schritten entgegen. Er hatte ein rundes Gesicht, die Nase saß leicht fehlplatziert ein wenig neben der Mitte, und die Augen lagen in unterschiedlicher Entfernung zur Stirn, leicht versetzt voneinander. Seine Uniform war zerknittert, und buschiges braunes Haar lugte unter der schräg sitzenden Polizeimütze hervor.

Er begrüßte Paul mit einem kräftigen Handschlag; obwohl er versuchte, dabei die Distanz zu wahren, kam Paul nicht umhin, den Geruch von Alkohol in seinem Atem zu erkennen.

»Moin«, sagte Magnus.

»Hast du getrunken?«, fragte Paul sichtlich irritiert.

»Ach, bluat en letj Biir, snaake wi ei faan«, sagte Magnus.

»Bitte, was?«, erwiderte Paul.

»'Tschuldigung, 'tschuldigung«, Magnus winkte ab.

»Das Fahren kann Daneel übernehmen«, schlug Paul vor. »So können wir uns über den Fall unterhalten und sparen Zeit.«

»Tidj?« sagte Magnus, »Diarfaan haa wi heer nooch!«

»Ich will ja nicht unhöflich sein, aber könnten wir bitte deutsch miteinander sprechen?« mahnte Paul ärgerlich an. Seine mangelhaften Friesisch-Kenntnisse ließen ihn nur die Hälfte verstehen.

»Ja«, kam die Antwort mit der tiefen Stimme von Magnus. Zumindest das konnte Paul verstehen.

Währenddessen hatte Daneel, unberührt von der Unterhaltung, bereits die Taschen im Kofferraum verstaut und sich selbst auf den Fahrersitz gesetzt.

»Er weiß, was er da macht«, sagte Paul als er den unglücklichen Ausdruck in Magnus' Gesicht bemerkte.

»Unsere Unterkunft befindet sich in der Ortschaft Nebel in Nähe der Kirche. Kennst du die Ferienwohnung?«, fragte Paul, um das Eis ein wenig zu brechen.

»Ja«, kam die knappe Antwort.

»Oh, okay. Ist die Wohnung denn gut?«

»Ja.«

»Das freut mich zu hören.«

»Es ist laut Internet eine gemütliche kleine Wohnung mit hochwertiger Einrichtung«, sagte Daneel. »Ich habe bereits alle benötigten Lebensmittel in unsere vorübergehende Unterkunft liefern lassen.«

Paul war einmal mehr beeindruckt davon, wie praktisch es doch war, einen Androiden als Helfer zu haben.

»Dann lass uns einsteigen, und du kannst uns während der Fahrt über den Fall berichten«, schlug Paul vor.

Der schmutzige hellgraue Bezug der Sitze roch nach kaltem Rauch. Die Konzentration des Alkoholgehalts in der Luft war deutlich höher, als Paul es sich für ein Polizeiauto wünschen würde. Daneel hatte in weiser Voraussicht die Fenster des Wagens bereits heruntergefahren.

»Leg los!«, sagte Paul, als der Wagen vom Hafen aus durch Wittdün fuhr, den kleinen angrenzenden Ferienort.

»Vorgestern wurde in einer Ferienwohnung in der Nähe des Nebeler Waldes eine Leiche gefunden«, sagte Magnus, bemüht, nicht den Fokus zu verlieren.

»Ganz genau, deswegen sind wir ja hier«, entgegnete Paul. »Eine Nachbarin hatte Geräusche gehört, und als sie zur Ferienwohnung kam, war das Opfer bereits tot. Aber gibt es etwas Neues, dass du mir über den Fall erzählen kannst?«

»Nee«, sagte Magnus und schüttelte den Kopf.

»Du gehörst wohl nicht unbedingt zu den gesprächigen Zeitgenossen«, murmelte Paul sichtlich genervt. Er hoffte, dass Magnus' Einsilbigkeit nicht stellvertretend für die der gesamten örtlichen Polizei war.

»Eigentlich sagen die Leute, ich rede zu viel«, sagte Magnus mit fragendem Blick.

»Welche Leute sagen denn so was?«, fragte Paul. »Wie dem auch sei, wer war das Opfer, was wissen wir über sie?«

»Äh«, sagte Magnus.

»Das Opfer hieß Lara Hansen, sie war 26 Jahre alt und hatte vor Kurzem ihr Journalismus-Studium abgeschlossen«, half Daneel aus.

»Daneel, kannst du kurz checken, ob es Bewegungen rund um den Tatzeitpunkt gab?«, fragte Paul.

»Ist schon erledigt«, antwortete Daneel. »Zur Tatzeit gab es keinerlei Fahrbewegungen oder Bewegungen von Handys rund um den Tatort.«

Paul brauchte einen kurzen Moment, um sich einen Reim darauf zu machen.

»Keine einzige?«, hakte er noch mal nach.

»Nein«, antwortete Daneel. »Bis auf das Handy von Nele Hufschmied.«

»Das ist die Frau, die die Leiche gefunden hat?«

»Genau«, sagte Daneel. »Ich denke, wir sollten mit ihr reden.«

»Und wer ist euer Hauptverdächtiger?«, fragte Paul seinen schweigsamen Amrumer Kollegen.

»Nun, ich denke, es müsste jemand vom Festland gewesen sein.«

»Wie kommst du zu dieser Vermutung?«

»Wir haben keine Morde auf Amrum, doch auf dem Festland ist das anders; da habe ich nur eins und eins zusammengezählt«, erwiderte Magnus.

Paul war nicht gerade beeindruckt von dieser Logik, aber er war sich sicher, dass er Magnus in seinem derzeitigem Zustand nicht von den Schwächen seiner Schlussfolgerung überzeugen konnte. Er wandte den Kopf ab und starrte aus dem Fenster. Die Häuser von Wittdün zogen an ihnen vorbei. Cafés und Geschäfte waren geschlossen. Handgemalte Schilder in den Fenstern und an den Türen versprachen einen baldigen Saisonstart, aber noch war alles dunkel. Wie konnten die Leute es hier nur aushalten?

»Hatte das Opfer einen Partner oder eine Partnerin?«, fragte Paul weiter in der Hoffnung, endlich auf einen Funken neuer Erkenntnisse zu stoßen. »Einen verstoßenen Urlaubsflirt?«

»Nee«, sagte Magnus, gesprächig wie eh und je.

»Ich würde vorschlagen, wir suchen morgen früh als Erstes den Tatort auf, vielleicht findet Daneel ja weitere Hinweise, die bei euren Untersuchungen übersehen wurden«, schlug Paul vor.

»Wir könnten gleich hinfahren«, sagte Magnus.

»Um diese Uhrzeit?«, fragte Paul. Mittlerweile war es bereits nach 21 Uhr.

»Ich hab nichts vor, und Familie Bruchhagen ist in der ›Blauen Maus‹, die stören wir nicht.«

Magnus' Aussage warf mehr Fragen auf, als sie beantwortete.

»Wer ist Familie Bruchhagen, und was hat sie mit unserem Fall zu tun? Und was zum Teufel ist die ›Blaue Maus‹?«, platzte es aus Paul heraus.

»Familie Bruchhagen wohnt in der Ferienwohnung, in der die Leiche gefunden wurde, und die ›Blaue Maus‹ ist eine Kneipe. Wir kommen gleich daran vorbei und können gerne kurz anhalten. Ich bräuchte noch etwas Flüssigkeit, wenn du verstehst«, sagte Magnus mit einem Zwinkern.

»Ich denke, du hattest genug Flüssigkeit für heute«, antwortete Paul bestimmt. »Warum wurde Familie Bruchhagen nicht in der Akte erwähnt, obwohl sie in der Ferienwohnung wohnt?«

»Na weil sie erst heute angereist sind«, lautete Magnus' überraschende Antwort.

»Und es macht ihnen nichts aus, an einem Tatort zu übernachten?«, fragte Paul.

»Nö, sie haben sich sogar geweigert, ihren Urlaub deswegen abzusagen.«

»Okay, was auch immer«, seufzte Paul.

Er stupste Daneel an die Schulter, der sofort verstand und den Kurs anpasste. Magnus zeigte hoffnungsvoll aus dem Fenster, als zu ihrer Linken ein Haus vorbeizog. Mit Strandkörben und einem blau-weißen Boot vor der Tür. Über dem Torbogen zum Hofeingang stand in großen Buchstaben ›Blaue Maus‹.

Nach einem kurzen Stück Feldweg passierten sie einen Leuchtturm, fuhren ein paar Minuten durch einen Wald und kamen an einer Windmühle vorbei. Der Fußballplatz gegenüber der Windmühle schien vor Kurzem ein Upgrade erhalten zu haben. Das zweistöckige Gebäude direkt am Parkplatz leuchtete in hellem Weiß und hatte, im Gegensatz zu den reetgedeckten Häusern in seiner Umgebung, eine gewaltige Solaranlage auf dem Dach.

Kurze Zeit später bog Daneel ab und folgte der Straße, die in einen Wald führte. Die Bäume erhoben sich hoch über ihnen, und die unebene Fahrbahn schüttelte sie im Inneren des Wagens ordentlich durch. Die Häuser, an denen sie vorbeifuhren, schienen alt und vernachlässigt zu sein. Es wirkte, als ob die Menschen auf der Insel Mitte der 1980er-Jahre aufgehört hatten, hier neue Häuser zu bauen.

Die Kieselsteine in der Auffahrt knirschten unter den Reifen und die Nacht hatte sich bereits über den Wald gelegt. Es war stockdunkel, keine Straßenlaterne half ihnen dabei, sich zu orientieren. Daneel stieg als Erster aus und erhellte mit seinem Scheinwerfer den Weg zur Tür. Magnus erschrak beim Anblick der hellen Lichtkegel, die aus Daneels Augen schienen.

»Keine Sorge«, sagte Paul, »man gewöhnt sich schnell daran. Und dann sieht man nur noch die Vorteile.«

Magnus schaute skeptisch zurück; anscheinend war er nicht davon überzeugt, sich so bald an die Scheinwerferaugen des Androiden gewöhnen zu können. In der Nähe des Hauses hörten sie den Ruf eines Uhus, und in der Ferne rauschte beruhigend das Meer. Der kalte Wind war hier im geschützten Wald zwar schwächer geworden, aber er wehte immer noch zu kalt für Pauls Geschmack.

Das Haus, in dem die Leiche gefunden wurde, war so winzig, dass es sogar neben den ebenfalls kleinen Nachbarhäusern noch wie ein Zwerg wirkte. Es hatte ein rotes Dach mit spitzem Winkel, und die Fenster, die zur Auffahrt zeigten, waren weiß gerahmt.

Die Eingangstür leuchtete ebenfalls weiß im Licht von Daneels Scheinwerfer. Magnus zog einen Schlüsselbund aus seiner Hosentasche.

»Hast du die Schlüssel aller Tatorte an deinem Schlüsselbund?«, fragte Paul ungläubig.

»Nee. Das hier ist das Haus von meinem Bruder. Wilems halep ik ham en betj.«

»Das Haus gehört deinem Bruder?«

»Ja«, sagte Magnus, »das hab ich gerade gesagt.«

Es schien, als würde er so langsam warm werden. Der Magnus von vor wenigen Minuten hätte es bei einem einfachen »ja« belassen.

Magnus öffnete die Tür, und sie erblickten einen blitzblanken Eingangsbereich. Der Boden war mit braunem Vinyl verlegt. Zwei gelbe Friesennerze hingen an der spartanischen Garderobe und im Schuhregal standen die dazu passenden Gummistiefel. Eine enge Treppe führte in den zweiten Stock. Von einem Tatort war nichts zu erkennen.

»Wo genau wurde die Leiche denn gefunden?«, fragte Paul, der sich sicher war, dass in der Akte etwas vom Eingangsbereich erwähnte wurde. »Gibt es noch einen zweiten Eingang?«

»Nee, du stehst direkt vorm Tatort.«

»Wie meinst du das? Hier ist doch alles sauber.«

Magnus runzelte die Stirn.

»Wir mussten es ja schließlich sauber machen, nicht wahr?«, erwiderte er.

»Wie bitte? Sauber machen ...?« Paul verschlug es die Sprache, und er zeigte mit ausgestreckten Armen in Richtung Daneel.

»Naja, das wäre ja unhöflich für die Familie Bruchhagen gewesen, wenn die Wohnung vor ihrer Ankunft nicht gereinigt worden wäre. Die Bruchhagens sind Jons wichtigste Gäste, die kommen dreimal im Jahr.«

»Na wenn das so ist«, sagte Paul mit einem Anflug von Sarkasmus. »Natürlich soll unsere Arbeit an diesem unpassend gelegenen Mordfall nicht den Urlaub der werten Familie beeinträchtigen.«

»Siehst du, das habe ich Jon auch gesagt«, antwortete Magnus, der den Sarkasmus in Pauls Stimme nicht wahrgenommen hatte.

»Was sagt denn der Bericht der Forensiker?«, fragte Paul.

»Äh, was?«

»Die Forensiker haben bis auf ein paar Haare keine Rückstände gefunden«, half Daneel aus. »Und die Leiche ist wohl durch einen Genickbruch gestorben. Genaueres wird der Obduktionsbericht ergeben.«

»Könnte sie einfach die Treppe heruntergefallen sein?«, meinte Paul.

»Das schließt der Bericht der Forensiker aus«, sagte Daneel.

»Und gab es für das Haar ein Match in der DNA-Datenbank?«

»Nein«, sagte Daneel.

»Also könnte Magnus' Theorie stimmen, dass es sich um einen Ausländer handelt?«

»Das hat nicht zwingend etwas miteinander zu tun«, sagte Daneel. »Hier auf Amrum existiert keine DNA-Datenbank der Anwohner.«

»Keine ...«, Paul verschlug es die Sprache. Wie sollte er unter diesen Bedingungen überhaupt vernünftig arbeiten.

»Okay, wir gucken, was noch zu retten ist, vielleicht findet Daneel ja doch noch etwas«, sagte Paul. »Daneel, walte deines Amtes.«

Der Android schritt zur Tür und musterte still den Eingangsbereich.

Magnus fummelte in seinen Hosentaschen, bis er es schaffte, aus ihren Tiefen eine zerquetschte Schachtel Zigaretten hervorzuholen. Wie altertümlich, dachte Paul.

Er und Magnus standen schweigend vor der Tür. Der Glimmstängel leuchtete rot in der Nacht, und der Qualm roch ungewohnt verlockend. Paul hatte nach der langen

Reise keine Energie mehr, um das Gespräch mit seinem einsilbigen Freund aufrechtzuerhalten.

»Ich bin bereit«, kündigte Daneel bereits nach einem kurzen Moment an.

»Was hast du gefunden?«, fragte Paul.

»Nichts«, erwiderte Daneel, »die Reinigungskraft hat ganze Arbeit geleistet.«

»Das werd' ich Edda gleich morgen früh sagen, die wird sich aber freuen!«

»Der Tatort ist klinisch rein«, fuhr Daneel fort. »Die einzigen DNA-Spuren, die ich finden konnte, stammen von Familie Bruchhagen.«

»Nicht mal DNA vom Opfer?«, fragte Paul verwirrt.

»Nicht mal das.«

»Da hat die Reinigungskraft tatsächlich ganze Arbeit geleistet«, staunte Paul. »Nicht wahr, Herr Kommissar?«

Magnus richtete sich auf und blinzelte mit den Augen. Er war in ein ruhiges Dösen verfallen, während Daneel und Paul über den Fall redeten.

»Darf ich eine alternative Theorie vorschlagen?«, fragte Daneel.

»Leg los«, forderte Paul ihn auf.

»Es könnte sein, dass die Spuren bereits vorher vom Täter entfernt wurden.«

»Wie das?«, fragte Paul

»Wie, kann ich nicht sagen«, sagte Daneel. »Aber ich muss zu bedenken geben, dass der Bericht der Forensiker keine weiteren Spuren außer den Haaren erwähnt.«

»Ja klar, da war doch was!«, sagte Paul.

Daneel ging darauf nicht weiter ein. »Ich schlage vor, wir sehen uns noch einmal in der Wohnung um, bevor wir fahren.«

»Gerne, lass uns das machen.«

Die Wohnung war eng und Paul spürte das Verlangen, sich zu ducken, als er durch die Eingangstür ging. Im Erdgeschoss befanden sich ein Wohnzimmer, eine kleine Küche und ein winziges Bad. Im Obergeschoss, unter den Dachschrägen, blieb gerade noch Platz für ein einzelnes Schlafzimmer mit einem gemütlichen Doppelbett.

»Hast du etwas Auffälliges gesehen, Daneel?«

»Nein.«

»Also gut, ich schlage vor, du holst uns morgen früh ab, Magnus, und wir fahren gemeinsam zur Polizeistation, um das Material der Überwachungskameras zu sichten«, sagte Paul. »Du kannst in der Zwischenzeit ausnüchtern. Daneel fährt dich noch nach Hause, damit du uns keinen Unfall baust. Mit dem Videomaterial sollten wir den Fall im Nu gelöst haben, dafür brauchen wir keine Edda zu befragen.«

Magnus starrte noch immer in die Ferne und schaffte es erst, sich wachzurütteln, als Daneel den Motor des Wagens startete.

Ihre vorübergehende Unterkunft, eine Ferienwohnung, lag im ersten Stockwerk eines kleinen Reetdachhauses am Ende einer Sackgasse. Es sah anders aus als das winzige Haus, in dem der Mord geschehen war, etwas älter mit weniger 1980er-Jahre Charme. Und anspruchsvoller, so als würde es genau hierhin gehören. Die Inneneinrichtung war, im starken Gegensatz zu allem, was Paul bis jetzt von der Insel sehen durfte, geradezu modern. Ein kleiner schwarzer Metallofen im Eingangsbereich, eine Couch, vor der ein Flatscreen stand, und eine offene Wohnküche. Die gesamte Einrichtung wirkte wie eine Seite aus dem Magazin »Schöner Wohnen«.

Paul verband sein Smartphone mit dem Home Entertainment System, um die neuesten Nachrichten zu schauen. Zumindest war das noch sein Plan, während er sich hinsetzte. *Aber es ist der Gedanke, der zählt,* dachte sich Paul, und für heute genügte es ihm, dass er geplant hatte, sich zu informieren, selbst wenn er es nicht tat. Am Ende schaute er doch wieder alte Musikvideos. Die Popmusik der 2010er-

Jahre war seine Leidenschaft. Oldschool, aber es gab kein anderes Jahrzehnt, das seitdem an diesen einzigartigen Sound herangekommen wäre.

Daneel betrat die Ferienwohnung eine Stunde später und setzte sich neben Paul aufs Sofa. Er musste das nicht tun, er hätte sich genauso gut in eine Ecke stellen können, aber Paul bevorzugte es, wenn sein Partner zumindest so tat, als wäre er menschlich.

»Keine Bewegungsdaten, keine Spuren am Tatort«, sagte Paul. »Ich hoffe, die Videoaufnahmen bringen uns weiter.«

»Solange es ausreichend Material dafür gibt. Ich habe zumindest noch keine Kameras gesehen«, sagte Daneel.

Paul wischte Daneels Bedenken beiseite. Wenn auch die Videoaufnahmen nichts hergaben, womit sollte er den Fall dann überhaupt lösen?

Kapitel 2

Paul erwachte vom leisen Klappern, das aus der angrenzenden Küche in sein Schlafzimmer drang. Die Jalousien dunkelten den Raum vollständig ab, und am liebsten hätte er sein Bett gar nicht verlassen, wäre da nicht der verlockende Duft von Kaffee gewesen, der sich, immer stärker werdend, den Weg zu ihm bahnte.

Das Frühstück ist einer der großen Vorteile, wenn man mit einem Androiden auf Dienstreise ist, dachte Paul, während er aus dem Bett stieg. Selbst wenn man dafür nach Amrum musste. Privat konnte er sich diesen Luxus nicht leisten, aber während er dienstlich unterwegs war, durfte er auf alle Haushaltsfunktionen der polizeilichen Assistenzandroiden zugreifen. Dazu gehörte auch, dass ihm Daneel pünktlich zum Aufstehen sein Wunschfrühstück zubereitete, und so begrüßte ihn ein prachtvoll gedeckter Tisch, als er – noch ziemlich verschlafen – die kleine weiße Wohnküche der Ferienwohnung betrat. English Breakfast, das Antifrühstück: Würstchen, Baked Beans, Eier und Bacon. All das, was einem die Lebenszeit auf dieser Erde effektiv verkürzte.

Er setzte sich an den Tisch und schaute aus dem Küchenfenster in den Hinterhof. Der Morgen war noch taufrisch. Ein vereinzeltes Huhn schritt über die angrenzende Wiese und die Sonne bahnte sich müde ihren Weg über den Horizont.

»Ich schlage vor, wir machen einen Spaziergang«, sagte Daneel.

Ein ungewöhnlicher Vorschlag für einen Androiden, dachte Paul, aber manchmal war Daneel etwas eigen.

»Ich glaube, wir sollten besser hierbleiben, um uns direkt auf den Weg zur Polizeiwache machen zu können, sobald Magnus kommt«, sagte Paul.

Daneel legte ihm wortlos einen Nachschlag Bacon, den Paul direkt nach dem Hinsetzen inhaliert hatte, auf den Teller.

»Ich denke, Magnus wird noch einen Moment länger brauchen, um wieder fit zu sein«, erwiderte er nun. »Und wir könnten die Zeit nutzen, um uns ein wenig in der Gegend umzusehen.«

»Okay«, sagte Paul schließlich, »dann machen wir es so.«

Draußen wehte ein rauer Wind, aber Paul war schlauer als am Tag zuvor und zu seinem langen Mantel gesellten sich ein doppeltes Paar Socken, eine lange Unterhose und ein Schal. Sein Haar ließ er sich vom Wind durchpusten.

Sie machten sich auf den Weg durchs Dorf. Der Friedhof vor der Kirche war bereits mit Besuchern gefüllt. Eine Gruppe von Schülern schlurfte ihrem Lehrer hinterher und versuchte, bei seinem Vortrag über die Geschichte der Insel nicht kollektiv einzuschlafen.

Paul und Daneel gingen weiter, vorbei an einem kleinen Spielplatz mit buntem Spielgerüst samt Rutsche und Schaukel. Nachdem sie das moderne, weiß verputzte »Haus des Gastes« passiert hatten, kamen sie zu einem schmalen, matschigen Weg, an dessen Ende ein Bohlenweg durch die Naturlandschaft hinaus aufs Watt führte. Der Himmel war bedeckt, aber Paul konnte am Horizont die Nachbarinsel Föhr erahnen. Der konstante Wind, der in ihre Gesichter blies, wurde von einer frischen Regendusche unterbrochen. Daneel öffnete einen Regenschirm über Pauls Kopf im vergeblichen Versuch, ihn trocken zu halten.

Hübsch hier, dachte Paul, nicht gerade das, was er sich unter einer Küste vorgestellt hatte, mit all dem Schilf und dem Mangel an Sand, aber das Watt beeindruckte ihn mit seiner rauen und ehrlichen Schönheit, die er selbst sehr schätzte.

Als der Regen begann, immer schräger und schräger zu fallen, und selbst der Regenschirm keinerlei Schutz mehr bot, gingen Daneel und Paul zurück zur Ferienwohnung.

Der Geruch des ungesunden Frühstücks hing immer noch in der Luft und Daneel blieb im Flur stehen, um Pauls Mantel mit seinem Heizstrahl zu trocknen. Von Magnus gab es weiterhin keine Spur. Paul versuchte vergeblich, ihn unter der Handynummer zu erreichen, die Magnus ihnen als Kontakt genannt hatte. Anschließend rief er direkt auf der Polizeiwache an. Die freundliche Stimme am anderen Ende der Leitung gehörte Magnus' Kollegin Beeke. Sie teilte ihm mit, dass Magnus noch nicht im Büro erschienen war und dass sie selbst vorbeikommen würde, um ihn und Daneel abzuholen.

Wenig später hörten sie schon den Polizeiwagen die Auffahrt hochfahren.

Als sie aus der Tür traten, kam Beeke ihnen bereits entgegen. Sie war etwas älter als Magnus, etwa um die 50, und ihre kurzen grauen Locken umrandeten ein freundliches Gesicht. Ihre Polizeiuniform war makellos, aber auch bei ihr hatte die Mütze die gleiche Amrumer Schieflage angenommen, die sie schon von Magnus kannten. Der Wagen ratterte leise im Hintergrund, und Paul fragte sich, ob die Kollegen hier nichts von der Gesundheitsgefahr wussten, die von petroleumbasierten Automobilen ausging. Es war nicht so, dass es in Kiel keines dieser Fossilien gab, sie waren nur äußerst selten geworden.

»Hallo«, sagte sie freudestrahlend und drückte Paul mit einer kräftigen Umarmung.

Vor Daneel blieb sie einen Moment lang stehen und schaute ihm in seine metallblauen Augen.

»Man kann kaum glauben, dass es Roboter sind. Sie sehen so echt aus«, meinte sie. »Da fragt man sich glatt, wie viele von ihnen heute schon unter uns leben.«

»Das kann man ganz einfach im Android Tracking System nachschauen«, sagte Daneel. »Jeder Android ist von Werk aus mit einem GPS-Peilsender ausgestattet.«

»Ach, das ist ja ein Ding«, sagte Beeke. »Schon hab ich was gelernt. Ich hoffe, es wird nicht das Letzte sein.«

»Wollen wir los?«, fragte Paul. »Wir würden gerne als Erstes zu Nele Hufschmied fahren und darüber sprechen, wie sie die Leiche gefunden hat. Daneel übernimmt das Fahren, so sparen wir Zeit und können uns unterwegs über den Fall unterhalten. Vielleicht kannst du mir ja etwas Neues berichten. Magnus war gestern wenig hilfreich.«

»Ach, Magnus ist nach 18 Uhr für niemanden eine große Hilfe mehr, und über Zeit brauchen wir uns wirklich keine Gedanken zu machen. Davon haben wir hier genug«, sagte Beeke.

»Warum sagen uns das hier nur alle?«, fragte Paul.

»Weil es stimmt«, entgegnete Beeke.

Der Wagen setzte sich mit einem gewaltigen Rütteln in Bewegung. Vor lauter Lärm konnte Paul seine eigenen Gedanken nicht mehr hören.

»Gibt es auf dieser Insel noch viele andere Benziner?«, fragte Paul aus reiner Neugier.

»Ja, die sind einfacher zu reparieren und vergleichsweise günstig«, antwortete Beeke »Es dauert Tage, eines dieser schicken Elektroautos zur Reparatur aufs Festland zu schicken, da kann dir Magnus ein Lied von singen.«

Paul wusste zwar nicht, was an der alten Elektrokarre von Magnus auch nur im Ansatz schick sein sollte, aber gut.

Als sie am Haus von Nele Hufschmied ankamen, fühlte Paul sich kein bisschen schlauer, obwohl Beeke in konstantem Fluss mit ihm gesprochen hatte. Er wusste jetzt, dass Nele die Leiche mitten in der Nacht gefunden hatte. Er wusste auch, dass am Wochenende das Fußballspiel zwischen dem TSV Amrum und dem FSV Wyk-Föhr stattfand. Anscheinend gab es eine heftige Rivalität zwischen den beiden Vereinen, und Onka, die Frau von Wahnfried, hatte vor, Muffins für das Spiel beizusteuern, aber sie war sich noch unsicher, ob sie lieber Schokoladen- oder Blaubeermuffins backen sollte.

Was das alles mit dem Fall zu tun haben sollte, wusste Paul jedoch nicht.

Das Haus, in dem Nele wohnte, war hellblau. Zumindest war es das offensichtlichste Merkmal an diesem sonst eher unauffälligen Haus. Es war ähnlich klein wie das Nachbarhaus, aus dem gerade die Bruchhagens unbekümmert herausspazierten, als wäre nichts passiert, als wäre keine Frau in ihrer Ferienwohnung ermordet worden.

Das hellblaue Haus lag im Schatten der zwei prachtvollen Bäume, die an seiner Seite wachten.

Nele öffnete ihnen die Tür. Sie wirkte, als wäre sie gerade erst aus dem Bett gestiegen. Ihr leicht gewelltes braunes Haar hing ihr noch quer ins Gesicht.

»Moin, Beeke«, sagte sie und versuchte vergeblich, eine der Strähnen aus ihrem Gesicht zu wischen.

»Moin. Ich habe die Kollegen vom Festland dabei. Daneel und Paul. Sie wollen dir noch ein paar Fragen stellen, wegen vorgestern.«

»Ich hab dir doch gestern schon alles gesagt«, sagte Nele.

»Hallo, Nele. Ich bin Paul. Es sind nur ein paar kurze Fragen. Kannst du uns sagen, was genau du gehört hast, als du dich entschieden hast, ins Nachbarhaus zu gehen?«

»Muss ich das wirklich noch einmal machen? Das Ganze ist nicht gerade leicht für mich.«

»Das verstehen wir. Es wird auch nicht lange dauern«, versprach Paul.

»Okay, wenn es sein muss«, seufzte Nele und faltete die Hände vor ihrer Brust. »Als ich an dem Abend nach Hause gekommen bin, war es schon spät. Ich habe gesehen, dass in der Ferienwohnung noch Licht brannte und die Eingangstür offen stand. Ich wollte nur schnell nachsehen, ob alles in Ordnung ist, und dann …« Nele musste abbrechen.

»Hey, alles ist gut, du machst das super«, sagte Beeke.

»Um wie viel Uhr bist du nach Hause gekommen?«, fragte Paul, sobald Nele sich etwas beruhigt hatte.

»Vielleicht drei oder vier Uhr«, sagte Nele. »Ihr braucht gar nicht so zu gucken. Ab und zu will man auch Spaß haben.«

Paul war sich nicht bewusst, »so« geguckt zu haben. Aber vermutlich hatte sie nur Daneels analytischen Blick missverstanden.

»Und ist Ihnen irgendetwas Ungewöhnliches aufgefallen?«, fragte Daneel.

»Ich habe nur gesehen, wie sie dort lag. So friedlich, als würde sie schlafen.«

»Gab es Spuren eines Kampfes?«, fragte Daneel weiter.

»Nein, alles war in bester in Ordnung. Wenn überhaupt, dann war es aufgeräumter, als ich die Wohnung in Erinnerung hatte.«

»Hatte Lara Besuch bekommen?«, fragte Paul.

»Nein, die meiste Zeit war sie nicht einmal in der Wohnung.«

»Und hast du rund um die Tatzeit jemanden in der Nähe des Tatortes gesehen?«

»Nein, es war sehr dunkel.«

Paul musste einsehen, dass er hier nicht weiterkam.

»Daneel, hast du noch Fragen?«

»Nein.«

»Gut, dann sind wir hier fertig. Vielen Dank für deine Zeit, Nele.«

»Alles klar, mach's gut Beeke.«

»Mach's gut.«

Nele schloss die Tür, und sie machten sich auf den Weg zurück zum Auto.

»Und, was meint ihr?«, fragte Paul, als sie im Auto saßen.

»Ich denke, sie sagt die Wahrheit«, antwortete Daneel.

»Ich auch«, stimmte Beeke zu.

»Aber etwas komisch ist es schon, oder? Wir haben so gut wie keine Spuren am Tatort gefunden, aber die Leiche wird im offenen Hausflur bei angeschaltetem Licht fast schon auf eine Art und Weise präsentiert, als sollte sie gefunden werden«, sagte Daneel.

Paul schüttelte unschlüssig den Kopf.

»Stimmt, das ergibt alles noch keinen Sinn. Kommt, lasst uns ins Büro fahren, ich brauche frischen Kaffee.«

Die Polizeistation befand sich im Erdgeschoss eines zweistöckigen Hauses am Rande des Waldes. Auf der Wiese gegenüber trabten Pferde durch die leichten Nebelschwaden des Amrumer Vormittags.

Das Büro war ein mittelgroßer Raum mit vier robust eingerichteten Arbeitsplätzen, bestehend aus jeweils einem winzigen Bildschirm auf einem kargen metallenen Schreibtisch. Davor standen Stühle mit Metallbeinen und durchgesessenen blauen Bezügen aus grobem Stoff. Das Ganze wurde von einer wilden Ansammlung von Bürodrehstühlen in allen Farben und Formen abgerundet. Die Seiten des Büros waren mit hüfthohen, von Ordnern überquellenden Schränken belegt und zwischen all dem Mobiliar hatte man, im letzten verzweifelten Versuch, diesem tristen Ort etwas Leben zu spenden, Topfpflanzen verteilt.

Das Büro war noch leer, doch neben der Eingangstür röchelte bereits eine Kaffeemaschine ihr vertrautes Lied.

»Wo sind denn alle?«, fragte Paul.

»Mike, unser Chef, ist im Urlaub auf Mallorca, und dann gibt es nur noch mich und Magnus, der vermutlich zu Hause ausnüchtert. Anscheinend ist er noch einmal zur ›Blauen Maus‹ gefahren, nachdem ihr ihn daheim abgesetzt habt. Der wird erfahrungsgemäß erst morgen wieder zum Dienst erscheinen.«

»Alles klar«, sagte Paul und versuchte dabei, sich die Nonchalance der Insulaner anzueignen. »Dann lasst uns einen Blick auf die Videos der Überwachungskameras werfen.«

Beeke führte sie in einen kleinen Raum, der wie eine alte Besenkammer aussah. Er hatte keine Fenster, und an der Wand gegenüber der Tür waren in einer Doppelreihe acht alte Fernseher platziert, auf denen, blau schimmernd, stark verpixelte Aufnahmen zu erkennen waren.

»Da ist die gute Anlage«, sagte Beeke zu ihren Begleitern. »Ich weiß, es ist nicht ganz das, was ihr vom Festland gewohnt seid, aber sie hilft uns schon seit vielen Jahren äußerst zuverlässig.«

Paul fiel es nicht schwer zu glauben, dass die Anlage bereits seit Jahren in Betrieb war.

»Also, zeig uns die Nacht des Vorfalls«, forderte er Beeke auf.

»Du musst einfach das Rädchen in der Mitte drehen, bis du zur entsprechenden Uhrzeit kommst«, sagte Beeke und zeigte auf einen großen schwarzen Drehknauf, der sich zentral vor den Bildschirmen befand.

»Wann war der Todeszeitpunkt, Daneel?«, fragte Paul.

»Das steht noch nicht in der Akte«, sagte Daneel.

»Das stimmt«, sagte Beeke. »Die Ergebnisse der Pathologie aus Kiel sind noch nicht eingetroffen.«

»Alles klar, darum kümmere ich mich später«, sagte Paul. Er fing an, sich in der entspannten Art eines Insulaners zu gefallen. »Zuerst schauen wir einfach durch den ganzen Abend, bevor die Leiche gefunden wurde. Wo finde ich die Kamera des Haupteingangs?«

»Welchen Haupteingang meinst du?«, fragte Beeke sichtlich irritiert.

»Der Haupteingang des Ferienhauses. Der Ort, an dem die Leiche gefunden wurde.«

»Oh, dort haben wir keine Kamera. Wir können ja nicht an jedem Hauseingang eine installieren. Wo kämen wir da hin, wir sind doch nicht die Stasi«, meinte Beeke.

»Aber wie arbeitet ihr dann überhaupt? Überwachungskameras sind zentraler Inhalt meiner täglichen Ermittlungen«, sagte Paul. »Gibt es wenigstens eine Kamera, auf der die Straße zu sehen ist?«

»Wir haben eine Kamera an der Kreuzung zur Hauptstraße«, sagte Beeke.

»Wie weit ist sie entfernt und gäbe es von dort aus noch einen anderen Weg zum Haus?«

»Sie ist ungefähr einen Kilometer vom Haus entfernt, und natürlich gibt es von dort etliche andere Wege«, sagte Beeke. »Hier auf Amrum gibt es noch genügend Möglichkeiten, dem wachsamen Auge von Big Brother zu entkommen. Und glaub mir, wenn Martha nicht möchte, dass wir sehen, was sie nach ihrer Yogastunde macht, dann findet sie einen Weg, den Kameras zu entkommen.«

»Keine Kameras, kein GPS, und Daneel hat mir schon erzählt, dass ihr hier auch keine DNA-Datenbank habt«, sagte Paul.

»DNA-Datenbank?«, hakte Beeke nach und schaute etwas verlegen. »Ja, dazu sind wir tatsächlich noch nicht gekommen. Wir haben schon eine Beschwerde vom Festland erhalten, aber uns fehlen einfach die Ressourcen.«

»Okay, das hat so keinen Zweck«, sagte Paul. »Daneel, kannst du das Material sichten und uns eine Auflistung aller Menschen zusammenstellen, die im entsprechenden Zeitraum an der Kamera in Richtung Tatort vorbeigegangen sind?«

»Das wird eine Weile dauern. Am besten sucht ihr euch in der Zwischenzeit eine andere Beschäftigung. Wie wäre es mit einem kleinen Strandspaziergang?«, schlug Daneel vor.

»Sehr witzig Daneel. Beeke und ich werden weiter ermitteln«, sagte Paul. »Kann ich die Liste eurer Hauptverdächtigen sehen?«

»Na klar!«, erwiderte Beeke, ging zurück ins Büro und setzte sich an den ordentlichsten der vier Arbeitsplätze. Sie nahm einen kleinen Stapel Papiere und gab ihn Paul.

»Was ist das?«, fragte Paul, als er durch die lange Liste voller Namen blätterte, die Beeke ihm gegeben hatte.

»Die aktuelle Liste unserer Verdächtigen«, sagte Beeke.

»Das ist ein Scherz, oder? Das sind mindestens einhundert Verdächtige und alle mit Adressen auf dem Festland. Kiel, Hamburg, Wolfsburg. Kein Einziger lebt auf Amrum.«

»Magnus hatte die Idee, dass es sich bei dem Mörder um einen Fremden handeln muss, da wir hier ja sonst keine Morde haben. Also habe ich diese Liste mit den Namen und Adressen aller Gäste zusammengestellt, die im entsprechenden Zeitraum auf der Insel waren«, sagte Beeke.

»Alles klar. Ich denke, die Liste können wir ignorieren, das bringt so nichts«, sagte Paul. Doch auf einmal erinnerte er sich an etwas, das er bis jetzt sträflich vernachlässigt hatte. »Was wissen wir eigentlich über das Opfer?«

»Lass mich kurz das Dossier holen«, erwiderte Beeke und kramte in der Schublade ihres Bürotisches nach einem weiteren Stapel Papiere. Es handelte sich nicht gerade um ein Dossier, sondern eher um eine wilde Ansammlung von Notizen mit durchgestrichenen Wörtern und angehängten Klebezetteln.

»Das ist meine Arbeit von gestern«, sagte Beeke. »Es sieht ein bisschen chaotisch aus, aber ich weiß, was wo steht.«

»Der Name des Opfers ist Lara Hansen«, las Beeke vor. »Sie war eine angehende Journalistin und betrieb bereits einen erfolgreichen journalistischen Blog. Sie war 26 Jahre alt und hatte gerade ihren Master in Journalismus bestanden. Sie hatte viele Freunde. Ihren Followern hat sie noch kurz vor dem Mord mitgeteilt, dass sie auf der Suche nach ihrer ersten richtig großen Story sei. Sie brauchte eine Auszeit und ist nach Amrum gekommen, um sich ein wenig vom Studium zu erholen. Es gefiel ihr hier, besonders mochte sie den Strand.«

Paul war beeindruckt.

»Das alles hast du seit gestern herausgefunden?«, fragte Paul ungläubig. »Ich denke, wenn wir zwei uns zusammentun, können wir diesen Fall tatsächlich lösen.«

Beeke versuchte erst gar nicht, ihre Freude zu verstecken.

»Ach, du weißt doch, wie das mit den jungen Dingern heutzutage ist«, sagte Beeke. »Die schreien ja alles ins Internet hinaus. Solange man weiß, wo man hingucken muss, kann man ganz einfach in die Seele eines Menschen blicken.«

Beeke entspannte ihre Schultern und schaute sich kurz im Büro um.

»Um ganz ehrlich zu sein, fand ich, dass Magnus etwas voreilig davon ausgegangen ist, dass es sich bei dem Mörder um einen Ortsfremden handeln muss«, sagte sie mit leiser Stimme. »Ich kann mir zwar auch nicht vorstellen, dass einer von uns dazu in der Lage wäre, aber es sind schon merkwürdigere Dinge auf dieser Insel passiert.«

»Lass uns für alle Möglichkeiten offenbleiben«, stimmte Paul ihr zu. »Aber zurück zu den Verdächtigen: Gibt es eine Person, die man als hauptverdächtig bezeichnen könnte?«

»Magnus hatte einen persönlichen Favoriten«, sagte Beeke. »Martin Eriksen, ein ortsbekannter dänischer Gast.

Er hatte in der Vergangenheit schon einige Reibereien mit der Amrumer Polizei.«

»Wenn du sagst Reibereien mit der Amrumer Polizei, sind damit Reibereien mit Magnus gemeint?«, fragte Paul.

»Ganz genau.«

»Es käme Magnus also gerade recht, wenn Martin Eriksen der Hauptverdächtige für den Mordfall wäre?«

»Ich denke schon.«

Paul schüttelte den Kopf.

»Gibt es denn neben der Tatsache, dass er ein Ausländer ist und Magnus ihn nicht leiden kann, irgendeinen Grund, warum er ihn beschuldigt?«

»Martin Eriksen verbringt seinen Urlaub ein paar Häuser vom Tatort entfernt«, erwiderte Beeke ohne große Überzeugung.

»Okay, in Ermangelung eines richtigen Tatverdächtigen würde ich vorschlagen, mit Martin zu sprechen. Zumindest können wir so seine Unschuld feststellen«, sagte Paul. »Wollen wir gleich zur Ferienwohnung fahren, während Daneel sich noch durch die Videoaufzeichnungen arbeitet?«

»Oh, ich glaube kaum, dass wir Martin in der Wohnung antreffen werden, er ist recht umtriebig«, sagte Beeke. »Ich denke, unsere beste Chance ist Helgas Boutique in Wittdün. Am Wochenende soll dort eine Ausstellung von ihm stattfinden.«

»Martin ist also ein Künstler?«, fragte Paul.

»Nicht ganz, er ist ein Geschäftsmann, der die Ruhe auf der Insel und das Malen dazu nutzt, Stress abzubauen«, antwortete Beeke. »Seine Bilder sind wunderschön.«

»Alles klar, dann fahren wir zu der Boutique«, sagte Paul.

»Gerne«, Beeke stockte. Irgendetwas schien sie aufzuhalten.

»Sollten wir ihm nicht Bescheid sagen?«, fragte sie schließlich.

»Daneel hat über mein Smartphone unser Gespräch mitbekommen. Aber keine Sorge, er wäre auch sonst nicht beleidigt«, sagte Paul. »Das ist einer der Vorteile, wenn man mit einem Androiden zusammenarbeitet.«

»Wenn du meinst«, sagte Beeke. »Ich bevorzuge meine menschlichen Kollegen, auch wenn sie manchmal zickig sind.«

Kapitel 3

Der silber-blaue Golf Variant ratterte über die Straßen Amrums. Paul war beeindruckt, mit welcher Leichtigkeit Beeke in der Lage war, die vielen Knöpfe und Hebel, Pedale und Schalter zu bedienen und zeitgleich zu reden. Er öffnete sein Fenster einen kleinen Spalt und genoss die frische, feuchte Meeresluft. Er brauchte einen kühlen Kopf, um klar denken zu können und der Lösung in diesem Fall endlich näherzukommen.

Die fehlende Videoüberwachung war eine unnötige Erschwernis, das Fehlen von GPS-Bewegungsdaten ein zusätzliches Hindernis und die fehlende DNA-Datenbank eine unnötige Anomalie. Paul war sich nicht sicher, wie er so überhaupt den Täter finden sollte. Er musste sich wohl oder übel an Daneel und Beeke halten.

Die Straßen von Wittdün sahen am Tag freundlicher aus als am Abend zuvor. Die Gebäude versprühten zwar den gleichen altbackenen Charme, aber das bisschen Leben, mit dem die wenigen Urlauber das Städtchen erfüllten, half Paul dabei, sich an das Bild zu gewöhnen.

Beeke stoppte den Wagen neben einer Buchhandlung. Aus dem Café nebenan strömte der Duft frisch gebackener Waffeln, und aus der Ferne tönte das Horn einer Fähre, die sich fröhlich von der Insel verabschiedete. Nur langsam wagte sich Paul vom Beifahrersitz auf den Gehweg. Die Straßen waren noch immer etwas zu leer für seinen Geschmack. Er fühlte sich nackt und beobachtet, so ganz ohne die wuselige Anonymität der Massen, die ihm die Großstadt normalerweise bot. Abgelenkt von seinen Gedanken, wäre er beinahe in den wackeligen Postkartenständer neben der Buchhandlung gelaufen. Ansichtskarten mit Robben hier und Schafen dort, dazu die obligatorischen Bilder vom Leuchtturm, die auch nicht fehlen durften. Die Schaufenster der Buchhandlung waren gefüllt mit Krimis und einigen Klassikern von Dan Brown. Wer hier Urlaub machte, liebte es gemütlich.

Helgas Boutique lag in einem vierstöckigen graugrünen Haus mit schwarzem Dach direkt an der Hauptstraße. Von außen wirkte der Laden verwinkelt. Ein Eindruck, der sich im Inneren bestätigen sollte. Ein kleiner Tisch mit bunten Tüchern begrüßte die Besucher vor der Ladentür. Der Eingangsbereich war eng, eine kleine Stehkasse mit iPad stand gleich rechts neben der Tür, und die Regale rundum waren voll von ansehnlichem Nippes mit modernem Bezug zur Insel. Eine Flasche Insel-Gin, ein paar Stücke olivfarbene Seife mit dem Logo des Ladens sowie Mützen, welche die Naturverbundenheit Amrums anpriesen, fanden hier Platz, bevor sich der Laden mit einer Treppe nach oben und einer nach unten in zwei Stockwerke aufteilte.

Im oberen der beiden Stockwerke standen zwei Frauen vor einer leeren Wand und unterhielten sich angeregt. Eine ältere Frau mit mittellangem blondem Haar und einem auffälligen quadratischen Brillengestell kam ihnen entgegen, sobald sie die Geräusche der Tür hörte.

»Moin, Beeke«, sagte sie. »Wer ist denn der hübsche junge Mann, den du uns da mitbringst?«

»Hallo, ich bin Kriminalkommissar Landmann«, sagte Paul. »Aber du kannst mich gerne Paul nennen.«

»Ich bin doch hoffentlich keine der Verdächtigen«, sagte Helga und lächelte verschmitzt.

Die zweite Frau blieb weiterhin im oberen Stockwerk stehen und schaute Paul verlegen an. Sie war noch jung, sehr jung; ihre platinblonden Haare hatte sie zu einem unregelmäßigen Zopf gebunden.

»Natürlich nicht, Helga, wo kämen wir da hin«, entgegnete Beeke. »Wir sind eigentlich auf der Suche nach Martin.«

»Ich will doch hoffen, ihr glaubt nicht an Magnus' Theorie, dass Martin der Mörder ist«, sagte Helga empört. »Der Trunkenbold gehört selbst ins Gefängnis. So wie der hier immer in Schlangenlinien durch die Straßen düst.«

»Woher weißt du von Magnus' Theorie?«, fragte Paul.

»Mel hat es mir erzählt.«

Paul war es eigentlich gewohnt war, sich Namen zuverlässig zu merken, doch bei dem konstanten Strom neuer Namen fühlte er sich langsam überfordert. Er wünschte sich Daneel herbei, damit er ihm mit seinem perfekten Gedächtnis zur Seite stehen konnte. *Aber zumindest im Nachhinein wird er mir helfen, die Namen zu sortieren,* dachte Paul.

»Wer genau ist Mel, wenn ich fragen darf?«, sagte Paul.

»Mel ist die Schwester von Wiebke, der Eigentümerin von Martins Ferienwohnung, und außerdem arbeitet sie in der ›Blauen Maus‹, sodass sie das Geschwafel von Magnus gestern Abend live miterleben konnte.«

»Kannst du uns verraten, wo wir Martin finden könnten?«, fragte Paul.

»Martin wollte eigentlich gleich hier sein und uns beim Arrangieren der Bilder helfen«, sagte Helga.

»Das dort oben sind seine Bilder, vermute ich?«, fragte Paul und zeigte auf einige gerahmte Bilder, die an die Wand gelehnt waren.

»Da vermutest du richtig.«

Die Bilder, die im oberen Stock neben der jungen Dame ohne Namen standen, waren wunderschön und farbenfroh. Paul konnte erkennen, dass es sich bei dem vorderen Gemälde um ein Bild des Hafens handeln sollte. Doch er hatte Schwierigkeiten, die prächtigen Farben mit Amrum in Verbindung zu bringen, denn bis jetzt wirkte die Insel auf ihn eher grau-blau und verregnet als bunt. Er verbuchte es als künstlerische Freiheit.

»Sind sie nicht großartig?«, kam die piepsende Stimme aus dem oberen Stock.

»Entschuldigung, wie war noch mal Ihr Name?«, sagte Paul im vollen Bewusstsein, dass die Frau ihm noch nicht vorgestellt wurde.

»Tamara«, antwortete sie und streckte ihm ihre Hand entgegen.

Paul ging die kurze Treppe nach oben, nicht zuletzt, um das Bild genauer zu betrachten.

Er konnte nicht anders als Tamara zuzustimmen.

»Warum hat das Bild zwei Preise?«, fragte Paul.

»Martin bietet jedem Insulaner einen reduzierten Preis. Er sagt, er möchte uns etwas zurückgeben für die Inspiration, die ihm die Insel gibt«, sagte Helga, die Paul nach oben gefolgt war.

»Das nenne ich mal großzügig«, sagte Paul. »Und es ist ein ordentlicher Rabatt, nicht wahr? 50 Prozent, wenn ich es richtig sehe.«

»Ja«, sagte Helga mit verträumter Stimme. »Er sagt, sein größter Traum ist es, dass einmal ein Bild von ihm in jedem Haus auf Amrum hängt.«

»Er ist so ein großartiger Mensch«, wandte Tamara ein. »Und hübsch ist er noch dazu. Er kann einfach kein Mörder sein.«

»Es handelt sich um eine laufende Ermittlung, und wir müssen den Fall von allen Seiten betrachten«, sagte Paul in seiner wohl trainierten monotonen Beamtenstimme, um niemandem seine Vermutung zu übermitteln, dass es sich bei Martin tatsächlich um eine Sackgasse handelte.

Paul bat Helga darum, ihn anzurufen, sobald Martin bei ihnen auftauchen sollte, und gab ihr seine Nummer. Anschließend verabschiedeten sie sich in den Amrumer Mittag.

»Wollen wir etwas essen?«, fragte Beeke, als sie den Laden verließen.

»Gern.«

»Dann schlage ich vor, wir gehen zu Harry. Der macht hervorragende Fischbrötchen.«

Paul hatte nichts dagegen einzuwenden. Er vermutete, dass in dieser Einöde wohl kaum noch ein zweites Restaurant geöffnet hatte. Sie gingen die leere Straße entlang. Dieser ganze Platz, dachte Paul, ich weiß gar nicht, wohin mit meinen Beinen.

Das Geschäft machte von außen einen modernen Eindruck. Das Schild, auf dem Fischbrötchen und ›Meer‹ angepriesen wurden, glänzte matt in der hellen Sonne. Ein hohes Klingeln ertönte, als sie die Glastür öffneten. Der kleine Raum mit einem Stehtisch an der Fensterfront und dem Tresen im Rückraum bot selbst nicht viel Platz für Gäste, aber zur anderen Seite waren in einem abgetrennten Bereich noch Tische zu sehen.

»Moin, Harry«, grüßte Beeke den grauhaarigen Mann, der mit strahlend weißer Schürze hinter dem Tresen stand. Bis hierhin machte der Laden einen guten Eindruck auf Paul.

Harry schaute mit einem freundlichen Lächeln zu ihnen herüber. Hinter ihm zischte die Fritteuse, und eine junge Hilfskraft zog sich beim Anblick der Gäste rasch in den hinteren Bereich zurück.

»Wie kann ich Ihnen behilflich sein, verehrte Frau Polizistin?«, fragte Harry mit einem starken Dialekt.

Beeke bestellte das Bratfischbrötchen, eine der Spezialitäten des Hauses, und Paul tat es ihr gleich.

»Langer Tag im Büro?«, fragte Harry, während er die Brötchen halbierte.

»Es geht so. Aber wir haben Unterstützung vom Festland bekommen, und ich habe das Gefühl, dass wir heute gut vorankommen werden.«

Paul fiel es schwer, Beekes Optimismus zu teilen. Bis jetzt ging alles auf dieser Insel so unglaublich langsam voran. Vielleicht hatte Daneel in der Zwischenzeit etwas herausgefunden, und auch das Gespräch mit Martin könnte einen neuen Hinweis liefern. Am wahrscheinlichsten schien es ihm jedoch, dass sie ihren eigenen Verdächtigen finden mussten. Beeke hatte ein sehr detailliertes Profil von Lara erstellt, aber der Rest der Unterlagen war nur spärlich gepflegt – oder gar nicht vorhanden.

»Schlimme Sache«, sagte Harry. »Wer würde so etwas machen?«

»Wir haben noch keine Ahnung. Magnus war überzeugt, dass es Martin sein muss. Aber du weißt ja, wie er in Bezug auf Martin ist«, erwiderte Beeke.

»Ja, das stimmt wohl. Wusstest du, dass Martin und das Mädchen ein paar Tage vor dem Mord bei mir gegessen haben?«

»Zusammen?«, mischte Paul sich in das Gespräch ein.

»Ja. Warum sollte ich es sonst erzählen?«, meinte der sichtlich irritierte Harry. »Beide hatten den gedünsteten Lachs mit Wasabi Espuma. Martin redete sehr laut, als würde er sich fürchterlich ärgern, und sie hat sich ständig Notizen gemacht. Das Ganze sah nach einem Interview aus, wenn ihr mich fragt. War sie eine Reporterin?«

»Sie hat Journalismus studiert und arbeitete daran, ihre Karriere zu starten«, sagte Beeke.

Harry nickte wissend und schob die fertigen Fischbrötchen über den Tresen. Sie genossen ihr kurzes Mittagessen, ohne zu sprechen. Zum einen, weil Paul ein wenig Ruhe zum Nachdenken brauchte, aber auch, weil ihm das Fischbrötchen unglaublich gut schmeckte. Paul bezahlte, und sie machten sich auf den Weg zurück zur Station.

»Erzählst du den Leuten immer so viel über laufende Ermittlungen?«

»Was meinst du mit ›so viel erzählen‹?«

»Du hast dem Herrn vom Fischimbiss gerade erzählt, dass Martin ein Verdächtiger ist und was das Opfer studiert hat. Normalerweise sollten wir keine Informationen nach draußen geben.«

»Ach Quatsch. Das weiß hier doch sowieso schon jeder«, sagte Beeke. »Wir sind eine eng verbundene Gemeinschaft, und ganz nebenbei, es war doch nur Harry. Er ist so was wie die gute Seele der Polizei, er ernährt uns und hört uns zu. Ohne ihn müssten wir alle zum Nervenarzt.«

»Das ist ja schön und gut, aber was ist, wenn Harry selbst in irgendeiner Art involviert ist?«

»Ach!«, platzte es aus Beeke heraus, »Harry würde nie etwas Illegales anstellen. Er ist ein gesetzestreuer Bürger.«

Paul gab auf. Am Ende des Tages liebte er es genauso wie Beeke, sich über seine Fälle auszutauschen.

Als sie das Büro betraten, saß Daneel noch immer vor der Videoüberwachungsanlage.

»Hast du etwas herausgefunden?«, fragte Paul gespannt.

»Ich mag einiges gesehen haben, aber nichts davon scheint mir besonders hilfreich. Die Liste der Leute, die an der Kamera in Richtung Tatort vorbeigekommen sind, ist lang; zwar nicht ganz so lang wie die Liste von Magnus, aber dennoch lang«, antwortete Daneel.

»Wir haben auch nicht viel Neues erfahren. Nur, dass Lara sich mit Martin im Fischimbiss getroffen hatte. Sie soll sich Notizen gemacht haben, vielleicht hatte ihr geplanter Artikel mit Martin zu tun? Wir sollten unbedingt einen Blick auf ihr Smartphone und das Tablet werfen«, sagte Paul. »Sind die Geräte hier irgendwo in der Nähe?«

»Ja«, sagte Beeke. »Wir haben sie eingesammelt, sie sind allerdings passwortgeschützt.«

»Auch das Tablet?«, fragte Paul. »Eigenartig. Aber das ist kein Problem. Daneel hat den Schlüssel.«

Beeke sah ihn verwirrt an.

»Welchen Schlüssel?«

»Im Prinzip ist es eine Hintertür, die auf jedem Gerät installiert wird. Normalerweise ist es dem Bundesnachrichtendienst vorbehalten, den Schlüssel zu benutzen, aber während laufender Mordermittlungen hat Daneel die Erlaubnis dazu.«

»Ich kann nicht sagen, dass ich das Ganze gutheiße. Aber wenn wir auf diese Weise dem Mörder näher kommen, soll es mir recht sein«, sagte Beeke und holte ein nagelneues Smartphone mit dazu passendem Tablet aus einem abgeschlossenen Schrank, der an der Seite des Raumes stand.

Sie muss Geld gehabt haben, dachte Paul, wenn sie in der Lage gewesen war, sich derart teure Geräte zu leisten. Daneel nahm Smartphone und Tablet in seine Hand und schaute für eine Weile verträumt durch die Gegend.

»Warum dauert das so lange, Daneel?«

»Die Geräte sind leer«, sagte Daneel, und zum ersten Mal konnte Paul so etwas wie Überraschung in Daneels Gesicht ausmachen.

»Du meinst, jemand hat den gesamten Inhalt gelöscht?«

»Nicht nur das. Jemand hat dafür gesorgt, dass es so aussieht, als ob es gar keine Daten gab. Ich finde keinen Weg, um an die gelöschten Daten zu kommen. Ich bin beeindruckt, wie sauber der Täter gearbeitet hat.«

»Der Mörder kennt sich also sehr gut mit Technologie aus«, sagte Beeke.

»Er kennt sich nicht nur gut aus«, erwiderte Daneel. »Er hat auch Fähigkeiten, die meinen gleichzukommen scheinen.«

»Meinst du, der BND kann uns helfen?«, fragte Paul.

»Dafür wird der BND keines seiner Back-ups herausrücken«, sagte Daneel.

»Ach, kommt schon, ihr glaubt doch nicht an diese Ammenmärchen, dass der BND Back-ups von unseren Geräten hat?«, fragte Beeke.

»Wir glauben es nicht, wir wissen es«, sagte Daneel.

»Haben wir eine Ahnung, für welche Firma Martin Eriksen arbeitet?«, wollte Paul wissen.

Beeke zuckte mit ihren Schultern, aber Daneel stand bereit.

»Die Firma heißt Wayward. Kein allgemein geläufiger Name, aber sie gehört zu den anerkanntesten Herstellern von Verschlüsselungstechnologien. Selbst wenn der Name nicht geläufig ist, nutzen wir alle ihre Technologie täglich.«

»Entschuldigung«, sagte Beeke. »Aber was genau macht Wayward?«

»Es ist ungefähr so«, begann Daneel. »Wenn du ein Passwort für eines deiner Geräte einstellst, sind deine Daten sicher, bis jemand dein Passwort weiß. Das Passwort dient als eine Art Schlüssel zu einer Tür. Und Wayward ist die Firma, die die Tür herstellt.«

»Kann es sein, dass es am Ende tatsächlich Martin Eriksen war?«, fragte Paul halb ungläubig.

»In diesem Moment ist er, so denke ich, unser Hauptverdächtiger«, sagte Daneel.

»Vielleicht habe ich Magnus' Urteil zu Unrecht misstraut. Mal sehen, wie er sich im Verhör macht.«

Für einen kurzen Moment herrschte Stille zwischen den dreien, bis Pauls Smartphone vibrierte.

»Bin bei Helga, kommt vorbei«, lautete die knappe Nachricht von ihrem neuen alten Hauptverdächtigen. Paul war irritiert von der Selbstverständlichkeit, mit der Martin ihn zum Gespräch beorderte.

»Was denkt dieser Kerl eigentlich, wer er ist?«, sagte er. »Ich werde ihn direkt aufs Revier bestellen. Oder sollen wir uns hier so rumschubsen lassen?«

»Ich denke, wir sollten diplomatisch vorgehen«, schlug Daneel vor. »Noch haben wir nichts gegen ihn in der Hand, und vielleicht verrät er ja etwas, wenn er sich in Sicherheit wiegt.«

»Hm«, sagte Paul, »okay, das klingt vernünftig.«

Kapitel 4

Paul fühlte sich sicherer mit Daneel am Steuer des Autos. Er hatte einfach mehr Vertrauen, dass ein Roboter die unzähligen Eindrücke einer Autofahrt richtig einschätzen und zeitgleich verarbeiten konnte.

»Daneel, gib mir Martins Charakterprofil«, sagte er, als sie den rot-weißen Leuchtturm passierten.

»Sein Profil ist noch nicht vollständig. Er scheint einen komplexen Charakter zu haben, sonst wäre es längst geschehen. Das Ganze ist daher etwas schwammiger, als du es von mir gewohnt bist«, antwortete Daneel. »Martin Eriksen ist 43 Jahre alt; schon jetzt steht er fast an der Spitze seines Unternehmens, nur einen Schritt davon entfernt, die neue Nummer eins zu werden. Das zeigt uns, dass er sehr ambitioniert ist. Er wird sich von allem bedroht fühlen, was seinen Status angreifen und seine Karriere gefährden könnte.«

»Zum Beispiel von einer jungen Reporterin, die einen unvorteilhaften Artikel über ihn schreibt«, ergänzte Paul.

»Unwahrscheinlich, aber möglich«, meinte Daneel. »Es gibt zudem eine hohe Wahrscheinlichkeit, dass er leicht psychopathische bis soziopathische Züge aufweist.«

»Wieso das denn? Ich kann ihn mir einfach nicht als Mörder vorstellen«, sagte Beeke.

»Es gibt verschiedene Arten von Psychopathen, die wenigsten davon sind mörderisch veranlagt. Allerdings besteht eine Korrelation zwischen hochrangigen Geschäftsleuten und psychopathischen Zügen. Wer Gehälter kürzen und Mitarbeiter so gut es geht unterdrücken muss, damit nicht nur der eigene Bonus, sondern auch die Marge für die Eigentümer steigt, und dabei ein ruhiges Gewissen behält, der braucht dafür eine gewisse Disposition. Einen Mangel an menschlichem Gewissen, wenn man so will. Er kann nicht auf die gleiche Weise empathisch sein wie der Durchschnitt. Sonst würde er an seinen Aufgaben zerbrechen«, erklärte Daneel.

Ein entgegenkommender Wagen hupte, und der grauhaarige Fahrer winkte ihnen fröhlich zu. Beeke erwiderte den Gruß, und Paul fragte sich, wer das wohl gewesen sein könnte. Für ihren Vater sah er viel zu alt aus, für ihren Großvater zu jung. Noch bevor er sich ein finales Urteil gebildet hatte, standen sie auch schon auf dem Parkplatz des Wittdüner Supermarktes. Für einen Supermarkt ein winziges, aber für Amrum schon fast ein beeindruckend großes und modernes Backsteingebäude mit drei Stockwerken und etlichen Gauben an der Front. Helgas Boutique lag wenige Meter entfernt auf der anderen Straßenseite.

Als sie den Laden betraten, waren Helga und ihre Assistentin in eine lebhafte Unterhaltung mit einem mittelalten Mann vertieft: es ging um das Bild, das vor ihnen an der Wand hing. Der rot-weiß gestreifte Turm sollte offenbar eine Darstellung des Amrumer Leuchtturms sein. Der Mann hatte leicht gewelltes graues Haar. Doch sein Gesicht strahlte so jung und frisch, als käme er direkt aus einer Schönheitsbehandlung. Was, so dachte Paul, gar nicht mal so unwahrscheinlich war.

Alle drei drehten sich in Richtung der klingelnden Tür. Die Frauen wirkten genervt wegen der ungewollten Unterbrechung ihres Gesprächs mit dem dänischen Geschäftsmann. Martin hingegen schaute sie begeistert an. Das Lächeln und die weit geöffneten Arme, mit denen er ihnen entgegenkam, spiegelten in keiner Weise wider, dass er unter Mordverdacht stand.

»Hallo!«, sagte Martin. »Ihr müsst Daneel und Paul sein, natürlich in Begleitung der ewig charmanten Beeke. Oh, der Name allein ist pure Inspiration. Du solltest die Handschellen an den Nagel hängen und als meine Muse arbeiten.«

»Aufhören!«, sagte Beeke verlegen.

»Woher kennst du unsere Namen?«, unterbrach Paul die Annäherungsversuche von Martin.

»Na, Helga hat mir von euch erzählt.«

»Ich kann mich nicht daran erinnern, Helga den Namen von Daneel genannt zu haben. Und er selbst war bei unserem ersten Besuch nicht dabei.«

»Dann werde ich es wohl an anderer Stelle gehört haben. Ihr könnt euch sicher vorstellen, dass eure Ankunft für einige Aufregung auf der Insel gesorgt hat.«

»Mehr noch als der Mord?«, fragte Paul.

»Ach diese unschöne Sache.« Martin sah sie mit traurigen Augen an. »Ja, der Mord war natürlich die große Geschichte der letzten Tage. Man konnte fast den Eindruck bekommen, es wäre das Aufregendste, was jemals auf dieser Insel passiert ist. Aber man muss nur einmal über den Strand spazieren, um zu wissen, dass das offensichtlich verkehrt ist«, sagte Martin.

»Wieso?«, fragte Paul. »Was ist am Strand passiert?«

»Strand ist am Strand passiert. Aber nicht irgendein Strand. Amrumer Strand in seiner ganzen Pracht und Größe. Mach nur einen Spaziergang über den Strand, und ich verspreche dir, du willst hier nie wieder weg«, sagte Martin.

»Zurück zu meinem Assistenten. Ich bin mir sicher, ich habe seinen Namen nur gegenüber Beeke und Magnus erwähnt«, sagte Paul.

»Nun, Dinge passieren«, sagte Martin, der für einen kurzen Moment seine Künstlerrolle verließ und zeigte, wie er es an die Spitze von Wayward geschafft hatte.

Aber schon einen winzigen Augenblick später lag wieder ein entwaffnendes Lächeln in seinem Gesicht.

»Ich nehme an, du weißt, warum wir mit dir sprechen wollen?«, fragte Paul.

»Na klar. Magnus kann mich nicht leiden. Er hat sich gedacht, der beste Weg, mir mein Leben schwer zu machen, wäre, mich zum Hauptverdächtigen zu ernennen.«

»Wir sind hier, um uns über Donnerstag zu unterhalten«, sagte Paul. »Also, wo warst du in der Nacht von Donnerstag auf Freitag?«

»Ich war in der ›Blauen Maus‹. Ihr könnt gerne Jan fragen, er wird es euch bestätigen.«

»Und während du in der ›Blauen Maus‹ warst, hast du getrunken? Oder andere Drogen zu dir genommen?«, fragte Paul.

»Natürlich hatte ich ein paar Runden.«

»Kannst du dich an die Zeit erinnern, als du nach Hause gegangen bist?«, fragte Paul.

»Ah, die Details sind, wie soll ich sagen, etwas bruchstückhaft. Aber ich glaube, ich bin um 23 Uhr gegangen.«

»Du bist also gegen 23 Uhr in deine Ferienwohnung gegangen. Was hast du dann gemacht?«

»Ich denke, ich bin ins Bett gegangen und habe die Nacht durchgeschlafen. Gegen elf Uhr bin ich aufgewacht, mit einem dicken Schädel und schwankendem Magen.«

»Du denkst, du bist ins Bett gegangen? Was genau meinst du damit?«, fragte Beeke.

»So wirklich weiß ich es nicht. Meine Erinnerung hat, wie gesagt, ein paar Lücken.«

»Ist dir irgendetwas aufgefallen in der Nacht?«, fragte Daneel. »Hast du etwas gehört?«

»Ich befürchte, ich habe geschlafen wie ein Stein.«

»Gibt es jemanden, der bezeugen kann, dass du die ganze Nacht geschlafen hast?«, fragte Paul.

»Ich glaube nicht, dass Wiebke es wirklich bezeugen kann, also sage ich mal nein. Ich will euch ja nicht anlügen.«

»Du verstehst, dass es nicht gut für dich aussieht. Dein Alibi ist, wenn überhaupt, hauchdünn, eher nicht vorhanden.«

»Ich denke nicht, dass Magnus' Abneigung mir gegenüber und eine Nacht in der Bar wirklich Grund genug sind, mich zu verdächtigen.«

»Was ist mit dem Artikel, den Lara über dich schreiben wollte?«, bluffte Paul. »Ein unschicklicher Artikel über den erfolgreichen dänischen Geschäftsmann und selbst ernannten Künstler. Wir wissen, dass du kurz vor dem Mord mit ihr gesprochen hast.«

Martin schaute leicht verwirrt. Er hatte sicher nicht damit gerechnet, dass die Polizei so schnell auf diese Verbindung kommen würde. Aber er hatte es jetzt nicht mehr mit Magnus zu tun.

Es würde mich wahrhaft wundern, wenn dieser Herr nicht etwas im Schilde führt, dachte Paul. Irgendetwas gefiel ihm an Martins Reaktion nicht. Sein Verhalten passte nicht zur Situation.

»Und gibt es einen Beweis für diesen unvorteilhaften Artikel?«, fragte Martin.

»Noch nicht. Aber wir wissen, was Lara ihren Freunden erzählt hat, nämlich dass sie vor ihrem großen Durchbruch steht. Eine Feel-good-Story über einen erfolgreichen dänischen Geschäftsmann erscheint mir da eher unwahrscheinlich«, erwiderte Paul, und versuchte währenddessen, die Reaktionen von Martin zu deuten. Aber da gab es nichts zu sehen. Nichts. Ein undurchdringliches, freundlich lächelndes Gesicht. Nicht mehr und nicht weniger.

»Wenn ihr irgendwann mehr als nur inhaltslose Drohungen habt, dann könnt ihr gerne auf mich zurückkommen, und wir sprechen noch mal über die ganze Angelegenheit. Im Moment habe ich wichtigere Dinge zu tun, als mir wilde, unbegründete Anschuldigungen anzuhören, und es wäre auch unhöflich, die Damen noch länger warten zu lassen«, sagte Martin.

Ohne auf eine Antwort von Paul zu warten, drehte er sich um und ging zurück zu Helga und ihrer Mitarbeiterin.

»Wir werden etwas finden«, rief Paul ihm hinterher. »Und dann sehen wir uns wieder.«

»Wunderbar, so machen wir es«, antwortete Martin fröhlich.

Draußen schlug ihnen der kalte Wind ins Gesicht. Er kühlte Paul ab, seinen Kopf, seine Gedanken.

»Ich glaube, ich fange an, Magnus zu verstehen«, brummte Paul.

»Ich sehe es immer noch nicht«, sagte Beeke. »Klar, er ist ein bisschen schrullig, aber sind nicht alle Künstler so? Ich finde, wir sollten nach der großen Story suchen, die Lara angeblich an der Angel hatte. Das ist unsere beste Spur.«

»Was meinst du, Daneel?«, fragte Paul. »Konntest du etwas in seiner Mimik erkennen? Hat er sich irgendwo selbst verraten?«

»Meine Einschätzung, dass es sich bei Herrn Eriksen um einen Mann mit leicht psychopathischen Zügen handelt, hat sich erhärtet. Meine Analysefunktion gibt mir zwar nur 83 Prozent, aber seine Gesichtsausdrücke haben nicht zu dem gepasst, was er gesagt hat. Es war nicht viel, aber genug, um es zu erkennen.«

»Hat er gelogen?«, hakte Paul nach.

»Du weißt, wie unzuverlässig meine Lügendetektoren sind«, entgegnete Daneel. »Wenn er gelogen hat, dann war er sehr gut darin. Ich möchte jedoch anmerken, dass ich es nicht gutheiße, dass du Martin so unvermittelt bedrohst.«

»Ist notiert. Und was machen wir jetzt?«, fragte Paul, dessen Hoffnung auf eine schnelle Lösung des Falls sich mehr und mehr in Luft auflöste. Er war zu sehr daran gewöhnt, die modernsten Überwachungssysteme zur Hand zu haben.

In einer Stadt, in der jeder Winkel gefilmt wird, ist es schwer, mit einem Verbrechen lange unbemerkt zu bleiben. Sicher, Daneel war eine große Hilfe, aber schon jetzt fühlte es sich an, als würde sich der Fall wie Kaugummi ziehen. Er hoffte, dass sich Kiel bald mit dem Obduktionsbericht melden würde, befürchtete aber, dass auch die Leiche von der Tatortreinigung sauber geschrubbt worden war. Er konnte immer noch nicht fassen, dass Magnus es zugelassen hatte, den Tatort zu reinigen. War er wirklich so naiv zu glauben, dass es in Ordnung wäre, vor Ankunft der Kriminalpolizei etwas am Tatort zu verändern? Oder hatte Magnus vielleicht selbst etwas zu verbergen? Paul entschied sich, diese Frage direkt auf seiner Notiz-App zu notieren.

»Eine gute Idee«, mischte sich Daneel ein.

Paul hatte sich bereits daran gewöhnt, dass sein seelenloser Compagnon jedes Wort mitlesen konnte, dass er in sein Smartphone eingab. Es war unglaublich nützlich, wenn auch verstörend.

»Was ist eine gute Idee?«, fragte Beeke.

»Ich habe mir nur notiert, dass ich mir Magnus' Motive noch einmal genauer anschauen will. Wir müssen herausfinden, ob er ein Alibi hat. Er hatte einen Schlüssel für das Haus, und der Eifer, den Tatort reinigen zu lassen, bevor wir uns alles anschauen konnten, ist auch – sagen wir mal – zumindest ungewöhnlich. Um ganz ehrlich zu sein, fischen wir etwas im Trüben. Was kannst du uns denn noch über Magnus erzählen?«, fragte Paul.

»Magnus ist ein Guter«, sagte Beeke. »Ja, er trinkt gerne einen über den Tee und er ist vermutlich nicht der zuverlässigste Ermittler, aber er hat das Herz am rechten Fleck. Zumindest, solange es nicht um Fußball geht.«

»Ein bisschen ausländerfeindlich vielleicht?«, fragte Paul, aber Beeke schüttelte den Kopf.

»Nein, nein, nein. Er mag etwas gegen Leute haben, die nicht von der Insel sind, aber dabei ist es ihm egal, ob du aus Berlin oder Bagdad kommst.«

In der Zwischenzeit waren sie längst wieder an Beekes Auto angekommen. Wie eine kleine konspirative Gruppe standen sie auf dem sonst fast menschenleeren Parkplatz. Dann und wann ging ein Insulaner an ihnen vorbei und grüßte freundlich.

»Moin, Beeke«, und weiter ging's.

»Und was ist mit Magnus' Bruder?«, fragte Paul.

»Jon ist ein bisschen verrückt«, begann Beeke. »Er hat damals den Hauptteil des Familienvermögens geerbt, kümmert sich um die Vermietung der Immobilien und übernimmt die Hausmeistertätigkeiten. Magnus bekommt einen Anteil der Einnahmen, hat mir aber vor Kurzem erzählt, dass die Erträge immer geringer werden.«

»Also könnte es finanzielle Sorgen geben?«, fragte Daneel.

»Ja, und Jon ist noch immer alleinstehend. Soweit ich weiß, hatte er noch keine ernst zu nehmende Beziehung. Er mag es, sich mit seinen Gästen zu unterhalten, und es geht das Gerücht um, er würde weiblichen Besuchern große Ermäßigungen bei der Buchung der Ferienwohnungen geben. Magnus war, wie ihr euch vorstellen könnt, nicht erfreut. Er sagte, auf diese Weise verlieren sie sogar Geld.«

»Warum wurde er noch nicht befragt?«, unterbrach Daneel Beekes Ausführungen.

Hätte er nicht gewusst, dass sein Partner keine Emotionen spürte, hätte Paul fast geglaubt, eine starke Irritation in seiner Stimme zu erkennen.

»Magnus hat mit ihm gesprochen und gesagt, dass Jon es nicht gewesen ist. Und für den Moment hat uns das genügt. Außerdem war Magnus der leitende Ermittler in diesem Fall. Ich hatte gar nicht mehr daran gedacht, aber es könnte sich lohnen, bei Jon vorbeizuschauen. Trotzdem glaube ich Magnus, wenn er sagt, dass sein Bruder die Frau nicht getötet hat. Er hätte jeden Grund, ihn in die Pfanne zu hauen.«

»Ich denke, du unterschätzt die schier unbändige Kraft der Geschwisterliebe. Geschwister neigen dazu, gerade in Zeiten zusammenzuhalten, in denen es hart auf hart kommt«, sagte Paul, aber er konnte sehen, dass er Beeke damit nicht überzeugte.

»Wo können wir Jon treffen?«, fragte er schließlich.

»Sobald er mit den Häusern fertig ist, findet man ihn normalerweise am Strand, wenn es dort Arbeit für ihn gibt«, antwortete Beeke.

»Kannst du ihn lokalisieren, Daneel?«, forderte Paul seinen Assistenten auf.

»Beeke könnte recht haben«, sagte Daneel. »Sein Smartphone befindet sich am Strand in Nebel.«

Beeke nickte fröhlich.

»Aber etwas ist komisch. Das Handy wurde seit heute Morgen nicht mehr bewegt.«

Paul schaute nichts Gutes ahnend zu Beeke.

»Vermutlich ist es ihm bei der Arbeit aus der Hosentasche gefallen«, meinte Beeke hoffnungsvoll.

»Vermutlich«, antwortete Paul wenig überzeugt.

Kapitel 5

Die Straße zum Strand führte über einen Hügel und hatte tiefe Risse, die mit Sand zugeweht waren. Auf der linken Straßenseite passierten sie ein einzelnes zerfallenes Haus, neben dessen Einfahrt ein großes Steuerrad prangte.

Der Parkplatz, an dem sie hielten, endete direkt vor einer hohen Düne. Bis auf ihr Auto war alles leer, doch an den vielen Fahrrädern am Fahrradständer gegenüber zeigte sich, dass sie am Strand nicht ganz allein sein würden. Auf der anderen Seite des Parkplatzes stand ein Gebäude, das wie eine längst vergessene Dorfdisco aussah.

Weiter ging es nur zu Fuß. Der Weg verlief mitten durch die Dünen. Er bestand aus großen Betonplatten, die ebenfalls tiefe zugewachsene Risse aufwiesen. Auf der rechten Seite, inmitten der Düne, tauchte ein Restaurant auf. Es war geschlossen, die Lichter waren ausgeschaltet. Den Eingang zierte das Wort »Strandpirat« in großen weißen Buchstaben auf schwarzem Grund.

»Nicht viel los hier«, sagte Paul.

»Ja, in der Nebensaison ist es ziemlich ruhig. Die meisten Geschäfte und vor allem die Restaurants schließen in den Wintermonaten. Es kommen einfach nicht genug Gäste für die vielen Restaurants vor Ort. Im Prinzip teilt man sich die wenige Kundschaft auf«, erklärte Beeke.

Sie liefen über einen kleinen Hügel. In der Ferne ließ sich das Meer erahnen. Paul war erschrocken, wie weit es bis dorthin noch war.

»Ist gerade Ebbe?«, fragte er.

Beeke schaute verwundert auf ihre Uhr.

»Nee, eigentlich haben wir gerade Flut.«

Paul schaute sich um. Überall war feiner weißer Sand zu sehen, nur in großer Entfernung konnte er die Umrisse von bunt gestreiften Strandkörben entdecken. Vereinzelt liefen Menschen über den Strand. Paul seufzte. Die Füße sanken tief in den Sand ein, die Schritte waren schwer und kosteten ihn einige Kraft. Links und rechts von ihnen waren Holzbalken zu erkennen, wie Schienen, die vom Ende der Betonplatten bis hinten zu den Strandkörben verliefen.

»Normalerweise liegen hier Holzbohlen«, sagte Beeke, als sie Pauls verwunderten Blick bemerkte. »Aber in der Nebensaison werden die Bohlen abgebaut, um sie zu schonen.«

Vorne am Strand wehte der Wind ungehindert und pustete kleine Sandböen über den Strand. Paul musste die Augen zusammenkneifen, als eine Böe den feinen Sand mitten in sein Gesicht blies. Bis auf das Pfeifen des Windes und vereinzelte Rufe von Möwen war es still. Trotzdem hatte Paul Probleme, seine Gedanken zusammenzuhalten. Er fühlte, wie ein Teil der aufgestauten Anspannung, ohne dass er es beabsichtigte, von ihm abfiel. Er konnte nicht anders, als die Sicht zu genießen. Für einen Augenblick blieben sie stehen und genossen den Wind, das Rauschen des Meeres und die frische Seeluft, die Paul neue Energie schenkte. Trotzdem konnte er sich dem Urlaubsgefühl nicht ganz hingeben.

»Kannst du ihn irgendwo erkennen?«, fragte er Daneel.

»Nein, von den Leuten am Strand passt keiner zu dem Bild von Jon, dass ich mir aus der Datenbank geladen habe«, sagte Daneel.

»Wie kannst du das aus der Entfernung sehen?«, fragte Beeke, die noch immer Schwierigkeiten damit hatte, sich an die Fähigkeiten des Androiden zu gewöhnen. »Aber du hast recht, es sieht so aus, als ob es hier heute keine Arbeit gibt.«

»Lasst uns trotzdem noch von Nahem schauen«, schlug Paul vor.

Sie gingen weiter über den sandverwehten Weg. In der Tat fiel Paul auf, dass hier alles von Sand überlagert war. Auf der rechten Seite stand ein Klettergerüst, fast schon zur Hälfte im Sand versunken.

»Es muss eine Menge Arbeit sein, hier alles vom Sand freizuhalten«, meinte Paul.

»Ist es«, sagte Beeke. »Der Spielplatz wird erst zu Saisonbeginn wieder freigeräumt. In der Zwischenzeit lohnt sich der Aufwand nicht.«

»Und was machen die Kinder der Insulaner?«, fragte Paul.

»Was meinst du? Schau dich um. Überall Strand, Dünen, das Meer. Welchen Grund sollte ein Kind hier haben, sich zu langweilen?«

»Also gut«, sagte Paul. »Daneel, kannst du das Handy orten?«

Daneel nickte.

»Da hinten. Direkt neben dem letzten Strandkorb.«

Sie wanderten zu der kleinen freien Fläche am äußersten Rand der Strandkörbe. Daneel schritt voran, und Paul lief prustend hinterher. Am Ende der Reihe rot-weiß gestreifter Strandkörbe blieb Daneel stehen. Der Gesichtsausdruck seines Partners gefiel Paul gar nicht.

»Was ist los?«, fragte er, während er nach Luft schnappte.

»Das Telefon ist genau hier«, sagte Daneel, und zeigte auf die Fläche vor seinen Füßen, die einen verdächtigen roten Farbton aufwies.

»Das gefällt mir gar nicht«, sagte Beeke.

»Ich fürchte, wir haben einen weiteren Tatort«, sagte Paul.

Die anderen beiden nickten stumm.

»Was machen wir nun?«, fragte Beeke.

»Daneel, mach einen kurzen Check von der Umgebung auf Fingerabdrücke und DNA-Spuren«, sagte Paul.

Daneel begann einmal mehr, stumm in die Gegend zu starren. Paul versuchte, auch etwas zu erkennen, konnte aber nichts ausmachen.

»Daneel, was ist deine Einschätzung? Stehen wir vor einem Tatort?«. Eigentlich musste Paul die Frage nicht stellen.

»Nein, ein Tatort ist hier nicht«, antwortete Daneel. »Es gibt keinerlei Spuren eines Kampfes. Ich bin mir allerdings sicher, dass wir unter dem Sand eine Leiche finden werden.«

»Kannst du die ersten Schritte einleiten?«, sagte Paul. »Und Beeke, kannst du auf dem Festland anrufen? Ich denke, wir brauchen so schnell wie möglich ein Tatort-Team.«

»Wer, denkst du, liegt da?«, fragte Beeke.

»Ich denke, dort unter dem Sand liegt die Leiche von Jon«, sagte Paul.

Beeke schüttelte den Kopf.

»Wer sollte denn jetzt schon wieder Jon töten wollen?«, fragte sie. »Jon ist, wenn überhaupt, eher langweilig.«

Daneel ließ sich auf die Knie nieder und begann zu graben. Beide Hände bewegten sich mit großer Geschwindigkeit und höchster Präzision. Paul sah ihm angespannt dabei zu.

Wenn hier nicht der Tatort selbst war, musste der Täter die Leiche den ganzen Weg bis hierher geschleppt haben. Es war schon schwer genug, ohne Gepäck durch den Sand zu laufen. Mit dem Gewicht eines leblosen Körpers auf den Schultern war es allein so gut wie unmöglich, dachte Paul.

Vielleicht waren es mehrere Täter? Oder der Täter war mit einem Auto hierhergefahren? Vielleicht hatte er es mitten in der Nacht gemacht und war deswegen niemandem aufgefallen.

»Du glaubst wirklich, es gab einen weiteren Mord?«, fragte Beeke.

»Ich weiß es nicht, aber ich befürchte es. Warum sollte Jons Handy sonst hier vergraben sein?«

»Meinst du, die Morde haben etwas miteinander zu tun?«, fragte Beeke.

»Aktuell wissen wir nicht einmal, was wir hier genau haben, aber lass es mich mal so formulieren: Wie viele Morde habt ihr hier auf Amrum sonst?«

»Fast keine, vielleicht einen in den letzten zehn Jahren«, erwiderte Beeke.

»So wenig?«. Paul war erstaunt. Er hatte mit einer geringen Zahl gerechnet, aber nicht mit so wenig.

»Welchen Grund sollte man haben, hier jemanden zu ermorden, wenn man doch einfach einen schönen Strandspaziergang machen kann?«

Dieses Mal war es Paul, der den Kopf schüttelte. So viele Morde gab es in Kiel bereits in einer guten Woche. Beide schauten Daneel zu, wie er begann, einen Körper freizulegen. Und es wurde ihnen schnell klar, dass etwas ganz fürchterlich schiefgelaufen war.

»Magnus!«, schrie Beeke und hielt sich an Paul fest. »Warum Magnus? Das darf nicht wahr sein, bitte, lass es nicht wahr sein!«

Paul brauchte einen Moment länger, um das Gesicht wiederzuerkennen, das nun so friedlich zu ihm herschaute. Doch es war eindeutig. Das Opfer war Magnus. Noch in derselben zerknitterten Uniform, die er am Vorabend getragen hatte.

Beruhigend legte Paul seine Hand auf Beekes Schulter. Das Ganze traf ihn selbst wie ein Schlag. Er kannte das Gefühl des Verlustes, die Leere. Er wusste, was Beeke nun brauchte: Zeit und Geborgenheit. Und mit keinem von beiden konnte er ihr wirklich dienen. Also gab er ihr das, was er zur Hand hatte. Einen von Herzen kommenden Griff an die Schulter.

»Wenn es irgendetwas gibt, dass ich für dich tun kann, dann sag es mir bitte«, sagte er.

»Eine Sache«, sagte Beeke, mit zitternder Stimme. »Lass uns den Bastard fangen, der das hier getan hat.«

Beeke setzte sich in den Sand und grub ihre Hände tief in den Boden, den Blick fest auf Magnus' toten Körper gerichtet. Paul ging zu Daneel und sah sich die Leiche genauer an.

»Kannst du sagen, wann er ermordet wurde?«

»Seiner Körpertemperatur und dem Stand der Leichenstarre nach zu urteilen würde ich sagen, die Tat ist irgendwann zwischen zwei und drei Uhr in der Nacht geschehen«, sagte Daneel. »Die letzte Bewegung des Handys war aber um 3.30 Uhr.«

»Wie das?«, fragte Paul.

»Es sieht so aus, als wurde er nach dem Mord hierhergebracht.«

»Warum Magnus?«, fragte Paul. »Hattest du nicht gesagt, dass hier das Handy von Jon liegen müsste?«

»Das ist weiterhin richtig«, sagte Daneel. »Die Frage ist, warum Magnus das Handy seines Bruders bei sich trägt.«

»Kannst du das Telefon checken und uns sagen, was drauf ist?«, fragte Paul.

»Ich bin gerade dabei, mir Zugang zu den Daten zu schaffen«, sagte Daneel. »Aber aufgrund der mangelhaften Verbindung kann ich derzeit nicht die volle Bandbreite meiner Cloud-Computing-Funktionen nutzen. Das erschwert den Zugriff auf das ausgeschaltete Handy. Vielleicht solltest du dich derweil um Beeke kümmern.«

Es waren Momente wie diese, in denen Paul seinen Androidenkollegen nicht besonders ausstehen konnte. Wer war er denn, dass er ihm, dem Menschen, Empfehlungen für menschliches Verhalten gab? Selbst wenn er damit recht hatte. Langsam ging Paul zurück zu Beeke, die noch immer auf dem Boden saß und weiterhin angestrengt mit ihren Händen im Sand wühlte.

»Wenn du einen Tag brauchst oder zwei, kommen wir sicherlich auch erst einmal so zurecht«, sagte Paul. »Aber ich erinnere mich noch daran, wie es mir ging, als Ava ermordet wurde. Ich wollte mich kopfüber in die Arbeit stürzen und herausfinden, wer es war.«

»War Ava deine Kollegin?«, fragte Beeke, ohne ihn anzusehen.

»Nein, sie war mehr als das«, sagte Paul nachdenklich.

»Und, hast du den Täter gefasst?«, bohrte Beeke weiter.

»Nein, aber ich weiß, wer es war. Ich muss es nur noch beweisen. Zwei Jahre suche ich jetzt schon nach der Nadel im Heuhaufen. Und ich bin mir sicher, dass ich den Beweis finden werde«, sagte Paul. »Es ist kein Geheimnis, dass ich besessen bin, wenn es darum geht. Ich denke, das war einer der Gründe, warum mein Chef mich nach Amrum geschickt hat – er wollte mich auf andere Gedanken bringen.«

»Amrum macht das mit dir.«

»In diesem Moment ist eher das Gegenteil der Fall. Wir müssen den Mörder so schnell wie möglich fassen, damit ich meine Ermittlungen fortsetzen kann«, sagte Paul und schaute zu Daneel. Er fühlte, wie sich sein Magen zusammenkrampfte. Der Moment des Schmerzes kam zurück. Er war inzwischen geübt darin, die Gedanken an Avas Tod zu verdrängen. Aber hier, im Angesicht der Leiche von Magnus, wollte es ihm nicht mehr gelingen.

Paul erinnerte sich noch lebhaft an den Moment. Als er morgens aufwachte, lag Ava nicht neben ihm. Sie war am Abend zuvor nicht nach Hause gekommen. Sobald er im Büro eintraf, beorderte ihn sein Chef direkt zu sich. Er wusste gleich, dass etwas nicht stimmte. Die Blicke seiner Kollegen ließen ihn das Schlimmste erahnen. Doch erst in dem Moment, als sein Chef ihm von Avas Tod erzählte, implodierte seine Welt.

Sie arbeiteten damals gemeinsam an einem Fall von Androidenschmuggel, und die letzte Nachricht, die er von ihr bekommen hatte, lautete: »Habe einen interessanten Hinweis für unseren Fall erhalten. Stichwort Herr Braun.«

Verdammt noch mal, Ava. Warum musste sie immer so mysteriös sein? Bis heute hatte Paul keine Ahnung, was sie mit der Nachricht meinte. Und bis heute hatte er es nicht geschafft, ihren Mörder zu fassen. Noch nicht. Der Psychotherapeut empfahl ihm damals Meditation und ausreichend Schlaf, aber es war unmöglich, an nichts zu denken oder Schlaf zu finden, während seine Gedanken nur um eines kreisten.

Es ist einfacher, schlechte Gedanken dadurch zu verdrängen, dass man den Kopf mit anderen Informationen überflutet. Ihn mit Aufgaben überwältigt. Und so stürzte sich Paul in die Arbeit. Von morgens bis abends. Keine freie Minute, keine einzige Pause. Doch selbst dann kam der Schmerz, in den ruhigen Minuten, während der Fahrt im AutoCab, beim Schreiben eines Tatortberichts, in der Nacht.

»Hey Paul, hörst du mir zu?«, rief Beeke.

Paul brauchte noch einen Moment, um mit seinen Gedanken an den Strand zurückzukehren.

»Sorry«, sagte er und schüttelte sich.

»Ich habe gesagt, dass sich das Tatort-Team direkt auf den Weg macht.«

»Alles klar, super«, sagte Paul.

Er entschied sich, seinen Chef zu kontaktieren, um ihm mitzuteilen, dass sie leider noch länger auf Amrum festsitzen würden.

Es war schwer, durch den brausenden Wind das Tuten des Telefons zu hören. Paul ging ein Stück die Düne hinunter in der Hoffnung, in ihrem Windschatten genug Schutz zu haben, um seinen Chef zumindest einigermaßen zu verstehen.

»Hallo Paul, wie läuft's?«, ertönte dessen freundliche Stimme.

»Hallo Chef, wir haben gerade eine zweite Leiche gefunden. Es sieht so aus, als ob unser örtlicher Ansprechpartner ermordet wurde. Leider fehlt uns bis jetzt noch jede Spur in diesem Fall«, sagte Paul.

»Danke für das Update, Paul. Und wie geht es dir selbst?«

Nicht gut, dachte Paul.

»Mir geht's gut, danke der Nachfrage«, antwortete er stattdessen.

»Und der Tod von Beekes Kollegen berührt dich nicht?«

Paul wusste, woher der Wind wehte. Technisch gesehen, wehte der Wind natürlich streng aus Richtung Westen, und Paul versuchte sich hinter einen Strandkorb zu stellen, um Schutz vor den kräftigen Böen zu finden. Vermutlich hatte Daneel den Report schon online gestellt, und sein Chef hatte bei den Worten »Tod« und »Kollege« befürchtet, er könnte einen mentalen Zusammenbruch erleiden.

Eigentlich hatte er auch jedes Recht, besorgt zu sein, dachte Paul. So angekratzt wie jetzt hatte er sich schon lange nicht mehr gefühlt. Konfrontiert mit den verdrängten Gefühlen, hatte er Angst, die Fassade könnte bröckeln und seine Persona aus Arbeitsfleiß und Ambition würde in sich zusammenfallen.

»Ich verspreche dir, dass ich durchhalte«, sagte Paul. »Ich werde hier gebraucht.«

»Okay, Kopf hoch und zeig den Leuten, dass man mit guter Arbeit jeden Fall lösen kann«, sagte sein Chef. »Ich werde deinen Zustand weiter überwachen. Das Wichtigste ist jetzt deine geistige Gesundheit, Paul. Sollte ich den Eindruck bekommen, dass es dir nicht gut geht, habe ich keine Skrupel, dich von dem Fall abzuziehen. Daneel wird mich über deinen Zustand auf dem Laufenden halten.«

Paul wusste, dass er es gut meinte. Aber er konnte nichts vom Ausmaß seines Leidens wissen. Nur Paul selbst wusste davon. Für einen Moment dachte er darüber nach, ob sein Chef ihn mit Daneels Psychoanalysetool beobachten ließ.

Vermutlich war das der Grund, warum er ihn überhaupt hatte mitnehmen dürfen.

»Paul, kannst du kurz kommen?«, rief ihn Daneel.

»Was gibt's?«

»Das Telefon von Magnus ist genauso professionell gesäubert worden wie die Geräte von Lara«, sagte Daneel. »Ich denke, es gibt eine Verbindung zwischen den beiden Mordfällen.«

»Aber es ist das Telefon von Jon?«

»Ja.«

»Kann es sein, dass das Ziel gar nicht Magnus war, sondern Jons Telefon?«, fragte Paul.

»Möglich.«

»Und kannst du das Telefon von Magnus lokalisieren?«

»Ist schon geschehen. Das Telefon befindet sich im Haus von Jon.«

»Hoffentlich ist zumindest Jon noch am Leben«, sagte Paul.

»Ich kann es dir zwar nicht mit hundertprozentiger Sicherheit sagen, aber ich habe mich vorhin auf dem Telefon von Magnus eingeloggt, und dem Schnarchen im Hintergrund nach zu urteilen, nehme ich an, dass Jon gerade einen Mittagsschlaf macht.«

»Nicht mal mit hundertprozentiger Sicherheit kannst du mir das sagen?«, scherzte Paul.

»Manchmal gibt es keinen anderen Weg, als auch ohne hundertprozentige Sicherheit eine Vermutung zu äußern. Aber auch dann treffe ich meine Aussagen nach einer sorgfältigen Analyse aller möglichen Einflussfaktoren. Mit einem besseren Zugang zum Internet würden gewisse Programme besser funktionieren, und ich könnte dir die gewollte hundertprozentige Sicherheit geben. Aber unter den aktuellen Umständen sind leider nicht alle meine Features verfügbar«, sagte Daneel.

»Zum Beispiel dein Algorithmus zum Erkennen von Sarkasmus«, sagte Paul lächelnd.

»Eher die Analyse der Sprachmuster von der Datenbank des BND. Sonst könnte ich Aufnahmen von Jons Schnarchen mit den Geräuschen vergleichen, die derzeit in seinem Haus zu hören sind, und dir die gewünschte Sicherheit geben. Aber ich denke, auch so ist es hinreichend wahrscheinlich, dass es sich bei dem schnarchenden Menschen in Jons Haus auch um Jon handelt.«

»Du bist echt unglaublich hilfreich, Daneel«, sagte Paul. »Gott sei Dank seid ihr noch zu teuer, um uns alle zu ersetzen. Aber ich fürchte den Tag, an dem es so weit ist.«

»Angst vor Fortschritt ist Angst vor dem Leben selbst«, sagte Daneel.

»Dir ist bewusst, dass du mir gerade einen der Firmengrundsätze deines Herstellers zitiert hast«, sagte Paul. Es war nicht das erste Mal, dass Daneel diesen Satz anbrachte.

»Welchen Unterschied macht das schon? Der Satz wird dadurch nicht weniger wahr.«

»Natürlich glaubst du das! Du wurdest darauf programmiert, das zu glauben«, sagte Paul. »Aber es ist eben nicht wahr. Es ist durchaus möglich, bestimmte Dinge zu fürchten, die der Fortschritt mit sich bringt, und dennoch keine Angst vor dem Leben zu haben.«

Daneel konnte diesem Argument nicht folgen. Er war darauf programmiert, diesen Punkt zu ignorieren.

»Wollen wir die weiteren Fakten diskutieren, die ich durch die Untersuchung der Leiche gefunden habe?«, fragte er.

»Leg los, Daneel.«

»Es gibt keine Fingerabdrücke auf dem Körper oder dem Smartphone. Und ähnlich wie bei der Leiche von Lara gibt es am Körper bis auf wenige Haare keine Fremd-DNA. Ich denke, der Mörder ist ein Profi oder zumindest ein sehr minutiöser Planer.«

»Aber ein schlampiger Profi. Oder würde er sonst an beiden Tatorten Haare hinterlassen, obwohl der Tatort sonst völlig DNA-frei ist? Und welcher Profi würde die Leiche einfach mit dem eingeschalteten Handy vergraben? Der Mörder musste doch wissen, dass wir die Leiche dadurch finden.«

»Das stimmt«, sagte Daneel.

»Und sonst?«

»Es sieht so aus, als wurde Magnus mit einem Stich in den Bauch ermordet«, sagte Daneel und deutete auf einen Einschnitt in der Polizeiuniform auf Höhe der rechten Niere.

»Gute Arbeit, Daneel. Lass uns sehen, ob dir das Tatort-Team das Wasser reichen kann«, sagte Paul.

Beeke stand anteilslos neben ihnen. Paul war bis eben gar nicht aufgefallen, dass sie sich angeschlichen hatte.

»Wann werden die Kollegen da sein?«, fragte Paul.

»Ich, ich weiß nicht«, sagte Beeke. »Sie haben gesagt, sie würden sich sofort auf den Weg machen.«

»Sie sind auf dem Weg und werden in etwa 20 Minuten hier sein«, antwortete Daneel.

»Sehr gut. Sobald sie hier angekommen sind und wir ihnen den Tatort übergeben haben, machen wir uns auf den Weg zu Jon. Schläft er immer noch, Daneel?«

»Ja, er schläft noch immer tief und fest«, sagte Daneel.

»Und noch einmal für dich, Beeke, du musst nicht mitkommen, sondern kannst gerne eine Pause machen.«

»Ich muss mitkommen«, sagte Beeke bestimmt.

»Ich weiß, das ist sicherlich schwer für dich, aber ich muss dich fragen, ob Magnus irgendwelche Feinde hatte«, sagte Paul.

»Außer Martin?«

»Ja, außer Martin.«

»Ich wüsste von niemandem Speziellen. Ich meine, er war ein streitlustiger Mensch, aber nicht so sehr, dass man ihn dafür ermorden müsste.«

Irgendjemand schien das anders zu sehen, dachte Paul.

»Ich denke, jetzt sollten wir alle mal eine kurze Pause einlegen«, schlug Daneel vor.

Beeke und Paul akzeptierten den Vorschlag schweigend. Paul fühlte sich erschöpft. Die Gedanken an Ava hatten ihn letztlich eingeholt. Er kam sich vor, als erfüllte er ein Klischee. Seit Avas Tod stieß er alle Menschen vor den Kopf – bis Daneel kam. Alle anderen hatten versucht, nicht mit ihm über Ava zu reden, hatten das Thema peinlichst gemieden. Bei Daneel war es anders. Er redete einfach nicht über sie. Das Ergebnis war das Gleiche, aber die Absicht war eine andere. Und das allein machte den ganzen Unterschied.

Die Wellen des Meeres vor ihnen, die kreischenden Rufe der Möwen über ihren Köpfen und der kalte, salzige Wind brachten ihn zur Ruhe. Er fühlte sich so entspannt wie schon lange nicht mehr. Ein Hochgefühl wie nach dem erfolgreichen Abschluss eines Falls hatte sich seiner bemächtigt, nur dass es länger anhielt. Vielleicht lag die Lösung für seine Sorgen und Probleme doch hier begraben, am Strand von Nebel.

Kapitel 6

Das ratternde Geräusch der Rotorblätter war schon von Weitem zu hören. Mit jeder Minute wurde es lauter, bis man kaum noch sein eigenes Wort verstehen konnte. Der Helikopter landete am Strand, unweit des Tatorts. Beeke und Paul hielten sich die Hände vors Gesicht, weil die Rotorblätter Unmengen von Sand zu ihnen pusteten.

Eine Gruppe von drei Männern sprang aus dem Helikopter, gekleidet in markante weiße Ganzkörperanzüge. Jeder trug eine große schwarze Aktentasche in der rechten Hand. Der Weg durch den tiefen Sand war auch für sie schwierig, und es hatte fast etwas Humorvolles, wie sie schwankend zu ihnen stakten. Paul fiel bei dem Anblick etwas ein, das er noch mit Daneel besprechen wollte.

»Daneel, eine Frage: Ist es möglich, dass die Leiche von einem Mann allein bis hier getragen wurde?«

»Es ist möglich, aber er müsste schon sehr stark gewesen sein, um das zu schaffen. Schau dir an, wie viele Probleme man selbst ohne Gepäck hat, wenn man hierherlaufen möchte. Die Wahrscheinlichkeit, dass eine einzelne Person es geschafft hat, eine Leiche hierher zu zerren, ist gering, aber nicht unmöglich.«

Daneel hatte keine Zeit mehr, seine Antwort weiter auszuführen, da das Forensik-Team inzwischen bei ihnen eingetroffen war. In einer Reihe standen sie unsicher vor ihnen. Vielleicht lag es an den Anzügen, vielleicht waren sie aber auch eineiige Drillinge: Jedenfalls sahen sie alle exakt gleich aus. Langes braunes Haar, das zu einem Zopf gebunden war, eine kleine dürre Statur und ein ernster Ausdruck im Gesicht.

Der mittlere der drei Männer machte einen Schritt nach vorn, um sie zu begrüßen. Er streckte ihnen eine fragile und blasse Hand entgegen. Paul versuchte, den Handschlag zu erwidern, ohne ihm dabei die Hand zu brechen. Der Händedruck seines Gegenübers war schwach und feucht. Die Sorte Händedruck, bei der man froh ist, wenn man die Hand schnell wieder zurückziehen kann.

»Hallo, ich bin Kriminalkommissar Paul Landmann, und das sind meine Kollegin Beeke von der Amrumer Polizei und mein polizeilicher Assistenz-Androide Daneel«, sagte Paul zur Begrüßung.

»Oh, là, là. Der feine Herr hat einen Assistenz-Androiden. Ich denke, er braucht unsere Hilfe hier gar nicht«, sagte der Forensiker mit fiepsender Stimme. »Aber ich will uns erst einmal vorstellen. Mein Name ist Gerald, und das sind Gero und Gernot. Wir sind hier, um den Tatort zu untersuchen, falls der Android nicht schon alle Beweise zerstört hat.«

»Ich denke, Sie werden schnell herausfinden, dass ich die Integrität des Tatorts nicht in Gefahr gebracht habe«, antwortete Daneel.

»Hat hier irgendjemand etwas gesagt?«, fragte Gerald und guckte dabei absichtlich an Daneel vorbei in die Dünen.

»Ach, es war vermutlich nur ein bisschen unnützes Metall, dass im Wind geklappert hat«, sagte Gero, und die drei Forensiker brachen in lautes Lachen aus.

»Es gibt keinen Grund, Daneel gegenüber gehässig zu sein, werte Kollegen«, unterbrach Paul ihr Gelächter. »Er wird sich kaum für eure kindischen Animositäten interessieren.«

Die drei Forensiker sahen sich gegenseitig ernst an. Sie schienen erwartet zu haben, dass alle Geros Scherz sehr lustig finden würden.

»Seid ihr Drillinge?«, fragte Beeke in ihrer erfrischend direkten Art.

»Ich sehe, dass die Beobachtungsgabe der örtlichen Polizei ungefähr auf dem Niveau ist, auf der wir sie erwartet haben«, sagte Gernot, der sich bis jetzt noch zurückgehalten hatte.

»Und wir haben nicht viel erwartet«, beendete Gerald, und alle drei schienen entzückt von ihrer eigenen Cleverness.

»Wo ist ihr anderer Kollege?«, fragte Gernot und machte dabei eine Bewegung, als wolle er aus einer kleinen Flasche trinken.

Beeke ging mit schnellen Schritten auf Gernot zu, verpasste ihm eine Backpfeife und lief dann mit ebenso schnellen Schritten vom Tatort weg.

»Magnus«, sagte Paul. »Der Kollege, mit dem ihr beim letzten Mal Kontakt hattet, ist das Opfer.«

»Oh, das, das wusste ich nicht. Es, es, tut mir leid«, stammelte Gernot.

»Wir machen uns dann mal an die Arbeit«, fügte Gerald kleinlaut hinzu.

»Viel Erfolg, ich erwarte den Bericht ASAP. Daneel wird Spaß haben, wenn er ihn auf Fehler untersucht.«

»Wir machen keine Fehler«, sagte Gerald.

»Und Daneel kann keinen Spaß empfinden. Dennoch wird ihn das nicht davon abhalten, euren Bericht auf Herz und Nieren zu überprüfen«, erwiderte Paul.

Als sie sich auf den Weg zurück zum Parkplatz machten, entdeckte Paul etwas an einem Fahnenmast unweit des Tatorts.

»Daneel, ist das da oben eine Kamera?«, fragte er.

Daneel blickte am Fahnenmast empor.

»Ja.«

»Und gehört die Kamera zum Überwachungssystem der Polizei?«

»Nein, diese Kamera ist privat«, antwortete Daneel.

»Kannst du herausfinden, wem sie gehört und ob sie etwas aufgenommen hat?«, fragte Paul.

»Ich bin schon dabei«, sagte Daneel. »Es sieht so aus, als ob die Kamera ihre Bilder direkt in eine Cloud streamt. Ich habe den Antrag auf Feststellung des Cloud-Eigners bereits an den BND gesendet.«

»Dann geht alles seinen geregelten Gang«, sagte Paul und wischte sich den Sand von seinem Mantel.

»Denkst du, die Kollegen aus der Forensik werden Beschwerde gegen mich einreichen?«, fragte Beeke, als sie wieder im Auto saßen.

»Ich habe vollstes Vertrauen, dass der Kollege weiß, dass er es verdient hatte.«

Beeke nickte.

»Und glaubst du, dass es Drillinge sind?«, fragte sie, und ihr Gesicht hellte sich wieder auf.

»Daneel, checke doch bitte einmal die Datenbank für uns«, sagte Paul.

»Du weißt genau, dass ich das nicht einfach machen darf. Es sei denn, es besteht ein Grund zu der Annahme, dass es für unseren Fall relevant ist«, sagte Daneel.

»Ich weiß nicht, Beeke«, fing Paul mit ernster Stimme an. »Fandest du es nicht schräg, dass die drei dir nicht beantworten wollten, ob sie Drillinge sind?«

»Es kam mir schon seltsam vor«, spielte Beeke mit.

»Vielleicht ist einer von den dreien mit jemandem verwandt, der in den Fall verwickelt ist. Ich denke, wir sollten besser die Datenbank checken, um auf Nummer sicher zu gehen«, sagte Paul.

»Ich finde, diese Information wäre durchaus relevant«, sagte Beeke mit einer Betonung auf dem letzten Wort.

»Daneel, check doch bitte einmal die Datenbank für uns«, forderte ihn Paul ein zweites Mal auf.

»Sehr gerne«, antwortet Daneel und verfiel direkt wieder in beschäftigtes Schweigen.

»Hat er es nicht gemerkt?«, flüsterte Beeke.

»Vermutlich schon, aber ich denke, es interessiert ihn selbst, und er ist glücklich, das Spiel mitzuspielen«, sagte Paul.

»Hattest du nicht gerade erst gesagt, dass Androiden keine Emotionen haben?«, fragte Beeke.

»Du hast recht, Androiden zeigen keine Emotionen, und ich bin wirklich kein Fachmann in diesen Dingen. Also vielleicht ist es besser, du fragst Daneel selbst«, sagte Paul. »Aber so, wie ich es verstanden habe, hat Daneel ein Programm, das seine menschlichen Emotionen ermittelt und bewertet, um das Verhalten der Menschen um ihn herum besser zu verstehen. Er weiß also, wie er sich fühlen sollte. Doch er handelt aufgrund keiner dieser Emotionen. Mit Ausnahme von einer: Neugierde.«

»Die braucht er, um Fälle zu lösen, vermute ich?«, fragte Beeke.

»Er braucht sie, um zu existieren. Ohne Neugierde würde er, mal abgesehen von seinem Äußeren, einfach nur dastehen wie ein gewöhnlicher Roboter. Er hätte kein Interesse an den Opfern, kein Interesse an dem, was Verdächtige sagen; er würde während einer Befragung nicht nach Zeichen von Hinterlist und Betrug suchen, ohne dass man es ihm vorher aufträgt. Um ein Partner zu sein, benötigt er eigene Motivation, Eigeninteresse, wenn man so will.«

Nach einem Moment des Schweigens meldete sich Daneel wieder.

»Ich habe die Datenbank durchsucht und festgestellt, dass die drei Personen in der Tat Drillinge sind. Und sie haben keine Verbindung zu Amrum selbst, sehr wohl aber eine zur

Nachbarinsel Föhr, da sie dort geboren und aufgewachsen sind.«

»Vielleicht waren sie deswegen so zickig«, meinte Beeke

»Inwiefern sollte es dadurch einen Zusammenhang geben?«, fragte Daneel.

»Naja, es sind Nachbarinseln, da gibt es immer ein wenig ungesunde Rivalität.«

»Siehst du, was gerade passiert ist?«, sagte Paul zu Beeke. »Wenn Daneel keine Neugierde hätte, dann hätte es ihn nicht interessiert, dass sie von Föhr kommen, und wir hätten nichts hiervon erfahren. Wie groß ist die Rivalität? Groß genug, um dafür zu töten?«

»Nee, das sind meist nur harmlose Reibereien. Wer hatte mehr Besucher im Sommer, wer die glücklicheren? Wer hat den schöneren Strand, wer den schöneren Hafen? Solche Sachen halt. Außer, wenn es um Fußball geht. Bei Fußball hört der Spaß auf«, sagte Beeke. »Wenn man hört, wie die Leute über das anstehende Spiel sprechen, könnte man fast vermuten, dass beide Seiten bereit wären zu morden. Aber das ist bloß Fußballgetöse ohne viel dahinter.«

»Ist Fußball denn eine große Sache hier auf der Insel?«, wollte Paul wissen.

»Nicht, bis wir angefangen haben zu gewinnen«, sagte Beeke lächelnd. »Jetzt stehen wir kurz davor aufzusteigen, und wir können Föhr auf dem Weg dahin besiegen. Die Begeisterung für das Spiel ist groß.«

»Wann findet es statt?«, fragte Paul.

»Am kommenden Wochenende. Ich bin mir sicher, wir gewinnen. Seit Fiete für uns spielt, haben wir jedes Spiel gewonnen«, sagte Beeke.

Paul beließ es dabei. Er selbst hatte kein Interesse an Sport. Weder daran, Sport zu machen, und noch weniger daran, anderen Menschen dabei zuzuschauen.

Kapitel 7

Als sie an Jons Haus ankamen, war alles ruhig. Wind und Regen gönnten sich eine wohlverdiente Pause. Beeke, Paul und Daneel liefen im Gleichschritt vom Gartentor zur Haustür. Das Haus und der Garten machten einen verlassenen Eindruck. Überall reckte Unkraut seine geblümten Köpfe aus dem Rasen hervor. Der Gartenzaun und das Dach des kleinen zweistöckigen Hauses sahen so aus, als bräuchten sie dringend eine Reparatur. Anscheinend war Jon nach seinen hausmeisterlichen Tätigkeiten so erschöpft, dass er keine Energie mehr aufbrachte, sich um sein eigenes Haus zu kümmern. Neben der Tür rankte Efeu an der weißen Wand empor. Die roten Dachziegel waren von Moos überwachsen. Am zierlichen Frontfenster waren weiße Gardinen zugezogen, nirgendwo brannte Licht. Der weiße Türknauf war gebrochen. Paul drückte die Türklingel, jedoch ohne Erfolg. Es war kein Ton zu hören.

Ein schmaler, mit Steinplatten gepflasterter Weg führte um das Haus herum. Hohes Unkraut machte es schwer, ihm zu folgen. Das Haus und der Garten hatten fast etwas Verwunschenes. Nach hinten hinaus lag eine kleine Terrasse. Der Garten selbst war von hohem Gras überwuchert, nur ein schmaler Pfad führte zu einem kleinen roten Geräteschuppen am Ende des Grundstücks. Die Tür zur Terrasse stand offen, doch auch hier waren die Gardinen fest zugezogen.

»Polizei hier, ist alles in Ordnung?«, rief Paul.

Von drinnen konnten sie ein Stöhnen hören; irgendetwas bewegte sich langsam.

»Wir werden jetzt hereinkommen und schauen, ob bei Ihnen alles in Ordnung ist«, sagte Daneel.

Paul gab Daneel ein Handzeichen, den Raum als Erster zu betreten. Beeke und er zogen ihre Pistolen und folgten Daneel in das Haus. Drinnen war es dunkel, nur vereinzelte Lichtstrahlen schafften es, sich in den Raum zu drängeln. Der Boden war mit Tellern, leeren Bierflaschen und Wäsche übersäht. Dies war einer von den Fällen, bei denen der äußere Eindruck des Hauses bereits seine inneren Werte widerspiegelte.

Müde surrende Fliegen versuchten, von den schmutzigen Tellern noch etwas Essbares abzugreifen. Der unangenehme Geruch von ungewaschener Wäsche drang in Pauls Nase. Auf der braunen Stoffcouch schnarchte ein Mann, von all der Aufregung unberührt. Und trotz des schlechten Lichts konnte Paul die Ähnlichkeit mit dessen Bruder erkennen. Daneel näherte sich Jon und stupste ihn leicht an der Schulter an, woraufhin Jon wild mit seinen Armen in Richtung der ungebetenen Störung schlug.

»Aufhören!«, sagte Jon.

»Hey Jon, ich bin's, Beeke. Wir müssen mit dir reden.«

»Beeke? Was machst du hier?«, fragte er.

»Wir müssen reden«, wiederholte Beeke. »Über Magnus.«

»Was hat er jetzt schon wieder angestellt? Womit habe ich es verdient, dass er mich inzwischen schon in meinen Träumen heimsucht?«

»Vielleicht geben wir dem Mann einen Moment Zeit, um sich frisch zu machen?«, schlug Daneel vor.

»Ich habe genug Zeit, davon brauche ich nicht noch mehr. Ein bisschen frische Luft könnte helfen«, sagte Jon.

Er stand auf und machte sich mit wackeligen Beinen auf den Weg in Richtung des Fensters.

»Wer sind diese Gestalten?«, fragte er und machte eine abfällige Geste in Richtung Paul und Daneel.

»Mein Name ist Paul, und das hier neben mir ist Daneel.«

»Hallo Jon«, sagte Daneel.

»Wo treibt sich Magnus herum?«, fragte Jon.

Seine Stimme klang rauer als die von Magnus. Und im Licht des geöffneten Fensters konnte man sehen, dass er mehr graue Haare hatte und deutlich korpulenter war als sein schlanker Bruder.

»Hat er es endlich geschafft, sich tot zu saufen?«

»Oh, gab es da einen Wettbewerb zwischen euch beiden?«, fragte Paul.

Jon kniff die Augen zusammen und schüttelte den Kopf. Er schaute leicht verwirrt zwischen Paul, Beeke und Daneel hin und her.

»Was ist passiert?«, fragte Jon.

»Magnus wurde ermordet. Wir haben seine Leiche heute am Strand gefunden«, sagte Beeke. »Es tut mir sehr leid.«

»Magnus wurde was?« Jon war sichtlich verwirrt. »Warum sollte ihn jemand ermorden?«

Er setze sich auf einen Sessel in derselben Farbe des Sofas, der neben dem Fenster stand.

»Ich wette, es war Martin Eriksen. Mein Bruder und er konnten sich, wie soll ich sagen, nicht wirklich leiden.«

»Hat er mit dir über den Mordfall gesprochen?«, fragte Paul.

»Nein, nein, nicht der Fall«, sagte Jon. »Das alles geht viel tiefer.«

Er saß auf seinem Sessel und schüttelte den Kopf.

»Ich weiß, es muss hart für dich sein. Aber wir hätten da ein paar Fragen«, sagte Paul.

»Jupp«, sagte Jon.

Paul verstand das als Einwilligung.

»Gab es irgendeine ernst zu nehmende Drohung von Martin? Hat er etwas gesagt?«, fragte Paul.

»Magnus hat mir eine Textnachricht gezeigt, in der Martin ihm drohte, ihn zum Schweigen zu bringen. Ich hab ihm damals gesagt, dass da nichts dahintersteckt. Ein Hund, der bellt, beißt nicht. Es sieht so aus, als ob ich falsch lag«, sagte Jon.

»Daneel, konntest du das Telefon schon orten?«, fragte Paul.

»Ja, es liegt gleich hier auf dem Couchtisch.«

Der Tisch, der vorher noch im Dunkeln lag, war leer. Bis auf ein Smartphone und eine Zeitung mit der Titelstory über die Eröffnung von Martin Eriksens Ausstellung in Helgas Boutique.

»Dieses gottverdammte Ding«, sagte Jon. »Wir verwechseln die Mistdinger ständig. Wir hätten uns nicht von Timo zu dem Vertrag breitschlagen lassen sollen.«

»Dieses Problem werden Sie in Zukunft nicht mehr haben«, sagte Daneel.

»Außerdem sind die Telefone zunächst Bestandteil der Ermittlungen«, sagte Beeke.

»Willst du mir sagen, dass ihr mir mein Telefon wegnehmt? Ich brauche mein Handy. Da sind alle meine Nummern drauf«, sagte Jon.

»Nun, dies ist nicht dein Telefon. Dein Telefon haben wir bei Magnus gefunden. Wenn du uns die Erlaubnis gibst, könnte Daneel auf deine Cloud zugreifen und dir eine Liste mit allen Nummern erstellen«, schlug Paul vor.

»Was meinst du mit ›Erlaubnis auf meine Cloud zuzugreifen‹?«, fragte Jon.

Der plötzliche Anstieg seiner Körperspannung war auffällig.

»Ich meinte nur, dass Daneel auf deine Cloud zugreifen und dir eine Liste deiner synchronisierten Kontakte erstellen könnte«, sagte Paul. »Das wäre kein Problem und schnell getan, und du könntest deiner Arbeit wie gewohnt nachgehen.«

Natürlich wusste Paul, dass damit noch mehr zusammenhing. Er hoffte, dass Jon seine Zustimmung gab. Das würde

Daneel die Möglichkeit bieten, alle synchronisierten Daten von Jon zu durchforsten.

»Und er könnte das einfach so tun?«, sagte Jon, dessen Stimme ungefähr eine Oktave höher lag als noch einen Moment zuvor.

»Wenn du ihm die Erlaubnis dazu gibst, wäre das überhaupt kein Problem«, sagte Paul.

Natürlich könnte Jon ihnen auch nur die Erlaubnis geben, auf seine Adressdaten zuzugreifen. Doch Paul wollte diesen Teil vorerst nicht erwähnen. Es sah so aus, als ob Jon etwas vor ihnen verbergen würde.

»Ich, ich denke, das versuche ich einfach selbst zu machen«, entgegnete Jon, nachdem er einen Moment überlegt hatte.

»Wie auch immer«, sagte Paul »Daneel, konntest du inzwischen auf das Telefon von Magnus zugreifen?«

»Ja, es wurde auch versucht, die Daten von diesem Telefon zu löschen. Aber es wurde bei Weitem nicht so professionell durchgeführt«, sagte Daneel.

»Kannst du etwas davon retten?«, fragte Paul.

»Ich denke ja«, sagte Daneel.

»War denn etwas auf deinem Handy, das es wert wäre, dafür zu töten?«, fragte Paul.

»Auf meinem Handy?«, fragte Jon verwirrt.

»Ja, es könnte sein, dass der Mörder es auf dein Handy abgesehen hatte«, sagte Daneel.

»Also ich wüsste nicht, warum jemand mein Handy will«, sagte Jon. »Magnus hatte sich in letzter Zeit ein paar Feinde gemacht, weil er sich negativ über Fiete geäußert hat, aber ich, wer interessiert sich schon für mich?«

Paul war leicht irritiert über den plötzlichen Themenwechsel, aber die Gedanken von Betrunkenen sind eben sprunghaft.

»Was hatte Magnus denn gegen Fiete?«, fragte Paul, der nicht verstehen konnte, wie das Thema Fußball so wichtig für die Menschen sein konnte.

»Naja, Magnus war ein ewiger Traditionalist. Er war der Meinung, nur Insulaner dürften für den TSV Amrum spielen. Und dass Fiete als Nicht-Amrumer auch nicht zum Verein passen würde«, sagte Jon.

»Warum sollte jemand Magnus deswegen töten wollen?«

»Ehrlich gesagt, hätte ich mehr Sorge gehabt, dass Magnus deswegen jemanden umbringt. Aber das hat sich ja jetzt auch erübrigt«, sagte Jon.

»Alles klar, ich denke wir sollten dennoch mit Fiete sprechen, nur um sicherzugehen«, sagte Paul zu Daneel.

»Ihr könnt ihn am Sonntag spielen sehen«, schlug Jon vor.

»Ich hoffe doch sehr, dass ich bis dahin von dieser Insel wieder runter bin.«

Beeke und Jon sahen sich betreten an; sie wirkten beide nicht froh über Pauls Enthusiasmus, die Insel wieder zu verlassen.

»Versteht mich nicht falsch, es ist wunderschön hier auf Amrum, friedvoll, ruhig. Aber ich habe eine Aufgabe auf dem Festland, die ich erfüllen muss«, sagte Paul. »Du kannst das doch verstehen Beeke, oder nicht?«

»Wenn ich zwischen Amrum und dem Lösen eines Falles wählen müsste, würde ich mich für Amrum entscheiden«, antwortete Beeke.

Paul war überrascht von ihrer Aussage, obwohl er wusste, dass die Amrumer viel auf ihre Insel gaben.

»Wenn wir schon hier sind, was kannst du uns über Lara sagen?«, wandte sich Paul wieder an Jon.

»Ich, äh ...«, stammelte Jon und rutschte unruhig auf seinem Sessel hin und her. »Nicht viel. Sie war mein Gast, und den Rest wisst ihr ja schon.«

»Ist es war, dass Sie weiblichen Gästen eine Ermäßigung für die Ferienwohnung geben?«, fragte Daneel unvermittelt.

»Ich, also ich, also ... Bei mir zahlen alle Gäste den gleichen Preis.«

»Sind Sie sich sicher?«

»Natürlich bin ich das.«

»Alles klar, Jon, ich denke, fürs Erste war es das. Falls dir noch etwas einfällt, das für unsere Untersuchung relevant sein könnte, dann melde dich einfach bei uns«, sagte Paul.

Das Haus saugte die frische Meeresluft förmlich auf, als sie die Vordertür öffneten. Beeke sah Jon zum Abschied mit ernster Miene an.

»Jon, falls du etwas brauchst, dann komm einfach bei mir vorbei. Auch, wenn du nur jemanden zum Reden brauchst.«

Schweigend gingen sie ein paar Schritte durch den zugewachsenen Vorgarten.

»Ich denke nicht, dass wir uns gerade mit einem Mörder unterhalten haben«, sagte Paul, als die Gartentür ins Schloss fiel. »Jon würde seinen Bruder nicht töten.«

»Aber irgendetwas versucht er vor uns zu verstecken«, sagte Daneel.

»Das Gefühl habe ich auch«, antwortete Paul.

»Lasst uns zur Wache gehen«, sagte Beeke. »Ein Kaffee tut uns jetzt bestimmt gut.«

Kapitel 8

Das Büro war bereits von der Abendsonne in ein tiefes Rot gehüllt, als sie die Polizeistation erreichten. Die ruhige Farbe gab dem Raum eine gemütliche Atmosphäre, die unmittelbar nach dem Einschalten der Lampen vom weißen Licht der LEDs zerstört wurde.

»Hast du schon den Bericht der drei Komiker?«, fragte Paul.

Beeke probierte einen Schluck vom Kaffee, der seit heute Morgen in der Kaffeemaschine brodelte, verzog angewidert ihr Gesicht und machte sich daran, neuen Kaffee aufzusetzen. Daneel und Paul nahmen an einem leeren Bürotisch in der Nähe der Kaffeemaschine Platz.

»Der Bericht liegt vor«, sagte Daneel.

»Und, gibt es etwas Neues?«

»Nein, ich habe die Lücken bereits mit meinen Erkenntnissen gefüllt.«

Beeke kam mit drei vollen Kaffeebechern zu ihnen zurück, doch kurz bevor sie sie abstellte, hielt sie inne.

»Schau sich das einer an«, meinte sie. »Jetzt habe ich doch glatt vergessen, dass du ein Android bist, Daneel. Du musst den Kaffee natürlich nicht trinken.«

Sie stellte den Kaffee dennoch vor Daneel und Paul auf den Bürotisch.

»Danke«, sagte Daneel und gönnte sich einen tiefen Schluck des Kaffees.

»Oh, du trinkst ihn tatsächlich. Das hätte ich jetzt nicht erwartet«, sagte Beeke freudestrahlend.

Sie hat sich erstaunlich gut unter Kontrolle, dachte Paul. Fast hatte er das Gefühl, mit Magnus' Tod weniger gut zurechtzukommen als Beeke.

»Ich benötige Flüssigkeit für die Instandhaltung, also trinke ich gerne. Auch wenn Kaffee nicht der effizienteste Weg ist«, sagte Daneel.

»Was wäre denn effizienter?«, fragte Beeke.

»Wasser«, erwiderte Daneel so trocken wie eh und je.

Paul fühlte, wie der Kaffee ihm die Energie zurückgab, die er über den Tag verloren hatte. Noch hielten sich ihre Erkenntnisse in Grenzen, und es blieb ihnen nicht viel, womit sie arbeiten konnten – bis auf die Tatsache, dass der Mörder technisch versiert sein musste.

»Mann!«, entfuhr es Paul. »Es wäre echt praktisch, wenn ihr hier eine DNA-Datenbank hättet. Dann wüssten wir jetzt zumindest, ob es ein Insulaner war oder nicht.«

Dabei fiel ihm etwas ein.

»Daneel, kannst du kurz die Liste der auswärtigen Gäste durchgehen und gucken, wie viele davon noch übrig bleiben, wenn wir alle löschen, die in einer DNA-Datenbank gelistet sind.«

»Es bleiben nicht mehr viele.«

»Und, lass mich raten, Martin ist einer von ihnen«, sagte Paul.

»Aber sicher doch. Martin kommt aus Dänemark, und Dänemark hat kein System zur Erfassung der DNA«, sagte Daneel.

Paul winkte ab.

»Bevor ich es vergesse, was sagen die GPS-Daten zum Tatzeitpunkt?«, fragte er.

»Es gab keine Fahrbewegungen und auch keine Handybewegungen am Strand oder in der Nähe zum Zeitpunkt der Tat«, sagte Daneel.

»Sind hier wirklich so wenig Menschen unterwegs?«, fragte Paul.

»Außerhalb der Saison und mitten in der Nacht?«, fragte Beeke. »Dann ja.«

Paul nickte. Er hatte mit eigenen Augen gesehen, wie leer die Straßen hier im Vergleich zu Kiel waren.

»Okay, Daneel, kannst du jetzt versuchen, die verlorenen Daten auf Magnus' Handy wiederherzustellen? Eine Nachricht von Martin mit Drohungen gegen Magnus wäre überaus hilfreich.«

»Ich glaube immer noch nicht daran, dass Martin etwas damit zu tun hat. Klar, er ist ziemlich schrill und exzentrisch. Aber das macht ihn noch nicht zum Mörder. Er hat in all den Jahren nur Gutes für Amrum getan. Warum sollte er plötzlich anfangen, Menschen zu töten?«, sagte Beeke.

»Das mag sein, aber bis jetzt deuten alle Hinweise darauf hin, dass er es war. Und wenn alle Beweise in eine Richtung zeigen, bin ich geneigt, den Beweisen auch zu glauben«, sagte Paul. »Und nicht den Intuitionen von Leuten, die vielleicht etwas zu viel Sympathie für einen Hauptverdächtigen in einem Mordfall hegen.«

»Und du sagst das nicht nur, um so schnell wie möglich wieder von Amrum wegzukommen?«, fragte Beeke.

»Ich muss wieder zurück, ich muss Avas Mörder finden.«

»Würdest du deshalb einen unschuldigen Mann ins Gefängnis bringen?«

»Natürlich nicht. Aber ich denke, dass sich die Hinweise doch mehr und mehr verdichten. Warum nehmen wir ihn nicht in Untersuchungshaft und schauen, ob die Morde aufhören?«, sagte Paul.

»Ganz ehrlich, wollen wir Martin als Nächstes in einen Teich werfen und schauen, ob er ›Quak‹ macht?«, fragte Beeke.

»Ja, du hast ja recht. Ich will aufs Festland zurück. Zufrieden?«, sagte Paul.

»Nicht wirklich.«

»Ich werde wiederkommen, sobald ich etwas Ruhe und Freiheit brauche. Und ich verspreche dir hoch und heilig, dass ich meinen nächsten Urlaub auf Amrum verbringen werde«, sagte Paul in der Hoffnung, Beeke damit zu beschwichtigen, die ihn allerdings nicht sehr überzeugt anblickte.

»Komisch, wie Jon auf den Vorschlag mit der Cloud reagiert hat«, sagte er nun, um das Gespräch in eine andere Richtung zu lenken. »Was, meinst du, hätte Daneel gesehen, wenn er uns die Erlaubnis gegeben hätte?«

»Ja, das war wirklich ein bisschen eigenartig«, meinte Beeke. »Aber wir haben doch alle etwas auf unseren Handys, von dem wir nicht wollen, dass es jemand anderes sieht.«

»Da mein Handy permanent überwacht ist«, sagte Paul und zeigte auf Daneel, »ist darauf auch nichts gespeichert, für das ich mich schämen müsste. Ich denke einfach, dass irgendetwas gewaltig gestunken hat an Jons Reaktion. Ich glaube im Leben nicht, dass er der Mörder ist, aber etwas stimmt dennoch nicht. Daneel, hast du etwas auf Magnus' Handy gefunden?«

»Ja, es war recht einfach. Es sieht aus, als hätte jemand einfach auf die Grundeinstellungen zurückgesetzt. Ich würde auf Jon tippen«, sagte Daneel.

»Wieso?«, fragte Paul. »Was könnte Jon denn zu verstecken haben?«

»Ich denke, es hat etwas mit der Ermäßigung für weibliche Urlauber zu tun«, sagte Beeke.

»Ehrlich, glaubst du, er hat versucht, die Frauen zu bedrängen? Vielleicht sogar Lara?«, fragte Paul.

»Das kann ich mir bei Jon schwer vorstellen«, sagte Beeke.

»Vielleicht können wir es irgendwie schaffen, auf Jons Cloud Zugriff zu bekommen?«, schlug Paul vor.

»Du weißt so gut wie ich, dass ich das nur mit seiner Zustimmung darf«, erwiderte Daneel.

»Ach diese verfluchten Einschränkungen! Vielleicht kann uns hier der BND weiterhelfen.«

»Ich denke nicht.«

»Und was ist jetzt mit dem Handy von Jon, ich meine Magnus?«, fragte Paul. »Sind Nachrichten von Martin dabei?«

»Ja, es gibt einige Nachrichten zwischen den beiden. Magnus behauptet, er wüsste etwas über Martin. Und Martin sagt, er würde gegen ihn vorgehen. Aber es ist nichts dabei, was nach einer ernsthaften Bedrohung aussieht«, sagte Daneel.

»Ehrlich gesagt, hätte ich zwischen den beiden mit mehr gerechnet«, sagte Beeke.

»Ich denke, wir sollten Martin dennoch damit konfrontieren. Vielleicht verrät er sich diesmal«, sagte Paul. »Kannst du ihn lokalisieren?«

»Sein Handy liegt in der Ferienwohnung, aber er ist nicht in der Nähe«, sagte Daneel.

»Merkwürdig«, sagte Paul. »Er ist ohne sein Handy rausgegangen? Da stimmt doch etwas nicht.«

»Fragen wir ihn doch einfach selbst«, schlug Beeke vor.

»Hast du nicht zugehört?«, fragte Paul. »Wir wissen nicht, wo er ist. Er hat sein Handy in der Ferienwohnung zurückgelassen.«

Beeke lächelte vor sich hin.

»Ihr mögt vielleicht nicht wissen, wo Martin ist. Das heißt aber nicht, dass ich es nicht weiß«, sagte sie. »Er ist jeden Abend zur selben Uhrzeit im ›Likedeeler‹. Ein kleines Restaurant in Steenodde.«

»Alles klar«, sagte Paul beeindruckt. »Fahren wir los.«

Alle drei saßen wieder im Auto. Inzwischen hatte Paul sich fast an die Tatsache gewöhnt, dass der Wagen vibrierte und dass ihn jemand lenken musste. Sie fuhren an kleinen Häusern vorbei, die unterschiedliche Stadien des Verfalls zeigten. Alle ähnelten einander, ob neu oder alt. Nur die Reetdächer waren heller und die Gärten weniger überwuchert. Der Fußballplatz den weißen Strahlen des Flutlichts. Männer in Leibchen rannten einem pinkfarbenen Ball hinterher. Paul war weiterhin verwirrt über die Relevanz von all dem.

Im nächsten Dorf bogen sie in eine Straße ein, die – wenn es überhaupt möglich war – noch verlassener wirkte als der Rest der Insel. Sie fuhren über einen kleinen Hügel, vorbei an leeren grünen Feldern und einem kleinen Waldstück. Schließlich gelangten sie zu einer Ansammlung von Häusern, die versuchten, sich als Dorf zu tarnen. Zurzeit herrschte Ebbe, und zwischen Amrum und Föhr, das man gerade so am Horizont erkennen konnte, erstreckte sich das Watt. Nur noch hier und da war eine kleine Pfütze Wasser übrig. Eine verlassene Anlegestelle streckte ihren Arm aus Beton in das verschwundene Meer. Die Straße war inzwischen zu einer Schotterpiste geworden. Am letzten Haus des Dorfes hielt Daneel an. Von dort führte ein Fußweg mit tiefen Mulden an der Küste entlang. Vermutlich zum nächsten »Dorf«. Das Haus selbst war klein und weiß mit blauen Fensterrahmen.

Im inneren des Restaurants herrschte reger Betrieb. Auch mit den wenigen Urlaubern auf der Insel schien sich das Restaurant gut über Wasser halten zu können. Der Eingang ging über in einen offenen Gastraum; die Einrichtung des Lokals war rustikal, aber schick. Der Holzboden passte gut zu den Holzmöbeln. An den Wänden hingen leuchtend bunte Bilder, eindeutig Werke von Martin Eriksen. Der Eingangstür direkt gegenüber befand sich ein Tresen, und eine Bedienung begrüßte sie mit einem freundlichen Lächeln.

»Moin, Beeke, wen hast du uns denn da mitgebracht?«. Die junge Frau schaute sie freundlich an.

»Moin, Anni, das sind die Ermittler vom Festland«, antwortete Beeke.

»Schreckliche Sache, das mit Magnus«, sagte Anni. »Wenn du Hilfe brauchst, sag Bescheid. Und ihr möchtet einen Tisch für drei? Ich fürchte, ihr müsst einen Moment am Tresen warten.«

»Nee, wir sind auf der Suche nach Martin«, sagte Beeke. »Er ist doch hier, oder?«

»Ja sicher, gleich links um die Ecke.«

Martin saß auf einer Bank an einem Tisch für vier Personen direkt unter einem seiner Werke. Es war ein Bild von einer Möwe, die auf einem Strandkorb saß. Martin schaute von seiner Tomatensuppe auf und zeigte wieder mal sein strahlendes Lächeln. Paul setzte sich, ohne um Erlaubnis zu fragen, zu ihm an den Tisch. Es gab schließlich genügend freie Plätze, und Paul war von der vielen Meeresluft richtig müde geworden.

»Es stört dich doch nicht, wenn ich mich zu dir setze?«, fragte er nun doch noch.

Daneel und Beeke standen noch neben dem Tisch und warteten auf Martins Einverständnis.

»Ich befürchte, ich hatte schon meine Vorspeise«, sagte Martin. »Aber ihr könnt mir gerne beim Hauptgang Gesellschaft leisten. Ich lade euch ein.«

Daneel und Beeke setzen sich dazu, und Martin winkte der Bedienung.

»Wir werden natürlich selbst bezahlen«, sagte Paul. »Wir wollen ja nicht, dass es nach Bestechung aussehen könnte, nicht wahr?«

»Natürlich nicht.«

Anni kam an den Tisch geeilt.

»Was darf ich euch bringen?«

»Ich nehme den Salat der Saison«, sagte Beeke.

»Das hört sich gut an, den nehme ich auch. Daneel benötigt kein Essen«, sagte Paul.

»Möchtet ihr auch etwas trinken?«, fragte Anni.

»Ein Wasser, danke.«

Anni notierte die Bestellung auf ihrem Tablet und machte sich auf den Weg zurück zum Tresen.

»Also, wie kann ich euch helfen?«, fragte Martin.

Paul begann, Martin zu mustern; er starrte in seine Augen und versuchte, jede Regung zu erkennen.

»Wir würden gerne wissen, worum es bei deinem Streit mit Magnus ging«, sagte er.

»Armer alter Magnus«, sagte Martin. »Sicher, wir hatten unsere Unstimmigkeiten, vor allem in Bezug auf den TSV, aber ansonsten war er ein anständiger Mann, der es nicht verdient hatte zu sterben.«

»Du bist wie immer gut informiert«, sagte Paul.

»Ich kenne meine Leute, und meine Leute mögen mich«, sagte er.

»Aber du gibst zu, dass es einen Streit zwischen euch gab?«

»Es wäre albern, etwas anderes zu behaupten. Jeder hier weiß, dass wir bestimmte Unstimmigkeiten hatten.«

»Und worum ging es dabei?«, fragte Paul. »Bis auf die Tatsache, dass er dich zum Tatverdächtigen in einem Mordfall gemacht hat.«

»So dies und das«, sagte Martin.

»Ich höre.«

»Er nannte mich einen reichen Sack, der von der Insel verschwinden und sich nicht mit dem Geld der Insulaner die Taschen vollstopfen sollte. Außerdem waren wir noch uneinig über Fußball, das Wetter, die richtige Form von Dächern, das Meer. Ich denke, er hatte mich einfach zu seinem Erzfeind auserkoren.«

Daneel verdrehte leicht seinen Kopf.

»Was ist die richtige Form eines Daches?«, fragte er.

»Ich mag Flachdächer, denn sie geben einem die Möglichkeit, Dachterrassen zu bauen. Aber Magnus war, was das betraf, eher Traditionalist.«

»Über so etwas konntet ihr streiten?«, fragte Paul.

»Ich konnte, er wollte«, sagte Martin, der gar nicht erst versuchte, die Gehässigkeit in seiner Stimme zu verbergen.

»Kannst du uns verraten, wo du seit gestern Abend überall gewesen bist?«, fragte Paul.

»Ich bin gestern früh ins Bett gegangen und habe gegen 22 Uhr geschlafen.«

»Gibt es jemanden, der das bestätigen kann?«

»Leider nicht.«

»Wann bist du heute aufgestanden und wo warst du seitdem?«

»Du kannst genauso gut Beeke fragen. Jeder weiß, wo ich morgens bin. Ich bin Frühaufsteher und beginne jeden Tag auf der Insel mit einem Strandspaziergang, um Energie und Inspiration für den Tag zu sammeln.«

»An welchem Strand waren Sie?«, fragte Daneel.

»Am Strand in Nebel.«

»Um wie viel Uhr waren sie dort?«

»Um vier Uhr morgens. Wie gesagt, ich stehe sehr früh auf.«

Die drei sahen sich vielsagend an. Einmal mehr deutete ein Detail auf Martin. Aber warum sollte er alles so freimütig zugeben, dachte Paul.

»Gab es während des Spaziergangs irgendetwas, das dir aufgefallen ist?«, fragte Beeke.

»Ja, ich war am Strand und plötzlich hatte ich dieses Bild von einem Sonnenaufgang vor meinem inneren Auge. Eine Vision, wenn ihr so wollt. Blau und Rot haben sich auf eine Art und Weise vermischt, dass es schon fast künstlich aussah. Und da hatte ich sie, die Inspiration für mein Tagewerk. Ich kann mich an nichts anderes erinnern. Ich bin zur Wohnung geeilt und habe angefangen zu malen. Ich war vollkommen in Gedanken verloren. Deswegen war ich heute auch zu spät bei Helga. Man muss der Inspiration folgen, wenn sie einen trifft«, sagte Martin.

»Hast du jemand anderen am Strand gesehen?«

»Es hätte ein singendes Schwein auf einem Einrad an mir vorbeifahren können, und ich hätte keine Augen dafür gehabt. Wie gesagt, wenn einen die Inspiration trifft.«

Paul hatte das Gefühl, dass Martin ihnen nicht die ganze Wahrheit erzählte.

»Können wir einen Blick auf das Bild werfen?«, fragte er.

»Aber sicher doch, sobald wir mit dem Essen fertig sind und ich wieder in meiner Wohnung bin, schicke ich euch ein Foto.«

»Das ist sehr nett von dir«, sagte Beeke.

»Das Ganze hier sieht nicht gut für dich aus«, sagte Paul. »Du warst zum Tatzeitpunkt in der Nähe beider Tatorte. Du hast dich mit beiden Opfern vor ihrem Tod gestritten. Und du bist vermutlich der Einzige auf dieser Insel, der in der Lage wäre, die Daten auf den Geräten der Opfer so sauber zu löschen, wie es der Fall ist. Es wäre für dich am besten, du würdest mit uns kooperieren.«

»Aber das tue ich doch«, sagte Martin und breitete seine Hände aus. »Ich habe euch nichts als die Wahrheit erzählt und ich bin mir sicher, dass eure gute Polizeiarbeit am Ende aufdecken wird, dass ich unschuldig bin. In ein, zwei Jahren sitzen wir gemeinsam bei einem Bier in der ›Blauen Maus‹ und lachen herzlich darüber, wie die vielen kleinen Zufälle dazu geführt haben, dass ihr mich verdächtigt habt.«

Doch Paul zweifelte stark daran, in ein, zwei Jahren in der blauen Maus zu sitzen.

»Okay, schick uns die Fotos, und ich freue mich schon auf das Bier in zwei Jahren«, sagte Beeke.

Kapitel 9

Die Straßen von Amrum lagen bereits im Dunkeln der Nacht, als die drei sich vom »Likedeeler« auf den Heimweg machten. Der Salat hatte exzellent geschmeckt, frische Zutaten und nur ein Hauch von Essig und Öl, genau so, wie man es sich wünschen würde.

»Glaubst du wirklich, dass Martin unschuldig ist?«, fragte Paul Beeke.

»Ich denke, er ist unschuldig. Oder würde er sonst so offen mit uns sprechen?«

»Vielleicht ist er einfach nur clever und will sich überlegen fühlen«, sagte Paul.

»Meine Einschätzung nach ist er es nicht gewesen. Er hätte keinesfalls die Kraft, um eine Leiche den ganzen Weg bis zu den Strandkörben zu ziehen. Und ich bin mir auch nicht sicher, ob er selbst eine so saubere Arbeit beim Löschen der Smartphones hätte erledigen können.«

»Hmpf«, machte Paul, dem diese Einschätzung gar nicht passte. »Aber er war am Strand, und das ungefähr zur selben Zeit, als die Leiche sich das letzte Mal bewegt hat. Hätte er dann nicht zumindest etwas sehen müssen?«

Daneel fuhr den Wagen in die kleine Seitenstraße, die zu ihrer Wohnung führte.

»Daneel fährt dich noch rum«, sagte Paul. »Er geht den Weg dann zu Fuß zurück.«

»Unfug«, sagte Beeke. »Ich kann selbst fahren. Daneel, du kannst dich ausruhen.«

»Du sollst wissen, dass ich keine Ruhepause benötige«, sagte Daneel. »Es würde mir nichts ausmachen, dich nach Hause zu fahren.«

»Ich weiß, dass du ein Android bist«, sagte Beeke »Aber ich stelle mir lieber vor, du wärst es nicht.«

Sie ging um das Auto herum und setzte sich auf den Fahrersitz. Paul und Daneel schauten noch kurz den roten Heckleuchten hinterher und machten sich dann auf den Weg in die Wohnung.

Sie liefen durch den schmalen Eingang ins Haus. Daneel machte ein Feuer in dem kleinen Rundofen, der direkt gegenüber dem Eingang stand. Paul setzte sich auf das Sofa und starrte auf sein Smartphone. Er versuchte, die Akte von Ava zu öffnen. Obwohl er wusste, dass er keinen Zugriff darauf hatte. Es war wie ein Ritual, in der stillen Hoffnung, irgendwann, durch Zufall, doch darin lesen zu können. Nach einem weiteren erfolglosen Versuch öffnete er ein Foto von Ava.

Das Bild war während ihres letzten gemeinsamen Dates entstanden. Sie waren damals in einem japanischen Restaurant in Kiel verabredet, um Sushi zu essen. Er konnte sich noch genau an den Abend erinnern. Sie scherzten und lachten und schmiedeten Pläne für ihre gemeinsame Zukunft. Er schaute sie an, wie sie auf dem Foto mit den Stäbchen in ihren Mundwinkeln ein Walross nachahmte.

Paul hatte das Gefühl, dass ein Teil seiner Trauer verflogen war. Er versuchte, sich an den Schmerz zu erinnern, sah aber nur noch Ava, wie sie herumblödelte.

Martin schickte die Fotos von seinen Bildern wenige Minuten später, so wie er es versprochen hatte. Paul betrachtete sie genau, um irgendetwas Auffälliges darauf zu finden. Er wusste, dass Daneel in diesem Moment das Gleiche tat, und wollte unbedingt schneller sein. Er schaute sich die Skizze und das Bild an, kniff die Augen zusammen und versuchte, tief in seinem Unterbewusstsein zu graben, um etwas zu erkennen.

»Kannst du etwas sehen?«, fragte Daneel.

»Ich sehe nichts«, sagte Paul.

Trotzdem beschlich ihn das Gefühl, dass etwas mit dem Bild nicht ganz stimmte.

»Ich weiß, bis jetzt sprechen nur die Indizien gegen Martin. Ich sage, wir machen einen groß angelegten DNA-Test und gucken, ob wir einen Treffer bekommen. Die DNA-Datenbank fehlt hier sowieso noch. Es wäre also eine Win-win-Situation.«

»Ich denke, die DNA, die gefunden wurde, die Haare an beiden Tatorten, stammen nicht vom Mörder«, sagte Daneel. »Wenn sie vom Mörder wären, müssten es mehr sein. Und eigentlich haben wir es mit einem Mörder zu tun, der weiß, wie man seine Spuren verwischt.«

Paul sah ein, dass Daneel recht hatte. Aber so schnell wollte er seine Idee nicht verwerfen.

»Ich denke trotzdem, dass wir die Tests durchführen sollten. Vielleicht auch nur, um den Mörder etwas nervös zu machen. Ihn endlich zu einem Fehler zu zwingen.«

»Natürlich«, antwortete Daneel. »Die DNA-Testkits sind bestellt.«

»Gut.«

»Wir sollten den Test morgen früh öffentlich bekanntmachen. Wir benötigen noch einen Ort, wo wir ihn abhalten können, und einige Helfer«, sagte Daneel.

»Keine Sorge, das hier ist praktisch ein Dorf. Die Leute kennen sich. Die Nachricht wird sich schnell genug verbreiten«, sagte Paul. »Kannst du am Hafen noch eine Ansage machen, dass alle Menschen, die die Insel ab morgen verlassen, namentlich erfasst werden sollen? Nicht, dass unser Mörder sich auf den Weg macht, ohne dass wir es mitbekommen.«

Kapitel 10

Ein weiteres Mal erwachte Paul von Daneels Geklapper in der Küche. Im Schlafzimmer war es noch dunkel, nicht ein Sonnenstrahl drang durch die Jalousien hindurch. Das einzige Licht kam vom Spalt unter der Tür, die zum Wohnzimmer führte. Paul schaute auf seine Uhr. Es war erst fünf, aber er fühlte sich ausgeschlafen. Rasch schlüpfte er aus seinem Pyjama und zog sich frische Kleidung an. Eine blaue Stoffhose und ein blaues T-Shirt. In der Wohnung war es wohlig warm, der Kamin hatte in der Nacht ganze Arbeit geleistet. Dennoch nahm Paul seinen dicken blauen Wollpulli aus dem Schrank. Wenn sie rausgingen, wollte er vorbereitet sein. Er öffnete die Tür zum Wohnzimmer, um zu sehen, was Daneel heute für ihn vorbereitet hatte.

Das Licht im Wohnzimmer blendete ihn, und er musste sich erst einen Moment an die Helligkeit gewöhnen, um nicht gegen die umstehenden Möbel zu stoßen. Beim Blick nach draußen sah Paul, dass die Nacht Amrum noch fest in ihren Händen hielt.

Der Duft von frischem Brot kam aus der Küche. Daneel war gerade dabei, einen Apfel in Stücke zu schneiden. Er hatte Daneel gebeten, ein leichteres Frühstück als am Vortag zuzubereiten. Auf dem Tisch lagen eine Banane und Birnen, außerdem Himbeeren und Erdbeeren. Ein angeschnittener Laib Brot stand dampfend auf einem Brettchen in der Mitte, direkt neben einer Platte mit Käse und Weintrauben. Mit einem Androiden zu verreisen war besser als jedes Bed and Breakfast.

Paul setzte sich an den Tisch und schaute nach, was es im Rest der Welt an Neuigkeiten gab. Aber es schien, als ob sich die Welt mit Amrum verschworen hatte, denn nichts Relevantes war passiert. Klar, irgendjemand Berühmtes hatte irgendetwas gesagt, und irgendjemand anderes war irgendwie gekränkt und all diese Dinge. Nichts von Bedeutung.

Insgeheim hoffte er immer darauf, endlich die Schlagzeile zu lesen, auf die er schon so lange wartete: ›Vlad – Der Schlächter festgenommen‹. Aber die Schlagzeile ließ weiter auf sich warten, egal wie sehnsüchtig er es sich wünschte. Paul erinnerte sich noch an sein erstes Treffen mit Vlad. Es war kurz nach Avas Tod. Er hatte eine Spur bis vor die Türen der Metzgerei verfolgt. Der Eigentümer, Vlad, trug den Spitznamen ›der Schlächter‹, und Paul war sich sicher, dass die Metzgerei nur eine Fassade war, hinter der er seine kriminellen Machenschaften versteckte.

»Warum nennst du dich ›Vlad der Schlächter‹, wenn du doch so unschuldig bist?«, hatte Paul ihn gefragt.

»Weil ich ein Schlachter bin und eine Metzgerei besitze. Ich verstehe nicht, was Sie von mir wollen«, hatte er in gebrochenem Deutsch geantwortet.

Aber Paul sah durch die Fassade hindurch. Ein Schlachter, pfff, dass er nicht lachte. Er wusste, dass Vlad Ava ermordet hatte. Wenn er es auch nicht selbst war, so hatte er zumindest den Mord in Auftrag gegeben. Vlad war, wie der Mörder auf Amrum, gut darin, seine Spuren zu verwischen. Seine Bücher waren sauber, seine Lagerräume auch, man konnte tatsächlich glauben, dass Vlad nichts weiter als ein einfacher Schlachter war.

Nachdem Paul sich an den Tisch gesetzt hatte, brachte Daneel ihm einen Espresso. Das frisch gebackene Brot schmeckte fantastisch, und Paul war einmal mehr begeistert von den Kochkünsten seines Begleiters.

Nach dem Frühstück und einer kurzen Katzenwäsche machten sie sich zu Fuß auf den Weg in Richtung Polizeistation. Die Luft war kalt und noch feucht vom Morgentau. Sie gingen die dunklen Straßen entlang, außer ihnen war keine Menschenseele unterwegs. Die Straßenlaternen gaben ihr Bestes, um die Straßen zu beleuchten. Ein Auto mit auswärtigem Kennzeichen fuhr an ihnen vorbei. Ein einzelner Wagen auf dem Weg nach Hause. Ein letzter Fisch, der sich vor dem schließenden Netz rettete.

Als sie die Polizeiwache betraten, saß Beeke schon am Telefon. Es war eines dieser grünen Retrogeräte. Sie winkte ihnen zur Begrüßung fröhlich zu.

»Wir sind vorbereitet«, sagte sie, nachdem sie den Hörer aufgelegt hatte.

»Vorbereitet worauf?«, fragte Paul.

»Auf den DNA-Test.«

»Woher weißt du davon?«, wollte Paul wissen.

»Na Frank, der Bruder von Thomas, arbeitet am Hafen, und gestern Abend kam ein Anruf von der Kripo, die für heute Morgen eine Lieferung für die Fähre angekündigt hat. Und als Frank gefragt hat, welche Dimensionen die Lieferung hat, um den Transport zu organisieren, hat man ihm gesagt, dass es nur ein paar Boxen voll DNA-Tests sind. Nichts Besonderes. Aber natürlich ist eine Großlieferung DNA-Testkits sehr wohl etwas Besonderes. Und es hat nicht lange gedauert, bis hier jeder davon wusste. Die Lokalnachrichten werden gleich darüber berichten. Und wir haben genug Freiwillige, die bereit waren, von Tür zu Tür zu gehen, um auch die Urlauber zu erreichen.«

Paul war erschlagen von den Neuigkeiten.

»Seit wann bist du auf den Beinen? Hast du überhaupt geschlafen?«, fragte er.

»Natürlich habe ich geschlafen, aber nicht viel«, sagte Beeke und grinste bis über beide Ohren.

»Wahnsinns-Arbeit, Beeke!«, meinte Paul anerkennend.

»Danke, das bedeutet mir viel«, freute sich Beeke. »Aber es wurde auch langsam Zeit. Der BND hatte Mike schon ewig bedrängt, endlich eine DNA-Datenbank für Amrum zu erstellen.«

»Was bleibt uns dann noch zu tun?«, fragte Paul. »Müssen wir noch einen Ort finden, an dem wir die Tests durchführen können?«

»Schon längst erledigt«, sagte Beeke. »Das Haus des Gastes steht für den DNA-Test bereit. Aber bevor es losgeht, würde ich gerne noch einer Beschwerde nachgehen. Selbst wenn es hier recht friedlich ist, bleibt mir sonst zu viel liegen.«

Sie schaute Paul lächelnd an. Eigentlich wollte er ihr gerne sagen, dass sie für so etwas keine Zeit hatten, aber wie konnte er ihr widersprechen? Immerhin hatte sie mit ihren Vorbereitungen schon ganze Arbeit geleistet.

Der Weg war, wie überall auf Amrum, nicht weit. Nach einer kurzen Fahrt durch den Wald kamen sie an einem Waldspielplatz vorbei und bogen an der nächsten Kreuzung links ab in einen schmalen Weg mit Häusern auf beiden Seiten.

Die Grundstücke waren groß, die Häuser hatte man weit entfernt von der Grundstücksgrenze gebaut. Sie sahen aus wie die Anwesen der Reichen und Schönen. Die Schilder am Straßenrand zeigten, dass es sich hierbei um Ferienwohnungen handelte, aber eben um Ferienwohnungen für die Reichen und Schönen. Paul fragte sich, wo bei den vielen schicken Unterkünften für Gäste noch Platz für die Inselbewohner blieb.

Das Anwesen, vor dem sie hielten, war zur Straße hin durch einen etwa kniehohen Friesenwall aus Findlingen begrenzt, auf dem Wildrosenbüsche wuchsen. Der Rasen war makellos, ein Mähroboter schob sich ruhig und geduldig über das saftige Grün.

Ein flaches weißes Holztor führte zur Auffahrt, die an einem leeren Parkplatz vor dem Haus endete. Neben dem flachen Holztor befand sich eine ebenso flache Pforte für Fußgänger, die Beeke ihnen freundlicherweise aufhielt.

Das prächtige rote Backsteinhaus mit drei Stockwerken zeigte nach vorne hin eine eindrucksvolle Glasfront. Zwei runde Stufen führten zu einer weißen Doppelflügeltür. An der rechten Seite des Hauses stand eine rote Gartenlaube.

Zu Pauls Überraschung wählte Beeke nicht den vermeintlichen Haupteingang des Hauses. Stattdessen nahm sie den Weg zwischen Haus und Laube. Der schmale gepflasterte Pfad war dunkel, aber genau wie der Rest des Grundstückes gut gepflegt. Direkt um die Ecke des Hauses lag eine weniger herrschaftliche Haustür. Der Blick auf den hinteren Teil des Gartens war durch eine dunkelbraune Holzwand versperrt. Auf der gepflasterten Fläche vor der Tür stand ein Schuhregal, das vor Schuhen überquoll; zwei silberne E-Bikes lehnten an der Holzwand.

Die Klingel surrte weit entfernt im Haus. Nach kurzer Zeit öffnete sich die Tür, und ein Mann mit faltigem Gesicht und schulterlangem grauem Haar stand vor ihnen. Er trug eine beigefarbene Stoffhose und ein weites Leinenhemd ohne Kragen mit groben dunkelbraunen Knöpfen an der Front.

»Moin, Beeke, schön, dass ihr die Zeit gefunden habt«, sagte der Mann.

»Moin, Hans, sollen wir reinkommen?«

»Aber sicher doch, die Kaffeemaschine ist an, der Kaffee ist schon durchgelaufen«, sagte Hans und führte die Gruppe eine enge Treppe hinauf ins Dachgeschoss.

Das Obergeschoss bot wenig Platz für eine Wohnung, vor allem, weil der Großteil der Fläche aufgrund der Dachschrägen kaum nutzbar war. Der Eingangsbereich der Wohnung ging direkt in ein Wohnzimmer mit Küchenecke über. Der Raum war schmal und lang; vier Gauben, gleichmäßig auf beide Seiten des Raumes verteilt, spendeten Licht für die gute Stube. Ein weißes Stoffsofa mit großem Fernseher, eine kleine, aber gut ausgestattete Küche mit rot spiegelnden Fronten und ein Esstisch in der Mitte des Raumes – die Wohnung sah aus wie eine Seite im Ikea-Katalog. Zu beiden Seiten endeten die Dachschrägen in flachen Regalen, die über und über mit DVDs gefüllt waren.

Paul hatte schon davon gehört, dass es in den letzten Jahren wieder in Mode gekommen war, auf diese Weise Filme und Serien zu sehen. Er konnte das nicht ganz nachvollziehen.

»Verzeiht meine kleine Sammelleidenschaft«, sagte Hans, der Pauls Blick bemerkt hatte.

»Klein ist gut«, sagte Beeke. »Hans ist ein bisschen so was wie unser wandelndes Filmlexikon. Sag ihm zwei Filme, die du magst, und er sagt dir einen weiteren Film, der dir gefallen wird. Mit hundertprozentiger Garantie. Er hat mich noch nie enttäuscht.«

Hans strahlte vor Stolz.

»Oh, ich gucke keine Filme. Wenn überhaupt, dann schaue ich Serien«, sagte Paul.

Hans führte sie zum Esstisch und bat sie, sich zu setzen. Das Zimmer, fiel Paul auf, war, wie der Garten, makellos rein und aufgeräumt. Und Paul hatte keine Zweifel, dass Hans den genauen Ort jeder der Tausende von DVDs, die den Raum säumten, genau kannte.

Hans machte sich auf den kurzen Weg in die Küche und goss Kaffee aus der roten Kanne der Kaffeemaschine in farblich passende rote Tassen.

»Na dann, Hans, was brennt dir auf der Seele?«, fragte Beeke.

»Meine Auffahrt«, sagte Hans mit ernster Stimme. »Seit einigen Tagen finde ich jeden Morgen Zigarettenstummel in meiner Auffahrt.«

»Und deswegen sind wir hier?«, fragte Paul. Er konnte es nicht fassen, dass die Polizei wegen so einer Lappalie gerufen wurde.

»Wen hätte ich denn sonst rufen sollen? Die Feuerwehr?« Es war keine bös gemeinte Frage.

»Alles gut, Hans. Wann hat es denn damit angefangen?«, fragte Beeke.

»Vor zwei Wochen. Ich weiß einfach nicht, wer mir so etwas antun würde.«

»Hat Britta etwas gesehen?«, fragte Beeke. »Oder hast du irgendwelche Hinweise?«

»Aha«, sagte Hans und machte sich auf den Weg zurück zur Küche.

Er wühlte einen Moment lang unter der Spüle und kam mit einem Gefrierbeutel voll Zigarettenstummel zurück.

»Ich präsentiere euch Beweisstück A«, sagte Hans und stellte den Beutel auf den Tisch.

»Könnten die Stummel nicht einfach auf dein Grundstück geweht worden sein?«, fragte Paul. »Ausreichend Windböen dafür gibt es hier ja.«

»Aber Wind gibt es hier immer. Nicht erst seit zwei Wochen«, sagte Beeke, womit sie vermutlich recht hatte.

»Außerdem sind alle von der gleichen Sorte, das kann doch kein Zufall sein. Dahinter steckt Absicht«, sagte Hans.

»Wo ist eigentlich Britta?«, fragte Beeke.

»Ach, die macht in letzter Zeit immer Strandspaziergänge, um fit zu bleiben.«

»Gut«, sagte Beeke. »Wir nehmen die Sache auf und gucken, was wir für dich tun können.«

»Vielen lieben Dank«, antwortete Hans.

»Und was willst du damit jetzt anfangen?«, fragte Paul auf dem Weg zurück zum Auto.

Beeke schaute auf den Beutel mit den Zigarettenstummeln.

»Wie Hans sagt, die sind alle von der gleichen Marke; das kann kein Zufall sein. Und du weißt, dass das Rauchen auf öffentlichen Wegen verboten ist. Von daher muss ich dem auch nachgehen. Gesetz ist Gesetz«, sagte Beeke. »Vielleicht frage ich mal herum, wer hier auf Amrum diese Sorte kauft. Auf jeden Fall nehme ich zunächst eine Anzeige gegen unbekannt auf.«

Paul schüttelte den Kopf. Wenn er sich in Kiel wegen jeder Kleinigkeit so viel Mühe geben würde, hätte er keine Zeit mehr zum Schlafen – und die hatte er so schon kaum.

»Oh, da hinten kommt Britta«, sagte Beeke und zeigte auf eine Frau, die im grünen Parka den Fußweg entlangmarschierte. Sie hatte rot gelocktes Haar und trug lilafarbenen Lippenstift.

»Moin, Beeke«, sagte Britta.

»Moin«, grüßte Beeke zurück. »Wir sind wegen der Zigaretten hier.«

Britta schüttelte ihren Kopf.

»Ach ja, mein Hans hat seine Sachen gerne gut geordnet.«

Der Wind wehte einen starken Rosenduft von Britta zu ihnen herüber.

»Gibt es irgendetwas, das du gesehen hast?«, fragte Beeke.

»Da bin ich leider keine große Hilfe«, sagte Britta. »Sollen die Leute doch rauchen. Und Hans muss sich da nicht so anstellen. Einmal kurz gefegt und gut ist. Ihr werdet doch nichts deswegen unternehmen, oder?«

Beeke schaute Britta prüfend an.

»Ich werde mal in den Geschäften nachfragen, wer die Marke raucht, die bei euch den Vorgarten zumüllt. Mal sehen, ob etwas dabei herumkommt.«

»Ach Quatsch, Beeke, lass gut sein«, sagte Britta. »Das ist bestimmt irgendein Gast, der das macht. Ein paar Tage noch, und das Problem erledigt sich von selbst.«

»Vermutlich«, sagte Beeke. »Aber selbst wenn, dein Mann hat es mir zur Anzeige gebracht, und jetzt geht es alles seinen behördlichen Gang.«

Das »Haus des Gastes« war, im Gegensatz zu den umliegenden Gebäuden, ein gewagter Neubau. Paul erinnerte sich, wie er am Vortag an dem Bau vorbeigegangen war, ohne ihm viel Aufmerksamkeit zu schenken. Damals noch in der Hoffnung, die Insel schnell wieder verlassen zu können. Das Gebäude war zur Wattseite der Insel gerichtet, direkt angrenzend an eine Kuhweide. Die Außenwände waren weiß verputzt worden, aber die raue Luft der See nagte bereits an der Farbe. Der Haupteingang war offen, und im Inneren konnten sie eine Frau mit kurzem blondem Haar sehen, die gerade damit beschäftigt war, zwei Tische zusammenzuschieben. Ihre Gummistiefel quietschten auf dem Laminat.

»Moin, Beeke«, sagte sie.

»Moin, Jessi«, antwortete Beeke. »Ich sehe, du bist schon schwer beschäftigt.«

Sie halfen Jessi bei den letzten Vorbereitungen, aber viel gab es nicht mehr zu tun.

»Ich bin beeindruckt«, sagte Paul. »Ihr habt hervorragende Arbeit geleistet.«

»Danke«, sagte Beeke.

Kurze Zeit später wurden die Testkits geliefert. Daneel half dabei, die Listen auszudrucken und die Nummern zu randomisieren. Und im nächsten Augenblick standen auch schon die ersten Anwohner und Urlauber vor der Tür. Beeke hielt Paul an der Schulter fest, als er versuchte, das Haus zu verlassen.

»Wo willst du jetzt hin?«

»Naja, weiter ermitteln«, antwortete Paul sichtlich irritiert.

»Und wer soll dann hier helfen?«, fragte Beeke. »So einfach kommst du mir nicht davon.«

Also blieb ihm nichts anderes übrig, als Beeke zu unterstützen. Es war einfache, monotone Arbeit, und Paul nutzte die Zeit, um den Fall noch einmal zu rekapitulieren und zu überlegen, ob er nicht doch etwas übersehen hatte.

Die Zeit verging wie im Flug. Und ehe sie sich's versahen, war es auch schon Mittag. Beeke schlug vor, gemeinsam ins »Dörnsk an Köögem« zu gehen. Angeblich gab es dort sehr leckere Waffeln, und mehr brauchte Paul nicht wissen, um sich von der Idee überzeugen zu lassen.

Der Fußweg führte vorbei an dem kleinen Spielplatz mit seinem in die Jahre gekommenen Spielgerüst. Auf der anderen Seite stand ein altes Reetdachhaus. In dem angeschlossenen Gebäude, das wie ein alter Stall aussah, hatte ein Fahrradverleih seinen Platz gefunden. Vor der Tür reihten sich E-Bikes in allen Ausführungen und Farben aneinander.

Die Kirchturmuhr schlug zwölf Mal. Beim ersten Spaziergang durch Nebel war es Paul gar nicht aufgefallen, aber für den kleinen Ort war die Kirche erstaunlich groß. Die weiß verputzten Wände hatten, genau wie das bronzene Kirchturmdach, eine grünliche Patina angesetzt.

Das Café befand sich in einem winzigen Reetdachhaus mit rot gestrichenen Steinen. Die Fensterrahmen waren weiß, den Eingang zierte ein kleiner Holzvorbau mit Fenstern in alle Richtungen. Auf der Gaube über dem Vorbau stand in weißen Buchstaben »Inselkrug«, doch auf dem Schild, das an derselben Gaube befestigt war, konnte man die Inschrift »Dörnsk an Köögem« lesen.

»Welche Sprache ist das?«, fragte Paul.

»Das ist Öömrang, Amrumer Friesisch, das heißt so viel wie Stube und Küche. Du wirst gleich sehen, warum«, antwortete Beeke.

Sie gingen durch die offene Tür des Vorbaus. Ein Display auf einem Stuhl kündigte in blinkender Schrift leckere warme Waffeln an. Im Inneren des Cafés herrschte reger Betrieb. Eine kleine Treppe führte ins Obergeschoss, obwohl es Paul schwerfiel sich vorzustellen, wo genau sich in diesem kleinen Haus noch ein Obergeschoss unterbringen ließ. Von überall her kamen Stimmen, und es schien, als ob jemand versucht hatte, jeden noch so kleinen Zentimeter Wand mit Bildern und jeden noch so kleinen Abstellplatz mit Nippes und Fundstücken zu dekorieren.

»Moin, Beeke. Sorry, aber alles voll hier«, sagte eine Bedienung, Mitte 30, im Vorbeigehen.

»Wir setzen uns draußen hin«, schlug Beeke vor.

Paul war überhaupt nicht begeistert von der Vorstellung, bei diesem trüben, nasskalten Wetter draußen zu sitzen.

»Wenn du meinst«, sagte die Bedienung. »Ihr müsst euch euren Kram aber drinnen abholen, bei dem Wetter.«

Paul konnte die Bedienung gut verstehen, denn selbst wenn das Wetter milder war als an den vergangenen Tagen, so war es immer noch kalt. Zu kalt, um draußen zu bedienen, dachte er, oder zu sitzen. Doch bevor er sich dagegen wehren konnte, hatte Beeke auch schon Kaffee und Waffeln für sie beide bestellt.

»Und euer gut aussehender Begleiter?«

»Ich bin ein Android. Ich benötige nichts. Aber vielen Dank für die Frage.«

Sie ließen die verdutzte Bedienung mit dieser Information zurück und gingen nach draußen. Die wenigsten Menschen auf Amrum waren den Anblick von Androiden gewöhnt. Vor dem Haus setzten sie sich an einen der vielen freien Tische. Die Eigentümer des Cafés schienen um das Amrumer Wetter und die Tücken des draußen Sitzens zu wissen und hatten dicke, gut wärmende Decken auf den Stühlen bereitgelegt. Nach kurzer Zeit holte Beeke den Kaffee und die Waffeln aus der Stube, und Paul nahm das warme Getränk dankend entgegen. Der Kaffee schenkte ihm ein Stück neuen Lebensmut, und die warme Waffel, auf der die Sahne bereits zu zerlaufen begann, gab ihm die benötigte Lebenskraft. Sie konnten die Energie gut gebrauchen, denn vor ihnen lag noch ein langer Tag.

Nachdem der letzte Name von der Liste gestrichen und das letzte Testkit korrekt gelabelt war, saßen Beeke, Daneel und Paul ziemlich erschöpft in der Lobby.

Daneel schlug einen kurzen Spaziergang zum Strand vor, aber Paul war nicht so leicht hinters Licht zu führen. Der kurze Spaziergang zum Strand hätte in Wahrheit eine dreißigminütige Wanderung bedeutet, also bestand er darauf, das Auto zu nehmen. Sie verabschiedeten sich von den anderen Helfern, und Paul fühlte zum ersten Mal so etwas wie eine Verbindung zu dieser Insel. Irgendwie würde er diese herzlichen und fröhlichen Menschen vermissen.

Die Sonne ging bereits unter, als sie den Strand erreichten. Der Tag war lang. Paul spürte es in seinen Knochen, während sie mühsam durch den Sand stapften. Die Forensiker hatten sich nicht einmal die Mühe gemacht, dass Flatterband zu entfernen. Deshalb gingen sie als Erstes zu der Stelle, an der sie Magnus gefunden hatten, um den Müll zu beseitigen. Zumindest haben sie daran gedacht, die Leiche mitzunehmen, dachte Paul.

Nachdem das Flatterband entfernt und das Loch, aus dem sie am Tag zuvor den Leichnam von Magnus geborgen hatten, gefüllt war, betrachteten sie den prächtigen Sonnenuntergang. Als die Sonne den Horizont berührte und ihre rotgoldenen Strahlen über den Strand schickte, konnte Paul zum ersten Mal erkennen, woher die Farben auf Martins Gemälden stammten.

Paul verlor sich in seinen Gedanken. Es waren nicht die dunklen Gedanken, die ihn sonst immer befielen. Er wusste selbst nicht, wie ihm geschah, aber er genoss das Schauspiel. Er sah sich um, und beim Anblick der letzten Sonnenstrahlen fiel ihm etwas auf. Zumindest glaubte er, dass ihm etwas auffiel. Er konnte nicht genau sagen, was es war, aber irgendetwas war falsch. Er holte sein Handy aus der Hosentasche und öffnete das Bild von Martin.

»Ist etwas?«, fragte Beeke.

»Ich weiß nicht, aber irgendetwas passt nicht«, sagte Paul.

»Das Zelt dort drüben ist auf Martins Bild nicht vorhanden«, kam Daneels schnelle Antwort.

Daneel hatte recht. Hinter ihnen, inmitten der Dünen, stand ein Zelt. Es war zweifellos eine Abweichung von Martins Gemälde. Er war sich sicher, dass sein Unterbewusstsein etwas anderes gesehen hatte. Er hatte ja schließlich in die andere Richtung geschaut. Aber es war eine Abweichung. Ein Hinweis.

»War das Zelt gestern schon da?«, fragte Paul.

»Ich habe die Bilder bereits mit meinen eigenen Aufzeichnungen vom gestrigen Tag verglichen, und das Zelt stand auch gestern schon dort«, sagte Daneel.

»Davon ist auszugehen«, sagte Beeke.

»Wie kommt das?«, fragte Paul.

»Das ist das Zelt von Rüdiger. Er ist, in Ermangelung eines besseren Worts, obdachlos. Er selbst bezeichnet sich als Druide.«

»Und er darf einfach so in den Dünen hausen?«, fragte Daneel.

»Nein, die Dünen stehen unter Naturschutz. Es ist ja schon verboten, abseits der Wege hindurchzuwandern. Aber wir haben ihn noch nie zu fassen bekommen. Immer, wenn wir ihn dabei erwischen wollen, ist er nicht da. Ganz gleich, wie oft wir es versucht haben«, sagte Beeke. »Das Ganze ist eine ziemliche Peinlichkeit für uns. Sprich bloß meinen Chef nicht darauf an.«

»Könntet ihr ihm nicht einfach folgen?«, fragte Daneel.

»Haben wir auch schon versucht.«

»Und?«, fragte Paul.

»Ohne Erfolg. Normalerweise verzieht er sich dann einfach zu seiner Schwester. Wir haben auch schon probiert, ihm ins Gewissen zu reden. Ohne Erfolg«, sagte Beeke. »Also haben wir uns für den britischen Ansatz entschieden.«

»Und der wäre?«, fragte Paul.

»Wir ignorieren das Problem einfach«, sagte Beeke.

Paul musste lächeln. In gewisser Weise konnte er das verstehen. Man kann nicht zu zweit die ganze Insel auf den Kopf stellen.

»Warum ist das Zelt dann nicht auf dem Bild?«, fragte Paul.

»Ich kann gut nachfühlen, dass er es nicht gemalt hat. Ich kann mir kaum vorstellen, dass jemand das hässliche Ding auf seinem Bild haben möchte. Das würde die meisten hier nur verstören«, antwortete Beeke.

»Komisch, ich dachte immer, moderne Kunst existiert nur, um Menschen zu verstören«, sagte Paul. »Aber wahrscheinlich gilt das nicht für Martins Kunst.«

»Dass sie verstörend ist?«, fragte Daneel.

»Dass sie modern ist«, erwiderte Paul und grinste.

»Ich denke, wir sollten versuchen, mit Rüdiger zu sprechen. Vielleicht hat er etwas gesehen«, sagte Daneel.

»Ach was, aus dem bekommst du außer esoterischem Geschwafel nichts Vernünftiges heraus«, sagte Beeke.

»Ich denke, einen Versuch ist es dennoch wert. Lasst uns morgen nach Rüdiger suchen und mit ihm sprechen«, beschloss Paul.

Sie machten sich auf den Weg zurück zum Auto, Daneel leuchtete ihnen den Weg. Die Dunkelheit brach nach dem Sonnenuntergang schnell herein.

Kapitel 11

Der nächste Morgen begann nach einem langen und ausgiebigen Schlaf. Daneel schien nicht daran zu glauben, dass ein regelmäßiger Tagesablauf von Vorteil für Pauls mentale Gesundheit war.

»Warum hast du mich nicht früher geweckt?«, fragte Paul Daneel, der dabei war, Brötchen zu schmieren.

»Generell benötigst du so viel Schlaf wie möglich. Und deswegen lasse ich dich dann, wenn es möglich ist, auch ausschlafen«, sagte Daneel. »Gestern hatte ich angenommen, dass du gerne von Anfang an dabei sein wolltest; deshalb hatte ich schon um fünf Uhr mit den Frühstücksvorbereitungen begonnen.«

»Und du nimmst dir einfach raus, das für mich zu entscheiden?«, fragte Paul lauter, als es ihm lieb war.

»Meine Entscheidungen basieren auf einer sorgfältigen Auswertung deiner medizinischen Daten«, sagte Daneel. »Bei einer Analyse der Daten aus der Vergangenheit habe ich festgestellt, dass du unter Schlafmangel leidest, und zu wenig Schlaf ist eine große Gefahr für deine körperliche und mentale Gesundheit. Aus diesem Grund ist es für dich am wichtigsten, so viel Schlaf wie möglich zu bekommen.«

»Ist das diese Regel, bei dem Roboter Menschen nicht verletzen können oder durch ihr Nichtstun dazu bringen, dass sie verletzt werden?«, fragte Paul.

»Du liest zu viel klassische Science-Fiction. Diese Regeln für Roboter existieren nicht. Die einzigen Regeln, denen ich folge, sind diejenigen der Logik. Und ich gehorche dem Gesetz«, sagte Daneel. »Sollte eines von beiden diktieren, dass ich einen Menschen verletzen muss, so würde ich dies ohne Zögern tun.«

»Wie auch immer«, meinte Paul, der so früh am Morgen keine Lust darauf hatte, mit einem Roboter zu philosophieren. »Danke für die Brötchen, ich könnte dich zu Hause auch gut gebrauchen.«

»Zu Hause werde ich wieder an die Wache übergeben, damit ich im Fall eines Einsatzes schnellstmöglich losgeschickt werden kann«, sagte Daneel.

»Ich weiß, ich weiß. Ich meine, ich hätte dich nur gerne auch privat bei mir«, sagte Paul.

Paul aß noch eines der Brötchen, die Daneel ihm so sorgfältig vorbereitet hatte. Frischkäse mit Rucola und Parmesan, wie bei Mama.

Sie verließen das Haus und gingen zu Fuß zur Polizeistation. Daneel hatte die restlichen Brötchen als Snack für unterwegs eingepackt.

Beeke wartete bereits vor der Tür der Polizeistation auf sie. Sie schlug vor, sich direkt auf den Weg zu Rüdigers Schwester Stine zu machen. Von ihr könnten sie vielleicht einen Tipp bekommen, wo Rüdiger sich befand. Außerdem wäre ihr Haus in Laufdistanz.

Paul war skeptisch. Er hatte bereits festgestellt, dass sich seine Definition von Laufdistanz stark von Beekes unterschied. Umso glücklicher war er, als er feststellte, dass es sich in diesem Fall um erstere handelte.

Stines Haus lag am Waldrand inmitten eines Garten, der von Wildblumen und Unkraut überwuchert war. An den Seiten wuchs es schon so hoch, dass es Paul bis zur Brust reichte. Der Holzzaun befand sich in einem guten Zustand und hatte dieselbe braune Farbe wie das Holzhaus, zu dem er gehörte. Ein schmaler Weg aus Kieselsteinen führte vom Gartentor in einem leicht schrägen Bogen zur Haustür. Aus dem Schornstein quoll weißer Rauch, und es roch nach verschiedenen Kräutern. Paul hatte das Gefühl, vor einem Hexenhäuschen zu stehen.

Die Pflanzen wuchsen bis dicht an die Hauswand heran, sodass nur ein schmaler plattgetrampelter Pfad zum Hinterhof blieb. Efeu berankte eine große Fläche rund um die Tür, aber das Haus und die Fenster schienen gut in Schuss zu sein.

Stine öffnete ihnen langsam die Tür. Ihr braunes Haar war noch ganz durcheinander von der Nacht. Sie trug einen Bademantel über ihrem Nachthemd und braune Plüschpantoffeln. Aus müden dunklen Augen sah sie Beeke, Paul und Daneel an.

»Moin, Beeke.«

»Moin.«

»Seid ihr wegen meinem Bruder hier?«, fragte sie mit sanfter Stimme.

»Ja, ist er bei dir? Oder kannst du uns sagen, wo er ist?«, fragte Beeke.

»Nee, den hab ich schon länger nicht gesehen. Geht es um die Morde?«, fragte sie unsicher und schaute dabei zu Paul und Daneel. »Wenn es darum geht, ich schwöre euch, dass mein Bruder so etwas nie im Leben machen würde.«

»Wir denken nicht, dass er etwas getan hat, aber wir hoffen, dass er vielleicht etwas beobachtet hat«, sagte Paul

»Na, dann kommt rein. Möchte jemand Tee, Kaffee?«, fragte sie.

Sie folgten Stine nach drinnen. Das Innere des Hauses hätte sich vom Garten kaum stärker unterscheiden können. Die Einrichtung war spärlich, aber hochwertig; alles wirkte ordentlich und aufgeräumt. Ein kleines Schuhregal auf der linken Seite beherbergte lediglich zwei Paar Schuhe: graue Sneakers und die für Amrum obligatorischen dunkelgrünen Gummistiefel. Die Garderobe über dem Schuhregal war genauso spärlich gefüllt. Ein blauer Friesennerz und ein langer grüner Mantel, sonst hing nichts an den silbernen Haken.

Stine führte sie in eine Küche, in der vermutlich selbst Daneel keine Flecken gefunden hätte. Bizarr, dachte Paul; er hatte das Gefühl, eine Berliner Retro-Hipster-Wohnung betreten zu haben.

»Ich versuche, einen minimalistischen Lebensstil zu führen«, sagte Stine, die Pauls Verwunderung offenbar richtig erkannte. »Ich will mich von Dingen lösen, um meine Gedanken zu befreien.«

»Was machst du beruflich?«, fragte Paul.

»Ich denke«, antwortete Stine.

»Und dafür wird man bezahlt?«, fragte Paul.

»Nicht genug! Man könnte sagen, mein minimalistischer Lebensstil ist halb Überzeugung, halb Notwendigkeit.«

Sie setzten sich um einen kleinen Holztisch mit drei polierten Baumstümpfen, die als ungemütliche Hocker dienten.

»Ihr könnt euch setzen, ich bleibe stehen«, sagte Stine.

»Das ist nicht notwendig«, erwiderte Daneel. »Ich bin ein Android, ich kann stehen.«

»Lustig«, sagte Stine. »Erst gestern habe ich mit meinem Bruder darüber nachgedacht, was passiert, wenn alle körperliche Arbeit von Robotern übernommen wird. Rüdiger war der Meinung, das könnte schon längst passiert sein. Und in gewissem Sinne stimmt es ja auch.«

»Wird Rüdiger heute hier vorbeikommen?«, fragte Paul.

»Er wird gleich hier sein. Er hat diese Gabe, zu wissen, wann das Universum ihn braucht«, sagte Stine voller Überzeugung.

»Ist er ...«, Paul wusste nicht, wie er es ausdrücken sollte, ohne beleidigend zu klingen. »Ist er ein Spiritualist?«

»Oh, nein. Nein, nein, nein. Wir beide glauben an die Kraft der rationalen Gedanken.«

»Aber was ist rational daran zu glauben, Rüdiger könnte spüren, wann er gebraucht werden würde?«, fragte Daneel.

»Entschuldigung, es war eher eine unbeschwerte Anspielung auf die Tatsache, dass er es immer wieder schafft, der Polizei zu entkommen«, sagte Stine. »Aber er wird kommen. Heute ist unsere wöchentliche Verabredung zu Kaffee und Kuchen, das würde er nicht verpassen.«

Wenige Augenblicke später öffnete sich auch schon die Tür. Paul hatte sich von der Bezeichnung »Druide« etwas in die Irre führen lassen, denn er erwartete eine wesentlich erdigere Version Rüdigers. Klar, der Mann hatte langes Haar und einen langen Bart, ohne Zweifel. Doch der Bart sah gepflegt aus, und seine Haare waren sauber geschnitten. Seine gesamte Erscheinung passte perfekt in den Retro-Hipster-Chic der Wohnung. Er begrüßte sie mit einer ruhigen und freundlichen Stimme.

»Hallo, ich hatte keine Gäste erwartet, was für eine seltene Überraschung. Seid ihr hier, um mir endlich die Genehmigung zum Wildzelten zu geben?«, fragte Rüdiger hoffnungsvoll.

»Es tut mir leid, aber wir sind hier wegen dem Mord an Magnus«, sagte Beeke.

Rüdiger blickte verwundert in die Runde, als ob er zum ersten Mal davon hörte.

»Genauer gesagt, wollen wir über die Nacht von Montag auf Dienstag sprechen. Du hast in den Dünen am Strand von Nebel geschlafen, ist das richtig?«, fragte Paul.

Rüdiger wirkte mit einem Mal unsicher. Er sah von Paul zu seiner Schwester und wieder zurück, als hoffte er, dass Stine ihm für ein Alibi zur Seite springen würde.

»Ich verspreche, dass dir kein Schaden dadurch entsteht, wenn du zugibst, in der entsprechenden Nacht dort gewesen zu sein«, sagte Beeke.

»Du warst sicherlich nur auf einem nächtlichen Spaziergang und mehr nicht«, schlug Paul vor.

»Es tut mir leid, aber ich kann nicht gut mit Drucksituationen umgehen«, sagte Rüdiger. »Aber ja, ich war in der Nacht in den Dünen.«

»Und, hast du etwas gesehen?«, fragte Beeke.

»Ich habe viele Dinge gesehen. Ich denke jedoch, dass nichts davon euch weiterhelfen wird«, antwortete Rüdiger.

»Wieso das?«, fragte Paul.

»Ich war auf einer bewusstseinserweiternden Reise, um meine inneren Dämonen zu besiegen. Ich habe einige neue Erkenntnisse gewonnen.«

»Du standest also unter dem Einfluss von Drogen«, sagte Beeke in ihrer wunderbaren nordischen Direktheit.

»Ich hatte eine Essenz genutzt, um meinen Horizont zu erweitern und eine Verbindung zu meiner wahren Realität aufzubauen«, sagte Rüdiger.

»Indem du Drogen genommen hast«, beharrte Beeke.

»Indem ich Kontakt zu meinem inneren Selbst aufgenommen habe«, sagte Rüdiger. »Am Ende des Tages ist alles, was ihr seht, alles, an dem ihr euch so sehr als Realität festhaltet, nicht mehr als ein Traum. Es existiert nur, weil ihr denkt.«

Paul war nicht besonders beeindruckt von diesem Vortrag.

»Dinge existieren, weil sie existieren«, sagte er.

»Aber dein Gehirn muss die Dinge, die vor dir auftauchen, verarbeiten, um eine Realität aus den Sinneseinflüssen zu extrahieren. Ohne diesen Vorgang würden die Dinge nicht existieren – oder nicht im selben Sinne existieren«, sagte Rüdiger.

Seine Augen leuchteten, und sein Gesicht strahlte, als würde er ihnen gerade eine weltbewegende Erkenntnis verkünden.

»Das ist doch Unfug«, platze es aus Paul heraus. »Dieser Hocker hier bleibt ein Hocker, egal wie unbequem er ist und egal, ob ich an ihn denke oder nicht.«

»Genau da liegst du falsch, mein Freund. Dieser Hocker könnte genauso gut ein Beistelltisch sein – wenn du es nur glaubst«, sagte Rüdiger, nahm den Hocker von seiner Schwester, stellte ihn in die Mitte des freien Raums und platzierte einen Kaffeebecher und einen Teller darauf.

»Seht ihr die Transformation?«, fragte Rüdiger schließlich. »Es sind die Grenzen eurer Vorstellung, die einem Hocker seine Existenz aufdrängen wollen. Euer eigener Kopf steht euch im Weg, die Wahrheit zu erkennen.«

»Okay, genug von deinen wirren Theorien, Rüdiger«, sagte Paul. »Zurück zum eigentlichen Thema. Gab es irgendetwas Außergewöhnliches, das du in der Nacht gesehen hast? Etwas, das so aussah wie ein Mann, der einen Körper vergraben hat?«

»Ich habe eine Menge außergewöhnlicher Dinge gesehen in dieser Nacht«, sagte Rüdiger. »Aber jetzt, wo ihr es sagt. Es gab dort tatsächlich etwas, das vielleicht relevant sein könnte. Da war ein fünf Meter großer Mann, dem rotes Licht aus den Augen schoss, mit einem schwarzen Sack über der Schulter.«

»Was hat der Mann gemacht?«, fragte Beeke.

»Er bewegte sich schnell und war nach kurzer Zeit auch schon wieder weg«, sagte Rüdiger.

»Und der Mann war allein?«, fragte Daneel.

»Allein ja, aber groß wie eine Bestie, fast übernatürlich«, sagte Rüdiger.

»Alles klar. Gibt es irgendetwas anderes, das du uns noch sagen willst?«, fragte Beeke.

»Ja! Realität ist nur ein Abbild eurer eigenen Vorstellungskraft«, erwiderte Rüdiger.

»Alles klar, mein Bedarf an Philosophie und New Age Mystizismus ist für heute gestillt«, sagte Paul und stand auf.

Beeke, Paul und Daneel machten sich durch den überwucherten Garten zurück auf den Weg in Richtung Polizeistation.

»Dir ist klar, dass nichts von dem, was er gesagt hat, vor Gericht verwendet werden kann. Und du würdest gut daran tun, seine Worte mit einer großen Portion Skepsis zu beurteilen«, sagte Beeke. »Ehrlich gesagt, würde ich nichts davon ernst nehmen.«

Paul konnte Beekes Pessimismus in Bezug auf Rüdiger durchaus verstehen.

»Ein Biest, dem Licht aus den Augen schoss. Könnte es ein Android gewesen sein?«, fragte Beeke.

»Ausgeschlossen«, erwiderte Daneel. »Sollte ein Android auf dieser Insel sein, wüssten wir es bereits. Jeder Android ist registriert und mit einem GPS-Sender ausgestattet.«

»Ohne Ausnahme?«

»Ohne Ausnahme«, sagte Daneel.

»Und wenn es am Ende doch ein Auto war?«, fragte Paul. »Das Biest, dem Licht aus den Augen schoss?«

»Am Tatort wurden keine Reifenspuren gefunden, und wie du dich erinnerst, haben wir bereits überprüft, ob es Fahrbewegungen in der Gegend gab«, sagte Beeke.

»Aber wir haben damit nicht alle Autos ausgeschlossen«, sagte Paul vielsagend.

»Wie meinst du das?«, fragte Beeke.

»Wenn das Auto alt genug und nicht registriert war«, sagte Paul, »dann hatte es auch keinen GPS-Sender. Also hätte es von uns unbemerkt zum Strand fahren können.«

»Aber wie genau sollten wir das herausfinden? Ein unregistriertes Auto ist, nun ja, nicht registriert«, sagte Beeke.

»Wir machen es auf dieselbe Art und Weise, wie wir die DNA gesammelt haben«, schlug Paul vor.

»Indem wir jedes Auto auf der Insel prüfen?«, fragte Beeke. »Dafür brauchen wir ewig. Wir sind doch nur zu dritt.«

»Nein, wir fragen die Gemeinschaft«, sagte Paul. »Wir bitten einfach darum, dass sich jeder Anwohner mit einem unregistrierten Auto bei uns meldet.«

Beeke war offensichtlich nicht überzeugt von Pauls Plan.

»Ich wette um zehn Euro, dass Martin einen unregistrierten Oldtimer in der Garage stehen hat«, fuhr Paul fort.

»Wie kommst du auf diese Idee?«, fragte Beeke.

»Einfach, weil bis jetzt alles auf Martin deutet. Warum sollte es hier anders sein?«

Paul wusste, dass er recht hatte; es war fast zu einfach, am Ende wies immer alles auf Martin. Auf der anderen Seite hatten sie weiterhin nur Indizien, die gegen ihn sprachen. Sie brauchten endlich Fakten, dachte Paul, und er hatte Bedenken, dass der DNA-Test auch keinen Treffer bringen würde. Wenn Martin der Täter war, dann hatte er sich unglaublich arrogant verhalten, denn bisher hatte er bereitwillig alles zugegeben.

»Ich habe eine noch bessere Idee«, sagte Paul. »Lasst uns einfach Martin fragen. Seine Ferienwohnung ist doch hier in der Nähe, oder? Wenn ich mich nicht irre, wird er es bereitwillig zugeben.«

Weder Beeke noch Daneel hielten dieses Vorgehen für eine gute Idee, aber keiner der beiden konnte Paul vom Gegenteil überzeugen.

Kapitel 12

Als sie an dem Haus ankamen, in dem Martin seinen Urlaub verbrachte, fanden sie ihren Hauptverdächtigen im intensiven Gespräch mit einem kahlköpfigen Mann, der einen schlecht sitzenden braunen Anzug trug. Das Haus war zweistöckig, mit einem Spitzdach und einer angebauten Garage. Es hatte nicht das für Amrum typische Reetdach, sondern rote Ziegel. Der Hof vor dem Haus war gepflegt, und zwischen den Kieseln spross nicht ein Hauch von Unkraut hervor. Im Vergleich zu Stines Haus hätte es – zumindest von außen – kein gegensätzlicheres Gebäude geben können.

Martin setzte sein altbekanntes Lächeln auf, als er die drei Ermittler sah. Der Mann neben ihm schaute Paul verärgert an.

»Moin, Klaus«, sagte Beeke.

»Moin, Beeke.«

»Darf ich euch bekanntmachen: Das ist Klaus, der Bürgermeister von Nebel. Und Klaus, das sind Paul und Daneel. Sie helfen uns bei den Ermittlungen zum Mord an Lara und Magnus«, sagte Beeke.

Es folgte ein Reigen höflichen Händeschüttelns.

»Ich bin nur kurz vorbeigekommen, um mich bei Martin für seine großzügige Spende zu bedanken. Er hat dem TSV Amrum 100.000 Euro für ein neues Trainingsgebäude gespendet. Ich hoffe doch, ihr verdächtigt ihn nicht weiterhin?«

»Ich denke, auch Mörder sind in der Lage, Geld zu spenden. Und auch, wenn wir noch keinen Beweis gegen Martin in der Hand haben, so deuten dennoch alle Indizien eindeutig auf ihn«, antwortete Paul. »Aber heute sind wir hier, um eine andere Frage zu stellen.«

»Und die wäre?«, wollte Martin wissen.

»Hast du einen unregistrierten Wagen auf der Insel?«, fragte Paul.

»Natürliche habe ich das!«, antwortete Martin wie aus der Pistole geschossen. Natürlich hatte er das.

Er führte sie zu der kleinen braunen Garage, die an der Seite des Hauses lag. Das braune Garagentor öffnete sich mit einem Ächzen. Der Raum dahinter zeigte all die typischen Dinge, die man in einer Garage erwarten würde. Eine Werkbank, die inzwischen eher eine eingestaubte Abstellfläche war, eingetrocknete Farbeimer, ein Paar blaue Ski, pink gestreifte Rollerblades und einige alte Teppiche, die aufgerollt an der Wand lehnten. Und zwischen all diesen Dingen stand in der Mitte des Raumes ein kleiner, in die Jahre gekommener Pick-up Truck. Der braune Lack war von alten, angetrockneten Matschspritzern übersät, und an den Seitenspiegeln hingen Spinnweben.

»Wiebke hat mir den Wagen vermacht, nachdem ich ihr Haus renovieren ließ«, sagte Martin. »Sie brauchte ihn sowieso nicht mehr, und ich hatte versprochen, ihn in Schuss zu halten. Und sie, wenn die Polizei mal nicht so genau hinguckt, auf eine kleine Spritztour mitzunehmen.«

»Und warum haben Sie sich dann kein Nummernschild für Oldtimer geholt?«, fragte Daneel.

»Weil es dafür keinen Grund gibt. Wir fahren den Wagen, wenn überhaupt, nur hier auf dem Hof.«

»Es gibt einen Grund für die Annahme, dass die Leiche von Magnus unter Zuhilfenahme eines unregistrierten Autos zum Strand gebracht wurde. Und da wir keine GPS-Bewegungen von Autos finden konnten, gehen wir davon aus, dass ein unregistrierter Oldtimer benutzt wurde«, sagte Paul. »Genau wie dieser hier.«

»Und das reicht aus, um einen unserer treuesten Gäste zu beschuldigen?«, fragte Klaus empört.

»Wenn es nur das wäre«, erwiderte Paul. »Martin kann uns keine Alibis liefern, und wir wissen, dass er sich zu den Tatzeitpunkten jeweils in der Nähe der Tatorte aufgehalten hat.«

»Aber das heißt doch nichts«, echauffierte sich Klaus. »Ich werde Beschwerde gegen euch beide einreichen. Nichts gegen dich, Beeke, ich bin mir sicher, all das hier hat nichts mit dir zu tun.«

Paul verzog sein Gesicht. Er hatte bei der Aufzählung selbst gemerkt, wie wenig sie gegen Martin in der Hand hatten.

»Du kannst es natürlich halten, wie du willst, Klaus, aber ich würde mir wünschen, du überlegst es dir noch einmal«, sagte Martin. »Ich bin nicht beleidigt, dass die Beamten ihren Job machen wollen, und ich glaube, dass die Wahrheit ans Licht kommen wird, wenn wir sie nur ungestört arbeiten lassen. Da ich weiß, dass ich niemanden ermordet habe, bin ich mir sicher, dass die gründlichen Ermittlungen das am Ende auch so ergeben werden.«

Klaus war offensichtlich noch nicht bereit, klein beizugeben. Doch die Worte von Martin beruhigten ihn zumindest so weit, dass er seine Fassung zurückgewann.

»Okay, ich muss jetzt gehen«, sagte Klaus. »Macht's gut.«

Er verließ das Grundstück mit großen Schritten, stieg in einen grauen Passat und fuhr knatternd davon.

»Ich verstehe das einfach nicht«, sagte Paul. »Warum kommt, egal, wo wir hinsehen, immer wieder der Punkt, an dem die Beweise auf dich zeigen? Aber egal, wie viel wir gegen dich in der Hand haben: Alles, was du machst, ist, uns anzulächeln.«

»Ich habe keinen Grund, Angst zu haben, da ich nichts verbrochen habe. Und ich bin mir sicher, dass ihr das auch noch herausfinden werdet«, sagte Martin. »Ich glaube an die

Gerechtigkeit des Universums – und das Universum hat mich bis jetzt noch nie enttäuscht.«

»Dieser Tag wird immer wilder«, meinte Paul. »Du kannst gerne an das Universum glauben, und Rüdiger kann daran glauben, dass die Realität nicht existiert, aber wir werden weiter nach Beweisen suchen. Wenn du wirklich so unschuldig bist, dann wird das sicher auch die Videoaufnahme der Kamera am Strandpiraten beweisen. Wir müssen nur noch herausfinden, wem die Kamera gehört. Und dann bist du dran.«

Paul wusste nicht, was in ihn gefahren war. Normalerweise wäre es ihm nie in den Sinn gekommen, einem Verdächtigen Details der Ermittlungen zu verraten. Aber er war frustriert. Frustriert vom langsamen Fortschritt. Frustriert vom Wetter. Frustriert von Amrum. Alles in diesem Fall deutete auf Martin, auch wenn nichts davon reichen dürfte, um einen Richter zu überzeugen. Doch am meisten frustrierte ihn, dass weder Beeke noch Daneel seine Überzeugung teilten.

Zurück auf der Polizeistation war es Zeit für einen Lagebericht. Beeke reichte Paul einen Becher Kaffee und Daneel ein Glas frisches Wasser.

»Wir brauchen dringend die Ergebnisse der Obduktion, vielleicht bekommen wir so einen neuen Ansatz«, sagte Beeke.

»Oder die Ergebnisse des DNA-Tests. Irgendeinen unausweichlichen Hinweis«, sagte Paul. »Daneel, konntest du schon herausfinden, wem die Kamera am Strandpirat gehört?«

»Leider nein«, sagte Daneel. »Der BND hat bis jetzt sämtliche Anfragen zurückgewiesen. Sowohl den Zugriff auf die Clouds von Jon und Lara als auch die Identifikation des Eigentümers der Kamera.«

Beeke wühlte in ihrer Tasche und holte ihr Handy heraus, legte es zunächst aber nur auf den Tisch.

»Ihr wisst ja, wie ich das sehe; alle Hinweise deuten in eine Richtung. Sollte die Obduktion oder die Kamera oder was auch immer uns noch einen weiteren Hinweis geben, dann werde ich Martin festnehmen. Und weder du noch Daneel noch irgendwer sonst auf dieser Insel kann mich davon abhalten«, sagte Paul entschlossen. »Ich will zurück nach Kiel.«

»Immer noch keine Liebe für Amrum?«, fragte Beeke.

»Es ist schön hier, wirklich, und wenn es die Möglichkeit gäbe, von hier aus an Avas Fall zu arbeiten, würde ich glatt hierbleiben. Aber so ...«, Paul ließ den Satz in der Luft hängen.

»Ja, wir haben es inzwischen verstanden, du hast deine Partnerin verloren. Aber auch ich habe einen Kollegen und Freund verloren«, sagte Beeke. »Und ich bitte dich darum, dir entsprechend Mühe zu geben, um den wahren Täter zu finden. Martin ist es nicht. Er ist der netteste Kerl, dem ich je begegnet bin. Du bist blind in deinem Wunsch, schnell zurück nach Kiel zu kommen. Aber selbst du musst doch einsehen, dass das alles nicht zusammenpasst.«

»Ich kann mich hier nicht auf meine Gefühle verlassen. Ich muss den Fakten folgen«, sagte Paul. »Und die Fakten sprechen eine eindeutige Sprache.«

Wie konnte Beeke nur denken, er würde sich nicht für den echten Mörder interessieren? Doch so leid es ihm tat. Martin war nun mal der wahrscheinlichste Kandidat.

»Denkst du nicht, dass Martin klug genug wäre, weniger Hinweise zu hinterlassen, die ihn selbst belasten?«, fragte Beeke.

»Was sollen wir denn sonst mit unserem Hauptverdächtigen tun?«, antwortete Paul mit einer Gegenfrage.

»Prüfen, ob es noch eine andere Erklärung für die Umstände gibt«, schlug Daneel vor.

Normalerweise würde Paul dem Urteil von Daneel uneingeschränkt vertrauen, aber in diesem Fall war es anders.

»Also gut, was machen wir?«, fragte Beeke.

»Ich denke, die Ergebnisse der DNA-Tests werden noch auf sich warten lassen. Immerhin waren es eine Menge Proben«, sagte Paul. »Oder, Daneel, wie ist der Stand, wann können wir die Ergebnisse erwarten?«

»Nächste Woche Montag ist die aktuelle Prognose«, sagte Daneel.

»So lange noch? Verdammt!«, entfuhr es Paul. »Konntest du die Pathologie inzwischen erreichen?«

»Nein«, sagte Daneel.

»Gut, ich denke, wir sollten nach Kiel fahren«, sagte Paul.

»Du willst weglaufen? Wir haben doch noch niemanden gefasst.« Beeke klang entsetzt.

»Ich denke, Daneel kann noch so viele Anfragen stellen, es wird nichts bringen«, sagte Paul. »Aber wenn wir den Verantwortlichen vor Ort einen kleinen Anschubser geben, können wir das Ganze beschleunigen.«

»Und du denkst, das funktioniert?«, fragte Daneel.

»Manchmal ist ein Gespräch von Angesicht zu Angesicht immer noch das beste Schmiermittel.«

»Bist du dir sicher, dass es keinen anderen Grund gibt, warum du nach Kiel fahren willst?«, fragte Daneel.

Paul antwortete ihm nicht.

Am Ende hatten Beeke und Daneel keine Einwände mehr gegen Pauls Vorschlag. Sie hatten selbst auch keinen besseren Ansatz. Sie mussten endlich wissen, wie Lara und Magnus ermordet worden waren. Sie mussten wissen, wie sie Zugriff auf die Kamera bekommen konnten. Und Paul wollte sehen, ob er nicht doch kurz bei Vlad vorbeischauen könnte, wenn er schon mal in Kiel war.

»Einen Moment noch«, meinte Beeke.

Paul blickte verwirrt hoch. Was könnte jetzt schon wieder sein?

»Was gibt es?«, fragte er.

»Ach, nicht viel, aber ich weiß jetzt, wem die Kamera am Strandpiraten gehört«, sagte sie nonchalant.

»Wie das?«, Paul war geschockt.

»Ich hab einfach mal herumgefragt, und gerade jetzt ist eine Nachricht von Frida hereingekommen. Sie glaubt, die Kamera gehört Heinz, der damit Naturaufnahmen für seine Website macht«, sagte Beeke.

»Alles klar«, sagte Paul beeindruckt. »Wo finden wir Heinz?«

»Heinz ist Eigentümer eines Geschäfts in Norddorf«, sagte Beeke. »Am besten wir fahren direkt zu ihm.«

Die Fußgängerzone von Norddorf war überaus belebt; endlich ein Ort, an dem sich Paul halbwegs wohlfühlte. Die schmale, lang gezogene Gasse war bereits gut gefüllt. Die Mäntel der Damen waren lang, die Haare der Herren grau, und Paul hatte das Gefühl, dass er allein das Durchschnittsalter schon halbierte.

Die Straße war gesäumt von kleinen Läden. Die Ständer und Tische vor den Geschäften boten den Gästen alles, was ein Urlauber an der Nordsee verlangen konnte: vom Friesennerz bis zum Gummistiefel, vom Schal bis zur Pudelmütze, vom Förmchen bis zum Eimerchen.

Kalter Wind wehte den schnurgeraden Weg entlang. Paul zog den Reißverschluss seines Mantels bis zum Anschlag nach oben. Das Meer war nicht zu sehen, aber es war zu hören – ein stumpfes, statisches Rauschen, das den Hintergrund ausfüllte.

Irgendwo zwischen Nippes und Mänteln lag der Laden von Heinz. Das Computergeschäft stach deutlich zwischen dem Reigen aus bunten Tüchern und ebenso bunten Plastikschaufeln und Bällen hervor.

Ein großer, athletischer Mann verließ den Laden mit ernster Miene. Sein langes Haar zeichnete Schatten in sein Gesicht; der blau-gelbe Trainingsanzug trug das Wappen, das Paul schon am Sportplatz gesehen hatte.

»Moin, Fiete«, sagte Beeke.

»Hallo«, lautete die knappe Antwort.

Auch wenn er kein geborener Insulaner war, so hatte er sich doch schon an die Ortsübliche Knappheit der Ansprachen angepasst.

»Viel Erfolg für das Spiel am Sonntag«, sagte Beeke.

Fiete nickte, und ein kurzes Lächeln flog über sein Gesicht.

»Viel Erfolg für Ihre Ermittlungen«, wünschte Fiete zurück und ging in großen Schritten von ihnen fort.

Der Laden wirkte, anders als die Geschäfte drumherum, fast schon altbacken. Im Schaufenster standen einige graue und beigefarbene Kisten auf lilafarbenem Samt. Die dicke Staubschicht auf den Geräten zeugte nicht gerade von regem Betrieb.

Von innen war der Laden noch kleiner, als Paul es von außen vermutet hatte. Der Boden war grau gefliest und jede Ecke des Raumes mit Boxen und Kästen zugestopft. Die Beschreibungen auf den Kästen und Schildern ergaben für den interessierten Kunden sicherlich Sinn, aber nicht für Paul.

Schräg gegenüber vom Eingang stand ein kleiner grauer Tresen, geschmückt mit einem Plakat, das die nächste Ü30-Feier in der örtlichen Diskothek anpries. Hinter dem Tresen befand sich eine verschlossene Glasvitrine mit Grafikkarten, dem Wertvollsten, was der Laden zu bieten hatte. Das erkannte sogar Paul. Neben der Vitrine versperrte ein dicker Plüschvorhang den Blick in den hinteren Teil des Geschäfts.

Ein staksiger junger Mann pellte sich durch die Kordeln aus grauem Plüsch und begrüßte sie mit einem offenen Lächeln.

Er trug ein weit geschnittenes Oberteil aus Leinen mit einer Kordel am Kragen, wie es derzeit in Kiel Mode war. Sein kurzes braunes Haar war zu einem akkuraten Seitenscheitel gelegt.

»Moin, Beeke, wie kann ich dir helfen?«, fragte Heinz mit freundlicher Stimme.

»Moin Heinz, wir kommen wegen deiner Kamera am Strandpiraten«, antwortete Beeke.

Heinz' Körperhaltung veränderte sich von einem Moment auf den anderen, er wirkte wacher und aufmerksamer als zuvor.

»Ihr müsst wissen, ich bin ein kleiner Naturfreak«, sagte Heinz. »Ja, ich weiß, Computer und all das, aber ich stehe auf Naturdokus.«

Er lächelte, als ob das alles erklären würde.

»Warum die Kamera?«, fragte Beeke.

»Es ist mein kleiner, verzweifelter Versuch, eine Amrumer Naturdokumentation auf die Beine zu stellen«, sagte Heinz.

»Ist dir bewusst, dass deine Kamera genau auf den Ort zeigt, an dem Magnus vergraben wurde?«, fragte Beeke.

Heinz entglitten alle Gesichtszüge.

»Ich, nein, ich, ernsthaft?«, stammelte Heinz.

»Ja, ernsthaft«, sagte Paul. »Wir würden gerne einen Blick auf die Aufnahmen werfen. Vielleicht ist darauf etwas zu sehen, das uns bei den Ermittlungen weiterhilft, vielleicht sogar der Mörder.«

»Ja, natürlich, gerne, was immer ihr braucht«, sagte Heinz.

»Alles klar. Daneel schickt dir eine Einwilligungserklärung für den Zugriff auf deine Cloud«, sagte Paul. »Du musst das Ganze dann nur noch bestätigen.«

Heinz' Handy klingelte kurz, und er fing an, die Erklärung zu lesen.

»Meine Güte«, sagte er. »Das sind aber eine Menge Wörter für so eine kleine Sache.«

»Das ist eine Standarderklärung. Wir brauchen Zugriff auf Ihre Cloud, um die Videos zu sichten«, sagte Daneel.

»Ach Quatsch. Ich kann euch das Video doch einfach schicken. Wartet kurz«, meinte er, und ein weiteres Mal verschwand der Kopf von Heinz hinter seinem Smartphone.

»Komisch«, sagte er schließlich. »Irgendjemand hat mein Passwort geändert.«

Paul und Daneel schauten sich vielsagend an.

»Mit einem erweiterten Zugriff könnten wir das Passwort umgehen und für dich zurücksetzen«, sagte Paul.

Heinz' Handy klingelte erneut. Daneel hatte ihm bereits die erweiterte Einverständniserklärung für den Zugriff auf seine Cloud zugesandt.

Dieses Mal hielt Heinz sein Handy nur teilnahmslos an der Seite seines Körpers, während sich seine Augen auf Daneel richteten. Seine Gesichtszüge entglitten ihm ein zweites Mal.

»Bist du etwa ...?«, er brachte es nicht fertig, die Frage zu Ende zu stellen.

»Ein Android? Ja, das bin ich«, erwiderte Daneel.

»Wahnsinn, dass ich so etwas mal aus der Nähe sehe. Und dann noch hier auf Amrum, von allen Orten der Welt.«

Heinz' Gesicht strahlte eine Freude aus wie das eines Kleinkindes im Süßwarenladen. Er brauchte noch einen Moment, ehe er auf sein Handy schaute.

»Ich habe erst neulich einen Bericht über Androiden gelesen. AndroGen Z sagt, dass Androiden in Zukunft jede körperliche Arbeit für die Menschen übernehmen werden. Eine Wahnsinnsvorstellung, oder?« Heinz schaute Daneel verträumt an.

»Wahnsinn ist richtig. Zum Glück sind Androiden noch viel zu teuer dafür. Die wenigen tausend Androiden, die bis jetzt über diesen Erdball wandern, reichen mir ehrlich gesagt«, sagte Paul. »Kannst du uns jetzt deine Zustimmung geben?«

Heinz nickte stumm. Mit der Fingerspitze seines Zeigefingers gab er ihnen Zugriff auf alles. Seine Kontonummern, alle Telefonnummern und technischen Geräte, mit denen er je mit der Cloud verbunden war, alle Orte, die er je besucht hatte, seine Passwörter, den Familiennamen seiner Mutter. Alles, was das Ermittlerherz höherschlagen ließ. Kein Wunder, dass es im Allgemeinen sehr schwierig war, auf die persönlichen Daten der Cloud Zugriff zu bekommen.

Für einen menschlichen Ermittler würde es Wochen oder sogar Monate dauern, sich auch nur einen groben Überblick über die Daten zu verschaffen. Nicht so für einen Androiden.

»Und?«, fragte Heinz, »kann man etwas erkennen?«

Daneel brauchte lange, um zu antworten – zu lange für Pauls Geschmack.

»Es tut mir leid, aber es gibt Unregelmäßigkeiten«, sagte Daneel.

»Was auch sonst?«, stöhnte Paul genervt.

»Ich kann keine Videoaufnahmen finden«, sagte Daneel.

»Die Aufnahmen wurden gelöscht?« Panik schwang in Pauls Stimme mit.

»Nein«, antwortete Daneel, »sie sind einfach nicht da.«

»Was meinst du mit nicht da?«, fragte Heinz. Er wirkte zutiefst erschüttert.

»Wenn in der Cloud jemals Videoaufnahmen waren, dann wurden nicht nur die Aufnahmen gelöscht, sondern auch jeder Hinweis darauf, dass sie überhaupt dort waren«, sagte Daneel.

»Aber meine Aufnahmen, ich brauche doch meine Aufnahmen!«, jammerte Heinz.

»Ihr Passwort ist auf jeden Fall zurückgesetzt. Sie können ab sofort wie gewohnt auf Ihre Cloud zugreifen.«

»Gibt es denn keine Möglichkeit, wieder an die Videos zu kommen?«, fragte Heinz.

»Die Einzigen, die jetzt noch eine Kopie von den Aufnahmen haben, sind die Kollegen vom Bundesnachrichtendienst«, erwiderte Paul.

Heinz lachte verlegen.

»Oh, du meinst das ernst? Sind das nicht nur wilde Verschwörungstheorien?«, wollte Heinz wissen.

»Alles gut, ein kleiner Scherz«, sagte Paul.

Natürlich war es kein Scherz. Manchmal vergaß Paul, wie wenig die Bevölkerung über die tiefgreifende Überwachung durch den BND wusste.

Heinz war am Boden zerstört, und Beeke, Paul und Daneel hatten ein weiteres Rätsel zu lösen.

»Ich denke, wir haben einen weiteren Grund, um nach Kiel zu fahren. Vielleicht kann man uns beim BND vor Ort mit den gelöschten Videoaufnahmen helfen. Irgendwann brauchen wir doch etwas Greifbares«, sagte Paul, als sie den Laden verlassen hatten. Schweigend schritten die drei den Weg zurück zu Beekes Auto.

Kapitel 13

Am nächsten Morgen fuhr Beeke die beiden zum leeren Fähranleger. Es war noch dunkel, aber sie hatten sich vorgenommen, die früheste Fähre aufs Festland zu nehmen. Wenn möglich, wollten sie noch am selben Tag auf die Insel zurückkehren. Das Wetter war in der Zwischenzeit von unangenehm zu gnadenlos gewechselt; der heftige Wind peitschte die Regentropfen in ihre Gesichter.

Nach einem kurzen Abschied von Beeke gingen Paul und Daneel auf die menschenleere Fähre. Sie suchten sich ein gemütliches Plätzchen am Fenster. So konnten sie sehen, wenn die Sonne über dem Meer aufging. Eine Frau mit tiefen Furchen im Gesicht und einer Stimme, die durch jahrelanges Training an der Zigarette ein markantes Röcheln hatte, begrüßte sie.

»Was kann ich für euch zwei tun?«, fragte sie.

»Ich nehme einen doppelten Espresso mit extra Zucker«, sagte Paul.

»Und für dich?«

»Ich benötige nichts, vielen Dank«, sagte Daneel.

Zwischen den grauen Gesichtern der Pendler fand sich noch ein junges Paar mit zwei Kindern ein. Die Eltern hatten Schwierigkeiten, mit ihren schläfrigen Augen den Kindern zu folgen, und der Rest der Passagiere versuchte, die herumlaufenden Kinder so gut es ging zu ignorieren.

Die Kellnerin stellte den Espresso auf den weißen Plastiktisch und verschwand, bevor Paul eine Chance hatte, zu bezahlen oder nach zusätzlichem Zucker zu fragen. Für diese zähflüssige Brühe brauchte er jede mögliche Unterstützung.

Die Fähre zog ihre langsame Bahn durch das flache Meer zwischen Amrum, Föhr und dem Festland.

Auf Föhr füllte sich die Fähre ein wenig. Eine Gruppe Männer setzte sich an den Tisch neben ihnen. Sie sprachen enthusiastisch vom bevorstehenden Fußballspiel und davon, wie sie den Gegner besiegen würden. Diese Schlacht durften sie nicht verlieren. Vernichten würden sie Amrum. Und sie sprachen davon, dass sie vorhatten, den Weg zum Spiel zu Fuß über das Watt zurückzulegen.

Paul hörte dem Gespräch intensiv zu. Er versuchte, hinter die Faszination zu kommen, die dieser Sport auf so viele Leute ausübte. All das martialische Geplänkel vor den Spielen. Vernichten, besiegen, fertigmachen, die Schlacht gewinnen, zerstören, all das ergab herzlich wenig Sinn für ihn.

Vielleicht war es am Ende nur eine Gruppe Erwachsener, die sich danach sehnten, wieder Kinder zu sein. In der Hoffnung auf Emotionen wie Hass und Freude, die sie aus ihrem Alltag längst verdrängt hatten.

Kurze Zeit später konnten sie aus den salzverkrusteten Fenstern die Festlandküste sehen. Die Morgensonne brachte gerade genug Licht, um den Fähranleger von Dagebüll in seiner vollendeten depressiven Schlichtheit zu erkennen. Kurze Zeit später kam die Kellnerin, um das Geld für ihre schroffe Dienstleistung zu kassieren.

Sie machten sich auf den Weg von der Fähre und reihten sich in die Warteschlange für die AutoCabs ein. Als sie nach kurzer Zeit am Ende der Schlange anlangten, öffnete sich auch schon die Tür des AutoCabs mit einem markanten Zischen. Der Fahrgastraum bot Platz für vier Mitfahrer, je zwei Plätze gegenüber. Paul bevorzugte eigentlich die Zweisitzer, aber hier, am Ende der Welt, musste man nehmen, was man bekam. Daneel kümmerte sich um die Transaktion, und die

Tür schloss sich zum bekannten Dreiklang der AutoCab-Melodie.

Es war ein Stück Heimat, hier so weit ab vom Schuss. Das weiße Interieur und die gemütlichen Sessel mit Massagefunktion nahmen Paul wohlig in Empfang. Das Display sagte eine Stunde Reisezeit voraus, und Paul sank in einen seichten Halbschlaf.

Als sie Kiel erreichten, fühlte sich Paul zum ersten Mal in seinem Leben von der Größe der Stadt überwältigt. Die drei Millionen Einwohner Kiels in ihren hohen Türmen und engen Gassen kamen ihm vor wie ein Verbrechen gegen die Menschlichkeit, jetzt, wo er sich an Amrum mit seinen dreitausend Einwohnern gewöhnt hatte. Zum ersten Mal glaubte er zu verstehen, warum Beeke lieber auf Amrum bleiben wollte. Doch das Gefühl war schnell wieder verflogen, nachdem sie am Kieler Rathausturm vorbeifuhren. Schließlich war es seine Heimatstadt, mit all ihren Ecken und Kanten.

Der Wagen hielt vor dem roten Backsteingebäude, in dem die Leichenhalle ihren Platz gefunden hatte. Paul und Daneel liefen gemeinsam die kalten Gänge des alten Gemäuers entlang und stiegen die Treppe hinunter.

Der Gang in den Katakomben war hell ausgeleuchtet und lang. Türen führten zu beiden Seiten in etliche Zimmer. Die Wände waren vor einigen Jahren mit Aufklärungsplakaten zur menschlichen Anatomie verziert worden. Als ob die Kollegen sich nur in der Umgebung von Leichen wohlfühlen würden – was vermutlich nicht weit von der Wahrheit entfernt war. Sie trafen auf Heinrich, der gerade dabei war, seine Frühstückspause zu beginnen.

»Moin, Heinrich, wie geht's voran?«, fragte Paul unschuldig.

»Ich bin gerade dabei, meine erste Pause zu machen, also was wollt ihr Vögel hier?«, antwortete Heinrich ziemlich mürrisch. Er war ein absolutes Unikum, ein kleiner Mann mit Glatze, die in vollem Umfang mit einem pinken Hello-Kitty-Tattoo verziert war. Es stand in krassem Gegensatz zu seiner schroffen Art und seiner rauen Stimme. Heinz hatte außerdem eine gepiercte Lippe, und seine Nase vermittelte den Eindruck, als ob sie schon mehrfach gebrochen worden war.

»Wir wollen mit dir über die Obduktionen der Leichen von Amrum sprechen«, sagte Daneel.

»Um was geht es genau?«, fragte Heinrich.

»Um das, was du herausgefunden hast, über die Todesursache und ob etwas Ungewöhnliches dabei ans Licht gekommen ist«, sagte Paul.

»Normalerweise«, fing Heinrich an, »warten die Leute auf den Bericht und lesen ihn dann. Ich bin mir ziemlich sicher, dir bereits dasselbe erzählt zu haben, Paul.«

»Henni«, entgegnete Paul, »wie lange kennen wir uns jetzt schon? Ich wäre nicht hier, wenn es kein Notfall wäre.«

»Naja, die ganzen Leichen hier unten müssen untersucht werden, und du bist nicht der einzige Ermittler, der es dabei eilig hat. Die Obduktion ist bereits beendet, ich muss nur noch die Zeit finden, den Bericht zu schreiben. Du weißt selbst, dass wir chronisch unterbesetzt sind«, sagte Heinrich, »und dazu hat uns der BND die letzten Tage mit Arbeit zugemüllt.«

»Du weißt, dass ich noch immer nach Avas Mörder suche, und jeder Tag, an dem ich auf Amrum festsitze, ist ein Tag, an dem ich nicht daran arbeiten kann, Beweise gegen den Schlächter zu finden«, sagte Paul.

Heinrich ließ seine Schultern sinken. Er hatte immer schon eine Schwäche für Ava gehabt. Sie war der einzige Grund, warum er überhaupt mit Paul sprach.

»Okay, okay, aber ich sage dir einmal mehr, was ich denke: Du bist bei Vlad auf der falschen Fährte. Ich denke, du belästigst einen Unschuldigen«, sagte Heinrich. »Aber gut, kommt mit, meine Notizen sind in der Leichenhalle.«

Sie betraten den Raum durch eine große Doppeltür aus Metall. Paul schrak zurück, als er den eiskalten Türknauf berührte. Der Raum war groß und hell erleuchtet. An einer Seite waren, über einer metallenen Werkbank, etliche Metallinstrumente sauber an der Wand befestigt, und in der Mitte des Raumes stand ein Metalltisch. Heinrich holte einen halb zerknüllten Notizblock von der Werkbank.

»Okay, was haben wir hier«, sagte Heinrich und blätterte durch die Notizen. »Ah, hier ist es. Lara Hansens Todesursache war ein gebrochener Nacken. Der Bruch war sehr sauber und kann eigentlich nicht von Menschenhand verursacht worden sein. Für einen solch sauberen Bruch benötigt es eine Maschine. Der Tod ist schnell eingetreten, vermutlich hat sie dabei keinen Schmerz gespürt. Bemerkenswert war auch, wie sauber die Leiche war. Nicht ein Fitzel Fremd-DNA, vermutlich gab es also keinen Kampf vor dem Mord.«

»Das Opfer kannte den Mörder?«, fragte Daneel

»Davon ist auszugehen. Aber noch einmal, der Mord wurde aller Wahrscheinlichkeit nach mit einer Art Maschine durchgeführt. Ich gehe von einem Profi aus.«

»Okay«, sagte Paul. »Was ist mit Magnus?«

»Der Mord war ähnlich präzise. Ein einziger Messerstich in den Magen hat gereicht. Der Mörder wusste genau, was er tat«, sagte Heinrich.

»Der Mörder kennt sich demnach in Anatomie aus?«, fragte Daneel.

»Vermutlich ja. Natürlich könnte es auch reiner Zufall gewesen sein«, sagte Heinrich. »Aber beide Morde, im Zusammenhang mit der Tatsache, dass beide Leichen frei von Fremd-DNA sind, deuten darauf hin, dass der Mörder wusste, was er tat.«

»Hast du eine Ahnung, wann wir die Ergebnisse von den DNA-Proben der Tatorte erwarten können?«, fragte Paul.

»Oh, hehe«, Heinrich musste lachen. »Mit den drei G's hast du es dir wohl verscherzt.«

»Die drei Idioten waren der Meinung, Daneel zu beleidigen«, sagte Paul.

»Naja, du weißt ja, dass ich nicht für den Tatort und die Dinge, die am Tatort gefunden werden, zuständig bin; da musst du schon Gerald fragen.«

»Alles klar, dennoch vielen Dank für deine Hilfe«, sagte Paul.

»Nächstes Mal kannst du anrufen«, antwortete Heinrich.

Im Prinzip hatte er damit recht. Vermutlich hätte Paul es auch geschafft, ihn irgendwie an den Apparat zu bekommen, aber so hatte er eine Ausrede, um nach Kiel zu fahren und »Vlad dem Schlächter« seinen wöchentlichen Besuch abzustatten.

Kapitel 14

Sie verließen die Katakomben und waren froh, zurück an der frischen Luft zu sein. Der Geruch nach Desinfektionsmittel hing ihnen noch in der Nase, als sie in das wartende Auto-Cab stiegen. Ein Zweisitzer – Daneel wusste, wie Paul es gern hatte.

»Wir machen noch einen kleinen Zwischenstopp auf dem Weg zum BND«, sagte Paul.

Natürlich wusste Daneel bereits, wohin die Fahrt gehen sollte.

»Denkst du wirklich, dass es notwendig ist?«, fragte Daneel besorgt.

»Ich denke, du kennst meine Antwort.«

Daneel gab den neuen Kurs ein, und das AutoCab machte sich auf seine lautlose Reise.

Die Informationen, die Heinrich ihnen gegeben hatte, passten gut zum bisherigen Verlauf der Ermittlungen. Und genau wie alles andere an diesem Fall waren sie eher frustrierend für Paul. Es waren die ersten Indizien dafür, dass Martin nicht der Mörder war. Aber wer sollte es dann gewesen sein? Und warum hatten sie bis jetzt keinen Hinweis auf einen anderen Täter gefunden?

Versuchte der Profi, es so aussehen zu lassen, als ob Martin der Mörder sei? War es am Ende tatsächlich so, wie Beeke und Daneel behaupteten, dass Martin unschuldig war? In Pauls Kopf kreisten die Gedanken, während der Wagen lautlos immer tiefer in die dunklen Ecken der Kieler Unterwelt glitt.

Die Straße, in der sich Vlads Metzgerei befand, war dunkel. Sozialwohnungen für die Ärmsten der Armen türmten sich hoch in den Himmel. Die Sonne hatte hier keine Chance, den Boden zu berühren.

Die Metzgerei zwängte sich zwischen zwei Hauseingänge und sah von außen recht unscheinbar aus. Die Schrift auf der Scheibe war zur Hälfte abgeblättert; das fluoreszierende Licht im Inneren lud nicht dazu ein, das Geschäft zu betreten. Es war sowieso schon ungewöhnlich, heutzutage noch Fleisch von echten Tieren zu essen, aber es schien dafür noch immer einen Markt zu geben, für die ewig Gestrigen. Paul hatte es vor ein paar Jahren einmal getestet, aber künstliches Fleisch war nicht nur günstiger, sondern auch wesentlich schmackhafter.

Vlad stand in seinem Laden und gab sich wie immer so, als wäre er ein respektables Mitglied der Gesellschaft. Und nicht der eiskalte Killer, der Ava ermordet hatte.

Gorka, die rechte Hand von Alexander, kam pünktlich. Wie immer am Freitag um diese Uhrzeit. Alexander war der Kopf eines Clans mit weitreichenden Verbindungen in Politik und Wirtschaft. Gorka trug einen braunen Papierbeutel bei sich. Es lief nach dem altbekannten Drehbuch. Gorka ging mit einem vermeintlich leeren Beutel in den Laden, und Vlad tat so, als würde er den Beutel mit Fleisch füllen. Paul war sich sicher, dass Gorka in dem Beutel die neuen Mordaufträge an Vlad übergab. Direkt vor ihren Augen.

Das eine Mal, als er es geschafft hatte, die Transaktion zu unterbrechen und einen Blick in die Papiertüte zu werfen, war in dem Beutel tatsächlich Fleisch gewesen. Gorka hatte behauptet, das Fleisch wäre für Alexanders Tiger. Sicher hatte ein Spitzel bei der Kripo Gorka vorgewarnt. Danach hatte sein Chef Paul zur Seite genommen und gewarnt, er solle sich nicht mit Gorka anlegen. Seitdem musste er von diesem Möchtegern-Gangster mit seinem blauen Jogginganzug und der obligatorischen Goldkette Abstand halten.

Paul guckte sich das Schauspiel an. Es lief ab wie eh und je. Gorka ging in den Laden, hielt den offenen Beutel über den Tresen, und Vlad tat so, als ob er den Beutel mit Fleisch füllte. Und anschließend verließ Gorka den Laden wieder mit einem Lächeln im Gesicht.

Paul wartete, bis Gorka um die Ecke verschwunden war, ehe er aus dem AutoCab stieg. Er öffnete die Tür zum hell erleuchteten Innenraum. Hinter dem Tresen lag eine kleine Auswahl an Fleischspezialitäten. Hier und da sah Paul noch Knochen am Fleisch. Wie barbarisch. Es war kalt, und der Geruch im Inneren des Ladens erinnerte ihn an die Leichenhalle.

»Nein, nein, was ich habe gemacht? Womit hab ich verdient?«, jammerte Vlad, als er Paul und Daneel sah.

Vlad war ein kleiner Mann mit gedrungenem Körper. Auf seinem kurzen Hals saß ein Kopf mit einem fast viereckigen flachen Gesicht. Seine Schultern waren breit, und die Oberarme zeigten Berge von Muskeln.

»Oh, natürlich, du hast gar nichts gemacht«, sagte Paul. »Außer natürlich Ava zu ermorden. Kannst du dich noch an sie erinnern? Ich hoffe, sie verfolgt dich in deinen Träumen.«

»Ich nichts habe gemacht«, sagte Vlad mit Verzweiflung in seinem Gesicht.

»Was wollte Gorka heute? Sollst du einen weiteren Polizisten ermorden?«, fragte Paul.

»Er holt Fleisch, für Tiger von Alexander«, antwortete Vlad.

»Ja klar. Haltet ihr immer noch an dieser lächerlichen Geschichte fest?«, fragte Paul. »Ich erwische dich noch. Und wenn es das Letzte ist, was ich tun werde. Du wirst für den Mord an Ava in den Knast wandern. Ich werde diesen Fall lösen.«

»Dann such nach einem anderen. Ich bin unschuldig«, sagte Vlad.

Paul schüttelte nur den Kopf und verließ schnaufend den Laden.

»Kannst du das glauben?«, fragte er, als sie vor der Tür standen.

»Ja«, sagte Daneel.

»Du …«, sagte Paul, hörte aber mitten im Satz auf. Es war unsinnig, sich über einen Roboter aufzuregen. »Hol uns ein AutoCab, und dann geht's zum BND.«

Unmittelbar nachdem sie ins AutoCab eingestiegen waren, nahm Daneel einen weiteren Anlauf.

»Ich denke, du solltest den Fall überdenken. Schau dir die Beweise noch einmal mit etwas Abstand an«, schlug er vor.

»Hör auf damit, Daneel. Vlad war am Tatort, du hast sein Gesicht doch auch auf den Aufnahmen gesehen. Du kennst die Fakten«, sagte Paul.

»Aber das psychologische Gutachten hat ergeben, dass er kein Mörder ist, und ich sage es dir gerne noch einmal, dass auch mein psychologisches Profil von Vlad aussagt, dass er kein Mörder sein kann«, entgegnete Daneel mit ruhiger Stimme.

»Ich werde ihn kriegen«, sagte Paul, der sich entschieden hatte, Daneels Argumente einfach zu ignorieren.

Das gläserne Gebäude erhob sich deutlich über die umstehenden vierstöckigen Backsteinbauten. Unten bildete es ein Quadrat mit Glas an allen Seiten. Hoch oben am Gebäude zeigten sich etliche Türme und Antennen, und in blauen Buchstaben mit schwarzem Rand standen die drei großen Buchstaben B – N – D geschrieben.

Früher besaß der Nachrichtendienst noch so viel Takt, im Verborgenen zu operieren, aber heutzutage gab es keine Zurückhaltung mehr.

Zwei muskulöse Sicherheitskräfte mit Schutzwesten und Maschinenpistolen vor der Brust versperrten den Zugang zum Gebäude. Doch Daneels Identifikation genügte den beiden, um ihnen Eintritt zu gewähren.

Das Erdgeschoss war, bis auf gleichmäßig verteilte Betonsäulen, eine einzige leere Fläche. Die flache Decke und der Boden aus poliertem Beton gaben dem Raum den Charme einer leeren Parkgarage.

Ganz am Ende der Fläche, dem Eingang gegenüber, saß ein adrett gekleideter Herr an einem spartanisch eingerichteten Empfangsschalter. Es war ein langer Weg bis zum Tresen, und ihre Schritte hallten laut durch den leeren Raum.

Der graue Anzug und die blaue Krawatte des Mannes bewegten sich genau so wenig wie der Mann selbst. Aus der Ferne hätte man fast schon vermuten können, dass es sich um einen Roboter handelte. Aus der Nähe wusste man es sofort. Sein Haar war zu einem adretten Seitenscheitel gelegt, und seine kalten grauen Augen zeigten jedem Besucher gleich, dass er hier unerwünscht war. Das hier war kein Ort für Freunde.

»Hallo, Herr Landmann«, sagte der Empfangsandroid. »Wir haben sie bereits erwartet.«

Hinter ihm öffnete sich die Tür zu einem Fahrstuhl. Für einen Moment war nichts weiter zu hören als die leise Musik aus der Fahrstuhlkabine.

»Soll ich ihnen erst eine Einladung schreiben?«, fragte der Android.

»In welches Stockwerk müssen wir denn?«, fragte Paul ungehalten.

Der Android lachte ein piepsiges Lachen.

»Denken Sie ernsthaft, dass Sie sich hier frei bewegen können, Herr Landmann? Der Fahrstuhl wird Sie in das richtige Stockwerk bringen. Und oben werden Sie in Empfang genommen. Keine Sorge, das schaffen Sie.«

Einen Moment überlegte Paul, ob er sich beschweren sollte, entschied aber, dass er dringendere Probleme hatte als einen unverschämten Androiden. Sie stiegen ein, der gläserne Fahrstuhl schloss seine Tür und schoss mit einer schwindelerregenden Geschwindigkeit nach oben. Die Fahrt war so schnell vorbei, dass nicht einmal das erste Musikstück vorüber war, bevor sich die Türen wieder öffneten.

Paul schreckte kurz zurück, als ihn oben dasselbe genervte Gesicht erwartete wie am Empfang.

»Folgen Sie mir.«

Der Android führte sie einen weiten Gang entlang. Der Boden bestand wie im Erdgeschoss aus poliertem Beton, die Wände waren aus Glas. Die Mitarbeiter saßen in ihren gläsernen Parzellen und schauten auf Monitore. Paul versuchte, etwas zu erkennen, aber am Ende gab es nichts anderes zu sehen als in jedem anderen stinknormalen Bürotrakt auch. Tabellen, Präsentationen, Textdateien – nichts deutete darauf hin, dass man sich in der Landeszentrale eines Geheimdienstes befinden könnte.

Ihr Begleiter führte sie zu einem Büro am Rande des Gebäudes. Die Fenster boten einen weitreichenden Ausblick über Kiel. Das Wasser im Germaniahafen war still, und die Menschen rannten wie kleine Käfer durch die Straßen der Stadt.

Der Mitarbeiter, der sie im Büro in Empfang nahm, sah von all dem nichts. Er saß mit dem Rücken zum Fenster, den Blick starr auf seinen Monitor gerichtet. Selbst als Paul und Daneel sein Büro betraten, schaute er nicht auf. Vor seinem gläsernen Schreibtisch stand ein einzelner Lederstuhl mit einem Metallgestell. Der Schreibtisch war, bis auf einen schwarzen Laptop und Monitor, genauso leer wie alles andere in diesem Gebäude.

Der Mann am Schreibtisch sah aus wie eine gealterte Version des Empfangsandroiden. Der gleiche graue Anzug, dieselbe blaue Krawatte und das gleiche weiße Hemd. Nur das gescheitelte Haar war grau, außerdem durchzogen tiefe Falten sein ernstes Gesicht.

»Ihr wollt Zugriff auf eines unserer Back-ups?«, kam eine leise Stimme hinter dem Monitor hervor, noch ehe sie sich vorstellen konnten.

»Wir haben die Zustimmung des Inhabers der Cloud«, fing Paul an, »und wir benötigen die Aufnahmen, um …«

»Ja, ja, ich weiß. Ermittlung in einem Mordfall.«

Er machte eine abwertende Handbewegung, als ob der Tod zweier unschuldiger Menschen keinerlei Bedeutung für ihn hätte.

»Ich habe das Material bereits sichten lassen und kann euch versichern, dass keine relevanten Dinge für den Fall zu erkennen sind.«

Paul war sich sicher, dass der Bundesnachrichtendienst die besten Experten des Landes für Videoanalysen beschäftigte; trotzdem wollte er sich doch lieber selbst von den Bildern überzeugen. Vor allem, da er fest überzeugt war, dass auf dem Video etwas zu sehen sein musste.

»Besteht die Möglichkeit, dass wir selbst einen Blick auf das Material werfen?«, fragte Paul vorsichtig.

Paul wusste, dass seine Chancen hierfür schlecht standen. Im Prinzip bräuchte er einen richterlichen Beschluss für einen Zugriff auf die Back-ups. Er hatte aber gehofft, dass den Kollegen des BND das Einverständnis des Cloudinhabers genügen könnte. Der bisherige Verlauf des Gesprächs ließ ihn an seiner Hoffnung zweifeln.

»Du wirst wissen, dass ich das nicht machen kann. Aber lasst mich noch einmal versichern, dass auf dem Material nichts Relevantes für euren Fall zu finden ist«, sagte der Mann.

»Kann ich mich darauf verlassen, dass Heinz seine Daten zurückbekommt?«, fragte Paul.

Zum ersten Mal blickte der Kollege von seinem Monitor auf. Mit einem verschmitzten Grinsen im Gesicht sah er Paul an.

»Damit ihr über die Einwilligungserklärung für seine Cloud den Zugriff auf die Videos bekommt?«

Paul ließ die Frage in der Luft hängen; tatsächlich hatte er gehofft, auf diesem Umweg doch noch Zugriff auf die Videos zu bekommen.

»Ich denke, ich muss euch enttäuschen. Aber, wie war der Name? Heinz? Er muss den üblichen Weg durch die entsprechenden Kanäle gehen, um Zugriff auf die Daten zu bekommen. Sonst hätten wir hier täglich Anfragen für Zugriffe auf die Back-ups.«

»Und was ist mit dem Back-up der Daten des Mordopfers Lara Hansen?«, fragte Daneel.

Der Mann wandte seinen Blick wieder dem Monitor zu.

»Auch ihre Daten haben wir sorgfältig geprüft und können versichern, dass nichts Relevantes zu finden war.«

»Und Jons Back-up?«, fragte Daneel.

»Auch nichts. Und jetzt ...«, sagte er und winkte Paul und Daneel aus seinem Büro.

Sie verließen den kühlen Kasten aus Glas und Beton mit einer Enttäuschung mehr im Gepäck. Der Mitarbeiter des Bundesnachrichtendienstes hatte ihnen zwar versichert, dass auf den Aufnahmen nichts zu sehen sei, aber Paul konnte sich nicht vorstellen, wie das gehen sollte. Die Kamera war genau auf den Ort gerichtet, an dem Magnus vergraben gewesen war.

»Daneel, kannst du etwas für mich prüfen?«, fragte Paul, als sie in ihr AutoCab stiegen.

Daneel nickte stumm.

»Gibt es neue Aufnahmen von Heinz' Kamera?«

»Ja, die Aufnahmen gingen ungefähr zur selben Zeit weiter, als wir sein Passwort zurückgesetzt haben«, sagte Daneel. »Aber was wollen wir mit den Aufnahmen anfangen?«

»Sieht man den Tatort auf den Aufnahmen?«, fragte Paul.

»Ja, in einiger Entfernung, warum?«

»Gut genug, um darauf einen Menschen in der Nähe des Tatortes zu erkennen?«

»Ja.«

»Ist es nicht komisch, dass der BND mit all seinen technischen Mitteln auf den Aufnahmen nichts gesehen haben will?«, fragte Paul.

Die Häuser von Kiel zogen geräuschlos an ihnen vorbei.

»Welchen Grund sollte der BND haben, uns anzulügen?«, fragte Daneel.

»Genau das frage ich mich auch«, sagte Paul.

Kapitel 15

Paul war während der Fahrt nach Dagebüll in Gedanken versunken. Wie konnte es sein, dass die neuen Beweise Martin entlasteten? Und wie konnte es sein, dass der BND auf den Videos von Heinz nichts gesehen hatte? Welche dunklen Kräfte waren hier im Spiel? Hatte jemand die Videos manipuliert, bevor der BND sie überprüfen konnte? Sicher wäre dem BND eine Veränderung der Videos auffallen. Aber was, wenn der BND selbst involviert war? Und wenn das so war, wieso? Immer mehr Fragen türmten sich auf, während die Straßen draußen schmaler und schmaler wurden; in der Ferne lugte bereits der Deich aus dem Nebel hervor.

»Es sieht so aus, als ob wir die letzte Fähre verpassen«, sagte Daneel.

»Jetzt nicht auch noch das«, seufzte Paul.

»Ich schaue bereits nach Übernachtungsmöglichkeiten.«

Daneel sollte mit seiner Prognose recht behalten. Sie konnten nur noch dabei zusehen, wie die Fähre ablegte und sich langsam aus dem Hafen verabschiedete. So waren sie gezwungen, den Abend und die Nacht in Dagebüll zu verbringen. Ein passendes Ende für diesen nutzlosen Tag, dachte Paul.

Dagebüll sah im abendlichen Nebel noch trostloser aus als am Tag. Das Hotel am Fähranleger hatte seine besten Zeiten bereits vor Jahrzehnten hinter sich gelassen. Den Teppich im Foyer durchzogen tiefe Furchen von den Koffern der hier gestrandeten Urlauber. Das rot-grüne Design des Interieurs schrie nach vergangenen Zeiten und war weit entfernt von den heutigen minimalistischen Ansätzen in Schwarz und Weiß. Die Vorhänge an den Fenstern sahen so alt aus wie die Menschen, die hier arbeiteten. Immerhin war das Hotel günstig und lag nah am Hafen.

Der Herr an der Rezeption wollte ihnen zunächst kein Einzelzimmer anbieten, bis sein Vorgesetzter kam und Daneel ihm bewies, dass er ein Android war, indem er ihm die Anschlüsse zeigte, die unter seiner Bauchplatte verborgen waren.

Das Zimmer war spärlich bestückt und machte einen heruntergekommenen Eindruck. Die Möbel wiesen zahlreiche Kratzer auf und das Einzelbett war selbst für eine Person sehr schmal. In der Ecke des Raumes stand neben einem Holztisch ein klappriger Metallstuhl, auf dem Daneel die Nacht verbringen konnte.

»Wenn die Fähre morgen nicht fährt, dann schwimme ich nach Amrum«, sagte Paul beim Anblick ihrer vorübergehenden Unterkunft.

»Die erste Fähre legt um 7.15 Uhr ab«, erwiderte Daneel.

»Dann sollten wir heute früh ins Bett gehen.«

Sie machten nicht mehr viel an diesem Tag außer einem kurzen Spaziergang über den zubetonierten Strand. Anschließend aß Paul eine nahezu ungenießbare Suppe im hoteleigenen Restaurant, ehe beide zu Bett gingen.

Sie standen früh auf, um die erste Fähre des Tages zu erreichen. Paul nahm noch schnell ein Frühstück im Foyer des Hotels ein, das ähnlich ungenießbar schmeckte wie das Essen am Abend zuvor. Vielleicht war er auch nur verwöhnt von den Kochkünsten Daneels. Allerdings ließen die grauen Gesichter der wenigen anderen Gäste vermuten, dass das Essen tatsächlich keine Haute Cuisine war. Nach einem letzten Schluck vom kalten, bitteren Kaffee machten sie sich auf den Weg zur Fähre.

Der Mond war noch am Himmel zu sehen und schickte sein fahles Licht auf die Erde. Zusammen mit dem Nebel und dem Rauschen des Meeres haftete der Szenerie etwas Unheilvolles an. Die Fähre stand schon leicht schwankend am Anleger. Das Wetter hatte sich über Nacht nicht beruhigt.

Die Fahrt zurück auf die Insel verlief dementsprechend unangenehm. Paul fiel auf, dass es sich diesmal um eine wesentlich ältere Fähre handelte. Die braunen Bezüge der Sitzplätze und die Holzvertäfelungen im Inneren schienen noch aus dem letzten Jahrtausend zu stammen. Vielleicht wollte das Fährunternehmen keines der neueren Schiffe an das schlechte Wetter verlieren.

Das Schwanken der Wellen machte sich in Pauls Magen bemerkbar, in dem sich das Brötchen mit der geronnenen Butter und der kalte Kaffee zu einer gefährlichen Melange vermischten. Auf der Überfahrt wurde diesmal kein Kaffee serviert. Zu hoch die Gefahr.

Paul verließ die Fähre auf wackligen Füßen. Die Sonne hatte sich inzwischen durch dichte Wolken gekämpft, und er war glücklich, dass es zur Abwechslung nicht regnete. Beeke wartete bereits in ihrem Auto an der Bushaltestelle auf sie. Der Motor ratterte, und der Qualm aus dem Auspuff mischte sich unauffällig unter den Nebel.

»Und, habt ihr etwas Neues herausgefunden?«, fragte Beeke, nachdem sie zu ihr ins Auto gestiegen waren.

Daneel erzählte ihr von den neuen Erkenntnissen der Obduktion und davon, dass der BND auf den Bildern der Kamera nichts gesehen haben wollte.

»Also ist Martin unschuldig«, sagte Beeke. Es war keine Frage.

»Oder«, sagte Paul, »er weiß, was er tut. Er ist ein intelligenter, reicher Mann. Eine gefährliche Kombination. Ich würde nicht ausschließen, dass er irgendwo in seiner Garage eine Halsbruchmaschine entwickelt hat.«

»Ach, jetzt werd' nicht albern«, sagte Beeke. »Martin ist nicht der Mörder, so gerne du es auch hättest.«

»Und was bedeutet das für unsere Ermittlungen?«, fragte Paul. »Hoffen, dass uns die DNA-Ergebnisse am Montag mit magischer Hand einen Täter liefern?«

»Wer weiß«, meinte Beeke. »Ich habe schon komischere Dinge gesehen. Vielleicht gibt es doch noch eine ganz andere Erklärung für all das.«

»Ich muss noch einmal mit Martin sprechen«, sagte Paul. »Ich will ihn mit den neuen Erkenntnissen konfrontieren. Sehen, wie er reagiert. Kannst du mir sagen, wo wir ihn finden?«

»Die Ausstellung in Helgas Boutique eröffnet heute um elf Uhr. Ich denke, dass wir ihn dort antreffen werden«, sagte Beeke.

»Wunderbar, aber zuerst benötige ich einen Kaffee. Vorzugsweise in genießbarer Qualität«, sagte Paul, und Beeke schlug ein Café mit dem passenden Namen »Kaffeeflut« vor. Genau das, was Paul jetzt brauchte: eine Flut von Kaffee, um seinem müden Geist auf die Sprünge zu helfen.

Das Café befand sich in einem großen roten Backsteingebäude. Vor der Tür standen grün-weiß gestreifte Strandkörbe, doch Paul hoffte, dass sie einen Platz im Inneren bekommen könnten.

Vielleicht war der Laden schon etwas älter, vielleicht war er auch brandneu – Paul hatte für all das keinen Kopf. All diese Dinge waren jetzt nebensächlich, solange nur die eine Sache stimmte, wegen der sie hier waren, der Kaffee. Und am besten, so wie der Name des Cafés es versprach, in Form einer Flut.

Sie fanden einen freien Platz in der Nähe des Eingangs. Jedes Mal, wenn sich die Tür öffnete, zog der kalte Wind an Pauls Rücken entlang. Doch das blendete er aus. Schon kurz nach ihrer Ankunft stand ein dampfender Becher Kaffee vor seiner Nase, und es gab nichts, was ihn davon hätte ablenken können. Dazu hatte Beeke ihnen noch eine Frühstücksplatte mit Brötchen und Aufschnitt bestellt. Nachdem ihn der heiße Kaffee aufgeweckt hatte, machte sich Paul genüsslich über das Essen her. Das traurige Frühstück im Hotel hatte es nicht geschafft, seinen Hunger gänzlich zu stillen.

Zu Pauls Überraschung trat Hans an ihren Tisch.

»Moin«, sagte Beeke.

»Moin, Beeke, habt ihr schon Neuigkeiten?«, fragte Hans.

»Es tut mir leid, aber die Details sind streng vertraulich«, antwortete Beeke.

»Wieso streng vertraulich?«, hakte Hans nach; er wirkte etwas verwirrt.

»Naja, immerhin geht es um Mord.«

»Ach so das, ja klar.« Hans winkte ab. »Ich meine wegen der Zigaretten.«

»Entschuldigung, Hans, aber dazu bin ich bei all dem noch nicht gekommen.«

»Seit unserem Gespräch hat sich übrigens die Zigarettenmarke geändert«, sagte Hans. »Britta meint, das würde zeigen, dass es von einem Urlaubsgast kam, und jetzt wären eben neue Gäste da. Aber ich kann mir das nicht vorstellen. Wer beginnt seinen Urlaub schon mitten in der Woche?«

Hans kratzte sich nachdenklich die grauen Stoppeln an seinem Kinn. Er verabschiedete sich, und Paul wendete sich wieder seinem Frühstück zu. Er hatte das Gefühl, die Zeit würde an ihnen vorbei rasen und ehe sie sich's versahen, war es auch schon elf Uhr. Zeit, bei Helga nach dem Rechten zu sehen.

Kapitel 16

Helgas Boutique war zur Eröffnung der Ausstellung gut besucht. Man hatte einen Großteil der Einrichtung beiseite gestellt, um den Bildern mehr Raum zu geben. Eine Kellnerin in schwarzem Kostüm mit weißer Schürze bot ihnen Sekt und Orangensaft an. Paul lehnte dankend ab, und Beeke folgte seinem Beispiel, wenn auch widerwillig.

Martin war umringt von einer Traube von Bewunderern, die sich um ihn scharten, als ob sie hofften, ein wenig von seinem Glanz könnte dadurch auf sie überspringen. Doch Martin schien irgendwie abgelenkt, er blickte in regelmäßigen Abständen abwechselnd auf seine Uhr und den Eingang des Ladens. Er lächelte Paul und Beeke an, als er sie in der Menschenmenge entdeckte, und fing an, sich von der Menschentraube zu befreien.

»Ich nehme an, der Besuch in Kiel lief nicht ganz so, wie du es dir gewünscht hattest?«, sagte Martin.

»Woher willst du das wissen?«, fragte Paul.

»Nun ja, ich sehe keine Handschellen, das nehme ich mal als ein hoffnungsvolles Zeichen.«

»Das bleibt abzuwarten«, sagte Paul.

»Sicher doch«, sagte Martin mit einem weiteren Blick in Richtung Eingang.

»Wird noch jemand erwartet?«, fragte Paul.

»Nein, nein, nein. Obwohl, eigentlich schon. Das Team des TSV Amrum hatte angekündigt, vorbeizuschauen und seinem edlen Spender zu danken.«

Paul hatte keine Geduld mehr. Er wollte Martin schnell seine Fragen stellen und sich anschließend daransetzen, einen neuen Verdächtigen zu suchen.

»Wir hätten noch ein paar Fragen, und dann lassen wir dich auch schon in Ruhe«, sagte Paul. »Hast du einen Hintergrund in Bezug auf Maschinenbau oder ein persönliches Interesse daran?«

Paul war sich sicher, dass die Fährte hier endete. Noch ergab es zwar keinen Sinn, aber er hoffte, dass ihnen die DNA-Analyse am Montag einen neuen Ansatz lieferte.

»Aber sicher doch«, antwortete Martin. Er schien regelrecht begeistert, dass ihn endlich jemand auf das Thema ansprach.

»Jetzt reicht's mir aber«, sagte Paul wütend. »Wieso gibst du immer alles zu? So funktioniert das nicht. Du lügst uns an, wir finden heraus warum, und dann haben wir den Fall gelöst. Du kannst doch nicht einfach alles zugeben.«

»Vielleicht gebe ich die Dinge zu, weil ich weiß, dass ich unschuldig bin?«, schlug Martin vor.

Paul presste den Kiefer zusammen, seine Oberlippe zitterte. Die Wut wurde immer erdrückender.

»Okay«, sagte er und versuchte, sich selbst zusammenzureißen. »Ich beiße an. Was genau weißt du über Maschinen und vor allem: warum?«

Martin hob seinen Kopf und schaute schräg an Paul vorbei.

»Ich bin Künstler und ich sehe mich gerne in einer Linie mit Leonardo da Vinci. Nicht, dass ich ähnliche Bilder malen würde. Nein, die Kunst hat sich seitdem weiterentwickelt. Aber ich will die Grenzen zwischen Kunst und Wissenschaft aufbrechen. Ich will Dingen eine Form geben, an die vor mir noch kein Mensch gedacht hat. Ich will nicht nur Kunst erschaffen. Ich erschaffe alles«, sagte Martin.

»Wenn du mir als Nächstes sagst, dass du dich gut mit der menschlichen Anatomie auskennst, dann schreie ich«, erwiderte Paul frustriert.

»Aber natürlich«, sagte Martin. »Und bevor du fragst, du kennst die Antwort schon: da Vinci.«

Paul schrie aus voller Kehle, aber niemand bemerkte seinen emotionalen Ausbruch, da der ganze Laden im selben Moment in tosenden Applaus ausgebrochen war. Das Team vom TSV Amrum betrat die Boutique in seinen blau-schwarzen Trainingsanzügen und stand von einem Moment auf den anderen im Mittelpunkt der Aufmerksamkeit. Paul bemerkte, dass selbst Martin nur noch Augen für die Mannschaft hatte.

»Es tut mir leid, aber ich will das Team begrüßen«, sagte Martin und verschwand in der Menge, bevor Paul widersprechen konnte.

Martin wurde von der Mannschaft mit lautem Applaus begrüßt. Sofort begannen alle, seinen Namen zu singen, bis der ganze Laden in rhythmischem Einklang »Mar-tin E-rik-sen, Mar-tin E-rik-sen« schrie. Die Euphorie der Masse war ansteckend. Die Fußballer umarmten ihren Spender und grölten einen finalen Freudenschrei.

Fiete stach aus der Masse an Bierbäuchen und kahl werdenden Köpfen deutlich heraus. Seine breiten Schultern waren höher als die Köpfe der meisten seiner Teamkollegen. Er war, soviel musste selbst Paul zugeben, gut aussehend, zumindest im Kreis seiner Mitspieler. Mit seinen tiefbraunen Augen schaute er an allen vorbei und hielt seinen Blick fest auf Paul gerichtet. Irgendetwas gefiel Paul an seinem Gesichtsausdruck nicht. Er bemerkte auch, dass Martin auf der anderen Seite nur Augen für Fiete zu haben schien.

»Also, was machen wir jetzt?«, fragte Paul.

»In welcher Hinsicht?«, entgegnete Daneel.

»Er hat gerade vor euren Augen zugegeben, dass er sich sowohl mit dem Bau von großen, potenziell nackenbrechenden Maschinen auskennt als auch mit der menschlichen Anatomie«, sagte Paul.

»Ich denke, wir haben weiterhin nichts gegen ihn in der Hand«, sagte Daneel. »Wir können seine Ferienwohnung durchsuchen, aber ohne dass wir etwas finden, kann ich keinen Haftbefehl für die Tatsache aussprechen, dass Martin Eriksen ein wenig größenwahnsinnig ist. Es wird uns nichts anderes übrig bleiben, als die DNA-Ergebnisse abzuwarten.«

Paul fühlte sich müde und genervt von den Argumenten seiner Kollegen. Warten war das Letzte, worauf er jetzt Lust hatte. Er würde das tun, was Martin Eriksen ihm ganz zu Beginn geraten hatte. Er würde am Strand spazieren gehen und versuchen, seine Gedanken zu sortieren.

Daneel und Beeke sagte er, dass er Zeit zum Nachdenken brauchte. Daneel sollte einfach zum Apartment gehen oder tun, worauf immer er Lust hätte.

Er verließ den kleinen Laden, dessen Scheiben vom Atem der vielen Menschen schon beschlagen waren, und ging hinaus in die kalte Amrumer Welt. Gleich rechts führte ein Weg zum Strand, so hatte es ihm zumindest sein Navi gesagt. Und von dort könnte er einfach losgehen, vom Strand von Wittdün bis zum Strand von Nebel. Einfach ... so hatte er zu mindestens vorher gedacht.

Kapitel 17

Er hatte einen großen Fehler gemacht. Paul konnte sich nicht daran erinnern, jemals in seinem Leben so weit gelaufen zu sein. Es war nicht nur die Strecke an sich, es waren das Wetter, der Gegenwind und der Sand. Sand, wohin das Auge reicht, überall Sand.

Gerade erst hatte er den Leuchtturm passiert, der rot-weiß in den Himmel emporragte. Inzwischen ein überflüssiges Relikt aus alten Zeiten. Aber die Aussichtsplattform an der Spitze bot sicherlich einen beeindruckenden Blick auf all den Sand, dachte Paul abfällig.

Er hatte, wenn überhaupt, erst die Hälfte der Strecke zurückgelegt. Sein Oberschenkel zwickte bei dem Gedanken, noch einmal so weit gehen zu müssen. Das Gefühl, mit jedem Schritt tiefer in den Sand zu sinken, wurde immer stärker. Seine Waden fingen an zu brennen, und sein Geist begann zu schmelzen. Das beruhigende Geräusch der Wellen und die frische Luft halfen ihm zum Glück dabei, nicht durchzudrehen.

Mach nur einen Spaziergang über den Strand, und ich verspreche dir, du willst hier nie wieder weg, hatte Martin gesagt. Paul zweifelte mehr und mehr an dieser Aussage.

Er dachte an den Fall und daran, dass alle Spuren immer zurück zu Martin führten. Er wollte, dass Martin es war, er brauchte es, er hatte sich noch nie in seinem Urteil geirrt. Aber wenn Martin wirklich unschuldig war, vielleicht lag er dann auch bei anderen Dingen falsch? Etwa auch bei Vlad, dem Schlächter? Unmöglich, dachte Paul.

Doch er hatte selbst schon angefangen, an Martins Schuld zu zweifeln. Warum sah der Fall so eindeutig aus, fühlte sich aber trotzdem so falsch an? Warum sollte Martin alles so freimütig zugeben? Paul konnte sich die Fragen nicht beantworten. Es war einfach zu viel des Guten. Wenn Martin tatsächlich nicht der Mörder war, wer war es dann? War es jemand, der versuchte, Martin die Schuld in die Schuhe zu schieben? Und warum? Pauls Füße versanken mit jedem Schritt tiefer im Sand, und seine Waden begannen zu schmerzen.

Vielleicht sah er einfach den Wald vor lauter Bäumen nicht? Vielleicht brauchte er eine neue Perspektive. Warum war sich Daneel so sicher, dass Martin unschuldig war? Normalerweise waren sie immer einer Meinung, was den Tatverdächtigen betraf. Hatte er sich so sehr auf Martin als Täter versteift, dass er den wahren Täter hatte entkommen lassen? Er ging genau wie Daneel davon aus, dass der DNA-Test keine Ergebnisse liefern würde. Ein Mörder, der so geschickt darin war, seine Spuren zu verwischen, würde kaum über einen DNA-Test stolpern.

Noch immer lag ein weiter Weg vor ihm, und seine Beine schmerzten, aber je weiter Paul lief, desto mehr verschwand das Gefühl des Zweifelns und wich einer inneren Ruhe. Plötzlich hatte er das Gefühl, wieder klar denken zu können. Sein Geist schaffte es, zur Abwechslung im Hier und Jetzt zu bleiben. Er war zum ersten Mal, seit er nach Amrum gekommen war, glücklich, auf dieser Insel zu sein. Seine Füße schienen leichter zu werden, und es ging endlich vorwärts.

Ich sollte Daneel mehr vertrauen, dachte Paul, er hat sich noch nie bei einem Tatverdächtigen getäuscht. Paul wunderte sich, warum er plötzlich so schnell bereit war, Martins Unschuld zu akzeptieren. Vielleicht hatte sein Unterbewusstsein sich schon lange damit angefreundet. Und vielleicht hatten der frische Wind oder das rauschende Meer oder die schmerzenden Füße dafür gesorgt, dass sein Geist endlich seinen Gefühlen folgen konnte.

Paul kam gerade noch rechtzeitig an, um am Nebeler Strand das prachtvolle Schauspiel des Sonnenuntergangs zu erleben. Und ohne Vorwarnung machte es klick. Er sah, was ihn am Bild von Martin die ganze Zeit gestört hatte. Es war nicht das rote Zelt von Rüdiger. Und mochte die ganze Insel auch auf dem Kopf stehen, er sah den Sonnenuntergang, nicht den Sonnenaufgang. Auf dieser Seite der Insel, im Westen, ging die Sonne niemals auf. Martin hatte ihn doch angelogen!

Aber selbst wenn, dachte Paul, dem der Spaziergang neuen Mut gegeben hatte. Ich bleibe bei meiner Theorie. Jemand versucht, Martin zum Tatverdächtigen zu machen. Nur wer und warum?

Paul begann den mühevollen Anstieg über die Dünen, vorbei am verlassenen Strandlokal. Ein schmaler Holzweg zog sich vom Strand zurück nach Nebel. Er wusste, dass er noch einen weiten Weg vor sich hatte, aber zumindest fühlte er nun wieder festen Boden unter den Füßen.

Der Weg führte ihn durch den Wald und über eine holprige, unbefestigte Straße zurück in den Dorfkern von Nebel. Im kleinen Ferienhaus brannte schon ein Feuer im Kamin. Und Paul freute sich auf die wohlige Wärme.

Er stellte sich direkt nach dem Betreten der Wohnung, ohne seine Schuhe oder seine Jacke auszuziehen, vor den Kamin. Seine Haut schmerzte von der plötzlichen Hitze des Feuers, die ihn in kürzester Zeit wieder aufwärmte. Daneel stand noch still an seinem Lieblingsplatz in der dunklen Ecke links neben dem Eingang. Paul erzählte Daneel von seiner neuen Erkenntnis und dass er Martin nicht mehr für den Täter hielt. Daneel wirkte zufrieden darüber, dass Paul endlich derselben Meinung war wie er. Es war noch früh am Abend, aber Paul war von der frischen Meeresluft und dem langen Marsch müde und legte sich ohne große Umwege direkt ins Bett.

Kapitel 18

Drrrrrrr. Drrrrrr.

Paul erwachte vom schrillen Geräusch seines Smartphones.

»Peter hier am Apparat«, sagte die Stimme am anderen Ende. »Wir hatten uns vorgestern in Kiel über deinen Fall unterhalten und haben mal ein paar Dinge beschleunigt.«

Paul war verwundert. Für wen hielt sich dieser Peter eigentlich.

»Was genau meinst du damit?«, fragte Paul.

»Wir haben die Ergebnisse für den DNA-Test angeschoben und festgestellt, dass beide Proben mit der von Martin Eriksen übereinstimmen«, sagte Peter.

»Seid ihr euch ganz sicher?«, fragte Paul, der von dieser Information aus dem Halbschlaf gerissen wurde.

»Ja, hundertprozentig«, antwortete Peter.

»Alles klar«, sagte Paul. »Ich weiß, was zu tun ist.«

Paul ging ins Nebenzimmer, um mit Daneel das weitere Vorgehen zu besprechen.

»Denkst du, was ich denke?«, fragte Paul, als er das Wohnzimmer betrat.

»Ich besitze leider keine Möglichkeit zum Gedankenlesen«, kam Daneels Antwort aus der hinteren Ecke des Zimmers.

»Ich denke, irgendjemand versucht, Martin reinzulegen. Wir müssen nur herausfinden, wer«, sagte Paul.

»Zunächst, denke ich, müssen wir Martin festnehmen«, sagte Daneel, der das Telefonat mitgehört hatte.

»Ich weiß nicht«, sagte Paul. »Die Info kam vom BND und nicht von meinem Chef. Rein formal gesehen, kann uns der BND keine Anweisungen geben, und selbst wenn, habe ich keine Aufforderung zur Festnahme von Martin Eriksen gehört.«

»Das stimmt«, erwiderte Daneel.

»Gut, dann lass uns zuerst zu Beeke gehen und gemeinsam überlegen, wie wir mit Martin verfahren«, sagte Paul.

Sie trafen Beeke schwer beschäftigt in der Polizeiwache. Das Telefon in der einen Hand und einen Stift in der anderen.

»Alles ruhig bis jetzt, das hört sich gut an«, sagte sie. »Hier steht alles bereit. Die Ordner werde ich gleich einweisen, sobald ich am Stadion bin. Alles klar, bis gleich.«

Beeke legte den Hörer auf und strahlte die beiden an.

»Wer war das?«, fragte Paul.

»Das waren die Kollegen von Föhr, die uns heute beim Spiel unterstützen.«

»Ach ja, das Spiel«, erinnerte sich Paul.

Er erzählte Beeke von den Neuigkeiten aus Kiel.

»Aber das kann nicht sein«, sagte Beeke. »Sicher hat jemand die DNA von Martin absichtlich am Tatort hinterlassen, um ihn reinzulegen.«

»Nicht auszuschließen«, meinte Daneel.

»Müssen wir ihn jetzt festnehmen?«, fragte Beeke.

»Daneel und ich haben darüber nachgedacht«, sagte Paul. »Wenn wir Martin festnehmen und keine neue Spur haben, dann müssen wir den Fall abschließen.«

Paul ging dabei in einem kleinen Kreis zwischen Daneel und Beeke.

»Aber wenn wir den Fall schließen«, sagte Paul schließlich. »Dann müssten wir abreisen, das heißt mit Martin im Schlepptau, und es wäre für Daneel nicht mehr möglich, uns in vollem Umfang zu unterstützen. Warum warten wir also nicht lieber, bis mein Chef selbst anordnet, Martin festzunehmen?«

Daneel und Beeke schauten Paul schweigend an.

»Zuerst würde ich vorschlagen, wir sagen niemandem etwas von den neuesten Ergebnissen. Wir gehen einfach zum Fußballspiel, als wäre nichts gewesen, und schauen, was wir dort herausfinden. Martin wird sicher dort sein, und ich gehe davon aus, dass auch jede Menge Zuschauer kommen werden. Vielleicht finden wir eine neue Fährte. Jemanden, der Martin nicht mag. Irgendetwas.« Paul klang dabei fast schon verzweifelt.

Beeke und Daneel stimmten ihm zu, auch wenn keiner von beiden eine Idee hatte, wie es in diesem Fall weitergehen sollte. Da jetzt auch noch Martins DNA gefunden worden war, gab es keinen logischen Grund, ihn nicht festzunehmen. Doch genau das war es, was Paul vom Gegenteil überzeugte.

Die Verbrechen wirkten zu gut geplant, zu sauber durchgeführt, zu sehr kalkuliert. Und dennoch sollte Martin an beiden Tatorten seine DNA hinterlassen haben? Das ergab keinen Sinn. Beeke verabschiedete sich, sie war mit den Ordnern vom Fußballspiel verabredet, um sie einzuweisen.

Paul und Daneel planten, zu Fuß zum Spiel zu gehen. Paul hatte in den vergangenen Tagen auf der Insel gelernt, wie inspirierend die langen Fußmärsche für ihn waren.

Um rechtzeitig anzukommen, machten sie sich gleich auf den Weg. Mehr und mehr Menschen schlossen sich ihnen an. Es war das soziale Event der Saison. Keiner wollte riskieren, es zu verpassen.

Sie trafen Martin vor dem Eingang des Fußballplatzes. Er wirkte gestresst, als wolle er so schnell wie möglich zum Spiel.

»Martin, hast du eine Sekunde?«, sagte Paul.

Martin drehte sich zu ihnen um und gab sein altbekanntes Lächeln zum Besten.

»Gibt es irgendjemanden auf der Insel, der ein Interesse daran hätte, dich zum Verdächtigen zu machen?«

»Du meinst außer Magnus?«

»Genau.«

»Mir fällt niemand ein«, sagte Martin. »Warum fragst du?«

»Die DNA, die an beiden Tatorten gefunden wurde, stammt von dir«, sagte Paul.

»Aber das ist doch unmöglich. Ich bin es nicht gewesen.«

»Wir glauben dir«, sagte Paul. »Die Frage ist, wer konnte dir nah genug kommen, um DNA von dir einzusammeln, und – noch viel wichtiger – wer hätte einen Grund dafür, dir die Morde anzuhängen?«

»Das kann ich dir beim besten Willen nicht sagen«, sagte Martin.

»Gib uns Bescheid, wenn dir noch etwas einfällt. Wir suchen nach einem neuen Verdächtigen. Aber du musst dich nicht wundern, wenn wir im Laufe des Tages doch mit Handschellen vor deiner Tür stehen«, sagte Paul.

»Ich gehe jetzt rein, wir sehen uns später«, erwiderte Martin und verschwand in der Menschenmenge.

Sie lösten zwei Tickets für eine bescheidene Gebühr. Paul fragte sich beim Anblick der Menschenmassen, für wie viele Zuschauer wohl dieses »Stadion« zugelassen war. Der Platz selbst machte einen guten Eindruck. Eine metallene Absperrung trennte die Zuschauer von den Spielern, die auf dem Platz schon dabei waren, sich warm zu machen.

Die Menschen drängten sich in den ersten Reihen, um einen guten Blick auf das Spielfeld zu haben. Ein kleiner Grashügel an der Seite bot die Möglichkeit, auch von weiter hinten etwas zu sehen, aber Paul hatte das Gefühl, dass die meisten Gäste nicht wegen des Spiels selbst gekommen waren.

Ganz im Gegensatz zu Jon, der mit wild entschlossener Miene in der ersten Reihe stand, genau in Höhe der Mittellinie, beide Hände auf die Absperrung gestützt. Er trug ein altes ausgewaschenes Trikot in Blau und Gelb und einen Schal in denselben Farben. Seine Augen waren starr auf das Spielfeld gerichtet. Jede Bewegung der Spieler genau im Blick, als könnte er ihre Leistung verbessern, wenn er sie nur eindringlich genug beobachtete.

Auf der anderen Seite des Spielfelds meinte Paul die jungen Männer zu erkennen, die er vorgestern auf der Fähre getroffen hatte. Sie schauten genauso gespannt auf das Spielfeld wie Jon, nur dass die Farben ihrer Trikots andere waren. Unter den Köpfen der Delegation aus Föhr konnte Paul auch die Gesichter von Gerald, Gero und Gernot erkennen.

Paul quetschte sich an den Zuschauern vorbei, um kurz mit Jon zu reden. Er wollte ihn fragen, ob er sich noch an irgendjemand anderen erinnern könnte, der Magnus nicht wohl gesonnen war.

»Hallo Jon«, sagte Paul.

»Moin«, sagte Jon, ohne seine Augen vom Spielfeld abzuwenden.

Die Spieler des TSV Amrum versuchten sich am Tore schießen – mit wechselnden Resultaten. Nur bei Fiete war es anders. Jeder seiner Schüsse landete mit unglaublicher Geschwindigkeit und mechanischer Präzision genau im Toreck. Das Netz spannte sich unter der Wucht des Aufpralls.

»Wusstest du, dass Fiete vor der Saison ein Angebot von einem Bundesligisten bekommen hat?«, fragte Jon unvermittelt. »Aber er hat abgelehnt. Er wollte hierbleiben.«

Jon wirkte stolz, dass Fiete sich gegen die Bundesliga und für die Insel entschieden hatte.

»Er hat einen Profivertrag abgelehnt?«, fragte Paul verwundert.

Ein solcher Vertrag hätte Fiete mit Sicherheit zum Millionär gemacht. Wer würde so etwas ablehnen?

»Ja«, sagte Jon. »Und es war sogar ein Angebot aus Wolfsburg, das heißt, er wäre also bei einem der besseren Vereine der Bundesliga gelandet.«

»Was genau ist sein Job hier?«, fragte Paul.

»Technisch gesehen, arbeitet er im Lager des Wittdüner Supermarktes. Praktisch ist er aber auch hier ein Profi«, sagte Jon.

»Und was bekommt er dafür? 40.000? 50.000?«

»Ich denke eher 30.000 Euro und einen Platz zum Schlafen«, sagte Jon.

»Und er hat ein Angebot aus der Bundesliga abgelehnt?« Paul war immer noch verwirrt. Selbst er als absoluter Fußball-Laie hatte mitbekommen, dass Wolfsburg im letzten Jahr die Meisterschaft gewonnen hatte. Wer würde nein sagen, wenn er ein solches Angebot bekäme, bei einem so erfolgreichen Verein unter Vertrag genommen zu werden? Und aus welchem Grund? Wegen Amrum? Unwahrscheinlich.

»Warum ich eigentlich hier bin: Ich wollte dich fragen, ob es außer Martin noch jemand anderen gibt, mit dem sich Magnus in letzter Zeit gestritten hat?«, fragte Paul.

»Bis auf einen klitzekleinen Streit mit Fiete nach dem letzten Spiel kann ich mich an nichts erinnern.«

»Worum ging es denn in dem Streit?«, klinkte sich auf einmal Daneel ein.

»Ach, du weißt ja, wie Magnus war. Er mochte es nicht, dass jemand vom Festland so viel Aufmerksamkeit bekam. Aber jetzt lasst mich in Ruhe das Spiel sehen«, sagte Jon, der es geschafft hatte, während des gesamten Gesprächs nicht ein einziges Mal zu ihnen herzuschauen.

Vielleicht lag es am langen Spaziergang vom Vortag oder am frischen Amrumer Wind, der auch hier am Fußballplatz wehte, aber sein Instinkt sagte Paul, dass hier etwas nicht stimmte. Kein Mensch lehnt das Vertragsangebot eines Bundesligisten ab, wenn die Alternative ein Job im Supermarkt war. Egal, wie schön die Insel auch sein mochte.

Der Geräuschpegel der Zuschauer schwoll von Minute zu Minute an. Dann und wann setzten euphorische Kinderstimmen zu Fangesängen an in der Hoffnung, die Erwachsenen würden einstimmen. Die Spannung war zum Greifen. Es hing ein spürbares Prickeln in der Luft. Ein Gefühl, dass nur eine große und aufgeregte Menschenmenge mit sich bringt.

Martin stand am anderen Ende des Platzes und war bereits umringt von seinem üblichen Tross an Bewunderern. Aber auch er hatte, genau wie Jon, seine Augen nur aufs Spielfeld gerichtet. Es war jedoch ein anderer Blick. Nicht die Anspannung und Entschlossenheit, die Paul in Jons Blick gesehen hatte, sondern fast eine Art von Entspannung.

So wenig Paul auch von Fußball verstand, konnte er dennoch sehen, dass Fiete der mit Abstand beste Spieler auf dem Platz war. Er lief durch die Abwehrreihen von Föhr, als ob die gegnerischen Spieler gar nicht da wären. Jeder Schuss von ihm war ein Treffer. Und nach wenigen Minuten stand es bereits 3:0 für Amrum.

Bis zur Halbzeit hatte Fiete drei weitere Tore geschossen. Auch Daneel verfolgte das Spiel gespannt. Er schien von dem geordneten Chaos auf dem Platz fasziniert.

Paul schaute sich um, auf der Suche nach Martin. Der stand ein wenig abseits vom Platz auf dem Grashügel. Obwohl der Halbzeitpfiff gerade erst verklungen war, hatte sich bereits wieder eine Menschentraube um den dänischen CEO zusammengefunden. Sie flogen wie die Motten zum Licht, wie die Jünger zu ihrem Messias.

Paul wollte dennoch sein Glück versuchen und Martin zu Fiete und dem Angebot aus Wolfsburg befragen. Vielleicht wusste er, als großzügiger Spender und Förderer des Vereins, mehr darüber.

»Können wir reden?«, fragte Paul, als er sich nahe genug an Martin herangepirscht hatte.

»Sicher«, sagte Martin und winkte seine Bewunderer zur Seite.

»Was weißt du von dem Gerücht, dass Fiete einen Wechsel zum VfL Wolfsburg ausgeschlagen hat?«, fragte Paul, sobald er das Gefühl hatte, dass sich die neugierigen Bewunderer weit genug entfernt hatten.

Martin wirkte irritiert, als hörte er diese Geschichte zum ersten Mal.

»Ich, also, ich, dazu kann ich leider nichts sagen«, stammelte er.

»Ich dachte nur, weil du als Sponsor des Vereins doch sicher daran interessiert bist, wenn es um den Starspieler der Mannschaft geht.«

»Warum sollte ich? Ich unterstütze den Verein, um der Insel zu geben. Nicht wegen irgendeines Spielers«, erwiderte Martin, und Paul hatte zum ersten Mal das Gefühl, von ihm angelogen zu werden.

So, wie Martin das Spiel verfolgte, konnte es nicht sein, dass er sich nicht für Fietes Entscheidungen interessierte.

»Ihr denkt doch nicht ernsthaft, dass Fiete ...«, Martin wirkte nervös.

»Vielleicht, vielleicht auch nicht«, sagte Paul. »Wir halten unsere Augen offen, und du sagst uns Bescheid, wenn dir noch etwas einfällt.«

Sobald sie sich von Martin entfernt hatten, schloss sich die Menschentraube wieder fest um ihn. Paul erkannte einige bekannte Gesichter darunter.

»Daneel, kannst du Beeke für uns finden?«

Beeke stand auf der anderen Seite des Spielfelds, genau zwischen den Fans von Amrum und Föhr.

»Moin, Beeke«, sagte Paul. »Wie läuft's?«

»Wir haben tatsächlich eine Hundertschaft vom Festland als Unterstützung bekommen«, sagte Beeke und zeigte auf die zwischen den Menschen verteilten Polizisten in Kampfmontur. »Ich denke nicht, dass wir sie brauchen werden. Bei dem eindeutigen Ergebnis haben sich die meisten schon beruhigt. Am Sieg des TSV dürfte es wohl keinen Zweifel mehr geben.«

Paul erkannte ein Lächeln in Beekes Gesicht. Sie war doch zu sehr Insulanerin, als dass ihr dieser Derbysieg keine Freude bereiten würde.

»Ist schon lustig, oder?«, meinte Beeke schließlich. »Zwei Morde auf Amrum, einer davon ein Polizist, und alles, was das Festland schickt, seid ihr zwei. Aber wenn wir ein kleines Fußballspiel veranstalten, schicken sie eine Hundertschaft. Nicht, dass ich denke, ihr wärt keine Hilfe, ihr seid spitze. Aber ich glaube, dass so ein paar mobile Einheiten nach dem ersten Mord sicher geholfen hätten.«

Paul fasste es nicht als Beleidigung auf. Er selbst fand es immer wieder befremdlich, mit welchen Mitteln die Kollegen ausgestattet waren, während seine Abteilung und die Kommissare vor Ort zum Sparen angehalten waren. Brot und Spiele.

»Hast du eine Ahnung, wer Martin schaden will? Gibt es irgendeine heimliche Liebschaft, ein gebrochenes Herz, Eifersucht?«, fragte Paul.

»Nicht, dass ich wüsste. Es gab, als ihr in Kiel wart, dass Gerücht, dass Martin eine Liebschaft mit einem Spieler des TSV Amrum angefangen hätte. Man vermutet, er hätte deswegen die großzügige Spende an den Verein gemacht. Eine Art Liebesbeweis«, sagte Beeke.

»Wie romantisch«, sagte Paul abfällig. »Aber es ergibt Sinn, so wie er die Spieler anguckt. Weiß man auch, um welchen Spieler es sich handelt? Ist es Fiete?«

»Nein. Fiete? Das kann ich mir nicht vorstellen«, sagte Beeke.

»Eigentlich weiß man gar nichts, außer dass Natascha, die Putzfrau von Wiebke, vor Kurzem einen Trainingsanzug vom TSV Amrum in Martins Wohnung gefunden hat«, sagte Beeke.

»Hm, warum die Geheimniskrämerei? Er wirkt doch sonst so offen«, wollte Paul wissen.

»Er hat sein Privatleben immer geheim gehalten. Keiner von uns weiß, ob er nicht zu Hause eine Frau mit drei Kindern hat«, sagte Beeke.

»Das hat er nicht«, informierte Daneel die Runde.

Das Spiel verlief ohne größere Überraschungen. Am aufregendsten dabei war das Tor für Föhr zum 12:1 Endstand. Der Torschütze schaute nach dem Fernschuss selbst verwirrt aus der Wäsche. Das Tor fiel kurz vor Schluss, und die wenigen Zuschauer aus Föhr, die noch übrig waren, feierten es wie eine gewonnene Weltmeisterschaft. In dem Moment sah es fast so aus, als wäre Föhr der Sieger der Partie gewesen.

Die restlichen Fans aus Föhr waren bereits gegangen. Nicht, weil sie unzufrieden mit dem Ergebnis waren, denn die meisten verstanden sehr wohl, dass Fiete einfach zu gut für diese Klasse war. Sondern weil sie so noch über das Watt zurückwandern konnten, ohne für die Überfahrt auf der Fähre zahlen zu müssen.

Jon hingegen stand auch Minuten nach dem Abpfiff noch mit verträumtem Blick am Spielfeldrand. Die Augen wie schon zu Beginn des Spiels starr auf das Fußballfeld gerichtet.

»Was für ein Spiel«, sagte Paul im Versuch, Menschen zu imitieren, die sich über Fußball unterhielten. »Denen habt ihr es gezeigt.«

Jon brauchte einen Moment, um mitzubekommen, dass Paul mit ihm sprach. Er schüttelte den Kopf, bevor er seinen Blick zum ersten Mal seit zwei Stunden vom Spielfeld nahm.

Er wischte sich mit der Handfläche die Tränen aus seinen Augen.

»Ich habe von diesem Moment geträumt, seit mein Vater in seinem letzten Pflichtspiel gegen Föhr verloren hat. Heute war endlich Zeit, um Rache zu nehmen«, sagte Jon.

Paul wollte ihm gerne diesen Moment der Freude gönnen, aber es konnte nicht mehr lange dauern, bis sein Chef sich bei ihm meldete und Martins Festnahme verlangte.

»Weißt du, ob Martin mit einem der Spieler ausgeht?«, fragte Paul ohne Umschweife.

»Ich ..., es gab die letzten Tage so ein Gerücht, aber ob da etwas dran ist?«, sagte Jon. »Normalerweise ließe sich so etwas kaum geheim halten. Die Mannschaft ist wie ein Haufen kichernder Teenager. Davon hätten wir bereits etwas mitbekommen, denke ich.«

»Wäre Fiete ein Kandidat?«, fragte Paul.

»Ich glaube kaum, dass das wahr ist«, sagte Jon, der offensichtlich kein Interesse am Privatleben der Spieler hatte. »Ihr denkt doch nicht etwa, Fiete hat etwas mit den Morden zu tun?«

Die Freude war wie mit einem Schlag aus seinem Gesicht gewichen; jetzt sprach die blanke Angst aus seinen Augen. Angst, dass jemand die größte Hoffnung des TSV Amrum zweier Morde beschuldigen und ins Gefängnis bringen könnte.

»Kein Grund zur Sorge«, sagte Paul. »Wir stellen nur Fragen. Vielen Dank für die Unterstützung.«

»Ich denke, es ist Zeit, mit Fiete zu reden«, wandte er sich mit leiser Stimme an Beeke und Daneel.

Die Kabinen der Mannschaften lagen im modernen Gebäudetrakt am Eingang des Stadions. Vor der Tür zu den Kabinen standen Spieler beider Mannschaften in angeregten Gesprächen mit Bierflaschen in den Händen. Dem Geruch nach kaltem Schweiß konnte selbst der kräftige Wind auf Amrum nicht Herr werden.

»Wir hätten genauso verloren wie ihr, wenn ihr Fiete im Team hättet«, sagte ein kahlköpfiger Spieler, der vom Lallen seiner Stimme her vermutlich nicht sein erstes Bier intus hatte, und wahrscheinlich auch nicht das zweite.

»Entschuldigung, kannst du mir sagen, wo Fiete ist?«, fragte Paul einen weiteren Spieler im TSV Trikot, der noch etwas fitter schien als sein kahlköpfiger Counterpart.

»Nee, Fiete ist direkt abgezogen, er duscht sich nie mit uns zusammen. Er braucht es auch nicht«, sagte der Spieler. »Ich habe ihn noch nie schwitzen sehen.«

Kapitel 19

Daneel und Paul warteten, bis Beeke die Kollegen vom Festland ordnungsgemäß verabschiedet hatte. Sie wollten sich gemeinsam auf die Suche nach Fiete machen. Daneel hatte in der Zwischenzeit Fietes Adresse herausgefunden.

»Seid ihr euch sicher, dass Fiete zu Hause ist? Wird er nicht gemeinsam mit der Mannschaft den Sieg feiern?«, fragte Beeke.

»Er ist wohl schon gegangen. Und bis jetzt konnte Daneel ihn nicht orten, von daher bleibt uns erst mal nur seine Wohnung«, sagte Paul.

»Alles klar, dann lasst uns losziehen«, sagte Beeke.

»Die Wohnung ist …«, fing Daneel an, wurde aber von Beeke unterbrochen.

»Keine Sorge, ich weiß, wo Wilkes Mitarbeiter wohnen«, sagte sie und schritt zu ihrem Auto, das auf dem kleinen Parkplatz vor der Sportanlage stand.

Fietes Wohnung befand sich in einem mehrstöckigen Haus im Ortskern von Wittdün. Die Fassade hatte schon bessere Zeiten gesehen, und der Eingang erinnerte mit seinem polierten Stahl und Glaselementen an die Achtzigerjahre des letzten Jahrtausends. Auf der Klingel standen die Namen Mann und Beentji.

Das scheppernde Geräusch des Einlassers signalisierte ihnen, dass jemand zu Hause war. Der Flur war mit der Sorte unangenehmen Kunstmarmors ausgelegt, der typisch für die

Eingänge von Arztpraxen war. Günstig, robust und einfach zu reinigen.

Ganz oben im Treppenhaus hörten sie eine Tür klicken und machten sich auf den beschwerlichen Weg nach oben.

Im Türrahmen stand eine dünne Figur mit hellbrauner Haut und einem bunten Cappy auf dem Kopf.

»Moin, Beeke, was wollt ihr denn hier?«, fragte sie.

»Moin, Mira, ich hoffe, du hast deine Erkältung gut überstanden?«, fragte Beeke.

»Ja, alles gut, danke.«

»Hallo, Mira, wir sind auf der Suche nach Fiete. Ist er zu Hause?«, fragte Paul.

»Nee, der ist noch nicht hier. Fiete war in den letzten Tagen aber sowieso selten hier«, antwortete Mira.

»Trifft er jemanden?«, fragte Paul.

»Keine Ahnung. Er ist nicht die Sorte Mensch, die über Privates spricht«, sagte Mira.

»Hat er darüber gesprochen, dass er ein Angebot aus Wolfsburg abgelehnt hat?«, fragte Paul.

Mira musste lächeln und schüttelte ihren Kopf.

»Fiete ist total durchgeknallt. Er hätte jedem von uns einen Ferrari kaufen können. Wir haben versucht, ihn zu überzeugen, aber er wollte nicht auf uns hören«, sagte Mira.

»Ich versuche auch, zu verstehen, warum er das abgelehnt hat«, sagte Paul.

»Keine Ahnung, Mann, er hat irgendwas von einer medizinischen Untersuchung gesagt. Aber was weiß ich schon von Fußball, ich stehe eher auf Cricket«, sagte Mira.

»Alles klar, vielen Dank«, sagte Paul. »Falls Fiete kommt, sag ihm einfach, er soll mich anrufen. Daneel gibt dir meine Nummer.«

Draußen hatte es das Wetter tatsächlich geschafft, noch unangenehmer zu werden. Der Wind peitschte durch die schmale Gasse, und Paul schaffte es nicht mehr, seine eigenen Gedanken zu hören. Es war, als hätte der Wind sich vorgenommen, jeden Gegenstand, der nicht niet- und nagelfest war, ins Meer zu pusten. Paul konnte spüren, dass sein Handy vibrierte. Hören konnte er den Klingelton bei dem starken Wind nicht.

»Da will man, nichts Böses ahnend, am Wochenende in Ruhe Golf spielen, und dann bekommt man einen Anruf vom Bundesnachrichtendienst. Und weißt du, was man mir sagt? Dass du, obwohl es eindeutige Beweise gibt, den Hauptverdächtigen nicht festnimmst. Also, warum hast du ihn noch nicht festgenommen?«, fragte Pauls Chef.

»Wir glauben, dass er es nicht gewesen ist«, sagte Paul. »Ich denke, es gibt eine Verbindung zum örtlichen Fußballverein. Chef, wir brauchen noch Zeit.«

»Zeit hattet ihr genug«, erwiderte sein Chef. »Paul, an beiden Tatorten wurde die DNA des Hauptverdächtigen gefunden. Schließ den Fall ab und komm nach Hause.«

»Gib uns noch einen Tag. Wenn es sein muss, stellen wir Martin unter Hausarrest, oder Daneel implantiert ihm den Chip. Ich bin mir sicher, Martin würde sich kooperativ zeigen«, sagte Paul.

»Dafür ist jetzt keine Zeit mehr«, sagte sein Chef. »Mach deinen Job und schließe den Fall ab.«

Paul wusste, dass er diesen Kampf nicht gewinnen konnte.

»Okay, Chef«, meinte er resigniert und legte auf. Dieses Verhalten war untypisch für seinen Vorgesetzten. Normalerweise verließ er sich auf sein Urteil. Aber jetzt, da er ihm den direkten Befehl gegeben hatte, Martin festzunehmen, blieb ihm keine andere Wahl. Den Rest mussten die Staatsanwälte klären.

»Das war mein Chef. Beeke, es tut mir leid, aber ich muss den Fall abschließen«, sagte Paul.

»Aber, dann lassen wir doch den Mörder weiter frei herumlaufen«, sagte Beeke. »Was ist, wenn er wieder tötet?«

»Dann wird der Fall neu eröffnet, und wir können wieder ermitteln«, sagte Daneel.

Martin sah die drei enttäuscht an, als sie mit den Handschellen vor seiner Tür standen. Es war das erste Mal, dass er nicht lächelte. Die Fenster des Hauses klapperten im Sturm. Die Regenrinne hatte Schwierigkeiten, mit den Wassermassen zurechtzukommen, die von oben herabprasselten.

»Ihr wollt mich festnehmen?«, fragte er.

»Wir wollen nicht, wir müssen«, sagte Paul. »Deine DNA wurde an beiden Tatorten gefunden. Und auch wenn wir drei der Meinung sind, dass du unschuldig bist, sind uns die Hände gebunden. Du musst jetzt mit uns kommen.«

»Dann könnt ihr mir sicher den Haftbefehl zeigen«, sagte Martin.

Daneel schickte ihm den Haftbefehl auf sein Handy, und Martin überflog die Zeilen.

»Alles klar«, sagte Martin. »Ich hole noch schnell meine Bücher und rufe meinen Anwalt an.«

»Martin, es tut mir leid«, sagte Paul schließlich, nachdem Martin sein Telefonat beendet hatte. »Ich wollte weiter ermitteln, aber mein Chef hat die Reißleine gezogen. An deiner Stelle würde ich von deinen Anwälten prüfen lassen, wie es dazu kommen konnte, dass deine DNA am Tatort war, und warum nur so wenig davon.«

Paul hoffte, dass der Ratschlag bei Martin ankam; andererseits sollte Martin im Zweifel klug genug sein, um selbst darauf zu kommen. Und auch wenn nicht, so konnte er sich Anwälte leisten, die das nicht übersehen würden.

Sie machten sich in Beekes silber-blauem Golf Variant auf den Weg Richtung Fähre. Zwischen den Dörfern blies der Wind so steif von der Seite, dass Daneel Schlangenlinien fuhr. Abgesehen von ihnen waren die Straßen leer. Alle anderen schienen vernünftig genug, um bei diesem Wetter zu Hause zu bleiben.

Der Parkplatz des Fähranlegers war so verlassen wie die Straßen. Durch den starken Regen konnten sie dort, wo das Tickethäuschen stehen musste, nur noch Lichter erahnen.

»Daneel, kannst du das kurz übernehmen und fragen, wann die nächste Fähre ablegt?«, sagte Paul.

Daneel schritt durch den dichten Regen und verschwand nach wenigen Metern hinter einem Vorhang aus Tropfen.

»Mit etwas Glück fährt heute keine Fähre mehr«, sagte Martin. »Vielleicht habt ihr dann noch genug Zeit, um den wirklichen Mörder zu finden.«

»Offiziell sind die Ermittlungen abgeschlossen«, sagte Paul. »Solange keine weitere Straftat geschieht, die im Zusammenhang mit den ersten beiden Morden steht, darf ich nicht weiter ermitteln.«

»Willst du mir sagen, dass du dich ab jetzt faul auf deinen Hintern setzen willst?«, fragte Martin.

Seine Stimme klang nicht wütend, sondern ängstlich.

»Dazu bin ich in gewisser Weise verpflichtet«, sagte Paul. »Mein Chef ist derzeit sowieso nicht gut auf mich zu sprechen. Wenn ich mich über seinen Befehl hinwegsetze, bin ich schneller degradiert, als ich das Wort buchstabieren könnte, und Daneel würde vermutlich resettet, das heißt, für ihn steht also in gewisser Weise sogar seine Existenz auf dem Spiel.«

»Und das wollt ihr natürlich nicht«, sagte Martin.

»Eher nicht«, erwiderte Paul.

Der Regen prasselte unaufhörlich gegen die Scheiben, als Daneel wieder zu ihnen ins Auto stieg. Mit einem kurzen und warmen Düsen trocknete er sich und ergriff das Steuer.

»Heute fährt keine Fähre mehr. Wir müssen auf besseres Wetter hoffen«, sagte Daneel.

»Alles klar, dann einmal umkehren«, sagte Paul. »Hast du schon in Kiel Bescheid gegeben?«

»Ist erledigt«, sagte Daneel. »Wir sollen Martin entweder den Chip geben oder eine rund um die Uhr Bewachung einrichten. Am besten beides.«

»Ich denke, der Chip sollte genügen«, schlug Paul vor.

»Was genau ist der Chip?«, fragte Beeke.

»Eine Art moderne Fußfessel«, erklärte Martin. »Mit der zusätzlichen Möglichkeit, jedes Gespräch und jedes Telefonat, sogar jede Textnachricht, die ich versende, abzuhören. Bei uns in Dänemark wäre allein der Vorschlag zutiefst illegal. Hier bei euch ist es an der Grenze der Legalität.«

»Und wie genau soll das funktionieren?«, fragte Beeke.

»Daneel wird Martin einen Mikrochip unter die Haut setzen, der sich mit Martins Smartphone verbindet. Von da an wäre Daneel permanent über alle Bewegungen, Unterhaltungen und Telefonate informiert«, erklärte Paul.

»Wie gesagt, zutiefst illegal«, sagte Martin, der sein Lächeln zurückgefunden hatte.

»Verstehe ich es richtig, dass Sie eine Überwachung bevorzugen würden?«, fragte Daneel.

»Um Gottes willen, nein. Den Chip, ich nehme den Chip.«

»Okay, Daneel schickt dir die Vereinbarungserklärung zur Implantierung des Chips, und du kannst dem Ganzen dann digital zustimmen«, sagte Paul.

»Oder nicht«, fügte Daneel hinzu.

»Oder nicht«, sagte Paul.

Sie fuhren zurück zu Wiebkes Haus und gingen zusammen mit Martin die Treppe hinauf in seine Wohnung. Sie war ziemlich klein, kaum mehr als eine Kammer. Der Eingangsbereich ging direkt über in eine kleine Einbauküche mit zwei Herdplatten, einem Metallwaschbecken und einem Kühlschrank. Rechts um die Ecke stand ein rot gemustertes Sofa vor einem winzigen Fernseher. Die Tür links von der Küche führte in ein winziges Badezimmer; irgendwie hatte man es geschafft, eine Badewanne hineinzuquetschen.

»Das war mein ausdrücklicher Wunsch«, sagte Martin, der Pauls Blick verfolgte. »Ich liebe es, in der Badewanne zu liegen und zu lesen. Sonst brauche ich nicht viel, wenn ich hier bin. Ich bin sowieso die meiste Zeit draußen. Eine Badewanne, ein Bett und ein Platz zum Malen – das genügt mir vollkommen.«

»Und wo malen Sie?«, fragte Daneel.

»Unten im Erdgeschoss habe ich ein kleines Atelier«, antwortete Martin.

»Das ist großzügig«, sagte Paul.

»Nun, ich zeige mich auch großzügig«, meinte Martin.

Daneel bat Martin darum, sich auf das Sofa zu setzen. Er desinfizierte eine Stelle an Martins Oberarm, wobei Martin vor der kalten Flüssigkeit zurückzuckte. Daneel nahm die Kuppe von seinem rechten Zeigefinger. Darunter sah man das Metall und die Drähte, die von außen nicht einmal zu erahnen waren. Es wirkte immer noch surreal auf Paul, wenn Daneel sein Inneres zeigte. Mit einem Schlag wurde einem bewusst, wie wenig menschlich Daneel doch war.

Sie hörten ein Klicken, und aus den Tiefen seines Zeigefingers fuhr eine sehr dünne, etwa fünf Zentimeter lange, metallene Spitze heraus.

»Es wird nur kurz piksen«, sagte Daneel.

Martin sah nicht so aus, als würde er Daneel glauben. Aber im nächsten Moment war die Prozedur auch schon vorüber.

»Tatsache, du bist ein Meister der Nadel«, sagte Martin. »Ich werde meinem Arzt zu Hause gleich einen Androiden für die Blutabnahme schenken. Die Schmerzen, die ich damit vermeide, sind das Geld allemal wert.«

Paul checkte in seinem Smartphone, ob der Live Feed stand. Alles schien zu funktionieren.

»So, ab sofort läuft es. Wir haben jetzt eine rund um die Uhr Verbindung zu allem, was um dich herum passiert«, sagte Paul.

Beeke verzog ihr Gesicht; es war offensichtlich, dass ihr der Gedanke überhaupt nicht passte.

»Oh, ihr müsst mir aber nicht rund um die Uhr zuschauen, oder?«, fragte Martin.

»Ich nicht, aber Daneel«, sagte Paul. »Und er wird mir bei jeder Unregelmäßigkeit Bescheid geben.«

»So soll es sein«, sagte Martin.

»Wir bleiben in Kontakt. Sollte sich in der Zwischenzeit etwas Neues ergeben, melden wir uns«, sagte Paul. »Und sollte dir doch noch jemand einfallen, der Interesse daran hätte, dich ins Gefängnis zu bringen, dann gib uns direkt Bescheid.«

Kapitel 20

Es war noch früh am Abend, als sie sich auf den Weg zu ihrer Ferienwohnung machten. Beeke hatte einen langen Tag hinter sich und bat Daneel, sie bei sich zu Hause herauszulassen. Sie könnten das Auto gerne für den Rest des Tages nutzen.

In Pauls Kopf schwirrten die Gedanken, aber er konnte sich nicht erklären, wo sie etwas übersehen hatten oder was es sein könnte. Daneel schien Pauls Unruhe zu erkennen und schlug vor, noch einen Strandspaziergang zu machen.

Weil der Regen gerade eine Pause machte und der Wind etwas nachließ, erklärte sich Paul zu seiner eigenen Überraschung einverstanden.

Gemessen am Wetter und an der Uhrzeit waren noch erstaunlich viele Urlauber unterwegs. Die Gäste der Insel schienen aus hartem Holz geschnitzt zu sein. Obwohl der Wind das Meer zu ungewöhnlich hohen Wellen aufpustete, ließen sich die Spaziergänger nicht abhalten, wobei sie alle in einer leicht dem Wind zugeneigten Schräglage über den Sand liefen.

Paul blickte zu den Dünen und hielt nach Rüdigers grünem Zelt Ausschau. Tatsächlich konnte er die Zeltspitze des einsamen Druiden zwischen den weißen Hügeln ausmachen. Ohne großartig darüber nachzudenken, machte sich Paul auf den Weg dorthin in der Hoffnung, vielleicht doch noch eine sinnvolle Information aus Rüdiger herauszubekommen.

Daneel blieb am Rande der Dünen stehen.

»Du weißt, dass ich nicht mitkommen kann«, sagte Daneel.

»Nicht wirklich«, erwiderte Paul.

»Streng genommen, handelt es sich bei den Dünen um ein Naturschutzgebiet. Es ist verboten, einfach hindurchzuwandern. Und da unsere Ermittlungen offiziell abgeschlossen sind, möchte ich diese Vorschrift nicht verletzen«, sagte Daneel.

»Alles gut, dann warte hier auf mich.«

»Ich möchte dich daran erinnern, dass das Verbot des Betretens auch für dich gilt«, mahnte Daneel.

»Ich werde es überstehen«, sagte Paul und schritt durch den tiefen, weichen Sand die Düne hinauf.

Der Reißverschluss des Zelts war geöffnet. Rüdiger saß, die Augen geschlossen, mit aufrechtem Rücken im Schneidersitz in der Mitte seiner Behausung auf einer Yoga-Matte. Meditation auf die gute altmodische Art.

»Entschuldigung, ich wollte dich nicht stören«, sagte Paul vorsichtig.

Rüdiger öffnete langsam seine Augen. Ein starker Kräutergeruch wehte Paul aus dem Zelt entgegen. Die ganz altmodische Art von Meditation, dachte er.

»Und dennoch hattest du scheinbar sehr wohl das Bedürfnis, mich zu stören«, sagte Rüdiger mit sanfter, entspannter Stimme. »Ich glaube, du bist hier, weil du Antworten suchst. Und wer bin ich, dir diese Antworten zu verwehren?«

»Das stimmt«, sagte Paul.

Er mochte Menschen nicht, die in Rätseln sprachen. Aber hier blieb ihm wohl keine andere Wahl.

»Worauf kann ich dir eine Antwort geben?«, fragte Rüdiger.

»Müsstest du das nicht bereits wissen, oh allwissender Druide?«, fragte Paul und bemühte sich, nicht allzu ironisch zu klingen.

»Ich kenne viele Antworten. Das Problem ist, die passenden Fragen zu finden«, entgegnete Rüdiger. »Also, welche Frage hast du für mich?«

»Ist dir noch etwas eingefallen aus der Nacht, in der Magnus ermordet wurde?«, fragte Paul.

»Ich bin bereits in die Tiefen meines Unterbewusstseins getaucht und ich bleibe bei meiner Version der Geschehnisse«, antwortete Rüdiger.

»Dass ein übermenschliches Monster die Leiche auf die Düne getragen und vergraben hat?«

»Genau.«

»Könnte es ein Auto gewesen sein?«, fragte Paul.

»Ausgeschlossen.«

»Wieso hältst du das für ausgeschlossen?«

»An dem Abend hat es geregnet, und zwar so stark, dass ich frühzeitig meinen Platz räumen musste. Ein Auto wäre bei dem Regen im Sand versunken. Außerdem war es ein menschenförmiges Wesen. Dessen bin ich mir sicher«, sagte Rüdiger.

Paul erinnerte sich an die Regenfälle in der Nacht ihrer Ankunft.

»Ein menschenförmiges Wesen, aus dem Licht schoss?«, fragte Paul.

»Ja, direkt aus den Augen.«

»Weißt du noch, wann du dich auf den Weg zu Stine gemacht hast?«, fragte Paul.

»Zeit ist eine schwer greifbare Sache, insbesondere dann, wenn man keine Uhr bei sich trägt. Sie hat die Eigenschaft, immer das zu sein, was sie ist, und selten das, was sie sein soll. Aber es war in der Mitte der Nacht – so viel ist sicher«, sagte Rüdiger.

»Es war mitten in der Nacht und es hat stark geregnet?«

»Genau.«

»Und ein großes, übermenschliches Wesen hat den Körper vergraben?«

»Ja.«

Paul konnte nicht behaupten, dass ihm dieses Gespräch in irgendeiner Weise weitergeholfen hätte.

»Gibt es irgendetwas anderes, was du mir sagen möchtest?«, fragte Paul.

»Realität wird von innen heraus kreiert«, sagte Rüdiger unvermittelt. »Genau wie ein kalter Tag für dieselbe Person ein Geschenk des Himmels oder ein Fluch sein kann. Allein ihre Gedanken machen den Unterschied zwischen zwei Tagen. Und genauso kann sich alles andere von einem Moment auf den anderen ändern. Alles, was es dazu braucht, ist ein Gedanke.«

Vielleicht hatte ihn das Meeresrauschen hypnotisiert, oder er war benebelt von dem Kräutergeruch im Zelt, aber in irgendeiner Weise ergab das, was Rüdiger zu ihm gesagt hatte, für Paul Sinn.

»Und genauso, wie du bei Betrachtung derselben Fakten der Meinung warst, Martin wäre der Mörder, und es jetzt nicht mehr bist, kann es doch an anderer Stelle oder in anderen Fällen das Gleiche sein«, sagte Rüdiger.

»Was meinst du damit? Und woher weißt du, dass ich Martin von der Liste der Verdächtigen genommen habe?«, fragte Paul.

»Ich weiß nicht, ich fühle«, sagte Rüdiger.

Und mit dieser Antwort schloss er die Augen und fing an, einen tiefen Ton zu summen. Paul stand noch einen Moment regungslos vor ihm. Er fühlte, dass da etwas war; irgendetwas hatte Rüdiger gesagt, das mit ihm resonierte. Paul musste nur noch herausfinden, was es war.

Daneel stand immer noch regungslos an derselben Stelle, an der Paul ihn vor wenigen Minuten zurückgelassen hatte. Er sah Paul an und schien auf seinen nächsten Auftrag zu warten.

Sie spazierten zurück zum Meer und setzten sich in ausreichendem Abstand zur Brandung auf den nassen Sand. Irgendwie hatte Paul das Gefühl, dass er diesen Platz vermissen würde, sobald er wieder auf dem Festland war. Er fragte sich, ob Rüdiger recht hatte und er sich tatsächlich auch in einem anderen Fall auf den falschen Täter eingeschossen hatte. Sofort kam ihm Vlad in den Sinn, der immer wieder beteuert hatte, unschuldig zu sein. Und er dachte darüber nach, dass Daneel schon die ganze Zeit versucht hatte, ihn davon zu überzeugen, dass Vlad nicht der Mörder war. Und ebenso wenig Martin.

Paul nahm sich vor, bis zu seiner Rückkehr in sich zu gehen. Vielleicht war es tatsächlich an der Zeit, Avas Fall aus einer anderen Perspektive zu betrachten.

Die Zeit am Strand verging wie im Flug. Eben noch schauten sie den sich wild auftürmenden Wellen zu, wie sie ihre Gischt an den Strand spuckten, und im nächsten Augenblick war die Sonne weg, und Daneel und Paul saßen in der pechschwarzen Dunkelheit.

Bevor sie gingen, schaltete Daneel seine Lampen an, um den Weg zu erhellen. Und plötzlich wurde Paul klar, was er vorhin beim Gespräch mit Rüdiger nur erahnt hatte.

»Daneel, kann es nicht doch sein, dass sich auf Amrum ein unregistrierter Android aufhält?«, fragte Paul.

»Ausgeschlossen«, sagte Daneel. »Der GPS-Peilsender eines Androiden ist direkt in seiner zentralen Recheneinheit integriert. Wer eines davon wegnimmt, nimmt auch das andere. Es gibt keine Möglichkeit, den GPS-Peilsender zu entfernen.«

Die Antwort kam wie aus der Pistole geschossen und wirkte auf Paul wie eine Bandansage.

»Sagst du das, weil du dazu programmiert wurdest oder weil du es weißt?«

»Der GPS-Peilsender eines Androiden ist direkt in seiner zentralen Recheneinheit integriert. Wer eines davon wegnimmt, nimmt auch das andere. Es gibt keine Möglichkeit, den GPS-Peilsender zu entfernen«, sagte Daneel.

»Okay, das reicht mir als Antwort, danke«, sagte Paul.

Wenn der Rechner direkt mit dem GPS verbunden war und das eine ohne das andere nicht funktionieren konnte, dann wäre es in der Tat nicht möglich, dachte Paul. Doch er selbst hatte keine Ahnung von Technik, und Daneel war darauf programmiert, seinen Hersteller zu schützen. Er brauchte eine weitere Expertise.

»Schläft Martin schon?«, fragte er.

»Ja, tief und fest.«

»Schreib ihm und Beeke eine Nachricht. Sag ihnen, dass wir uns morgen so früh wie möglich treffen müssen«, sagte Paul.

»Du weißt, dass es mir nicht erlaubt ist, mit dem Täter zu kommunizieren; offiziell ist der Fall abgeschlossen«, erwiderte Daneel.

»Schreibe ihnen, dass mir Rüdiger neue Hinweise auf die wahre Identität des Täters gegeben hat. Ein neuer Hinweis liefert einen neuen Grund, zu reden«, schlug Paul vor, da er genau wusste, was nötig war, um die Richtlinien zu umgehen.

»So soll es sein.«

Paul hoffte darauf, dass Martin eine weniger zensierte Antwort geben konnte als Daneel.

Kapitel 21

Wiebkes Haus lag noch im halbdunklen Licht der Morgensonne. Das Wetter hatte sich beruhigt, und es sah ganz so aus, als würde die Fähre heute wieder fahren. Paul brauchte Ergebnisse. Beeke hatte sie früh am Morgen aus ihrer Ferienwohnung abgeholt.

Martin wirkte an diesem Morgen blasser als an den Tagen zuvor, die wenigen Stunden Hausarrest und soziale Isolation hatten ihm ziemlich zugesetzt.

»Wie kann ich euch behilflich sein?«, fragte er ohne sein sonst so typisches Lächeln.

»Ich habe eine technische Frage«, sagte Paul. »Besteht die theoretische Möglichkeit, dass man einem Androiden den GPS-Chip entfernt?«

Wenn es überhaupt möglich war, so wirkte Martin mit einem Mal noch blasser.

»Interessant, dass ihr gerade das fragt. Genau die gleiche Frage hatte mir auch Lara gestellt. Aber ich befürchte, ich muss euch die gleiche enttäuschende Antwort geben«, sagte Martin. »Die Teenie-Horrorgeschichten von GPS-losen Androiden sind definitiv frei erfunden und unmöglich.«

Endlich waren sie auf dem richtigen Weg. Wenn Lara vor ihrem Tod die gleiche Frage gestellt hatte, musste es einen Zusammenhang geben.

»Warum hast du uns nie erzählt, dass Lara dich danach gefragt hat?«, fragte Paul.

»Ach, diese alten Urban Legends, da ist doch nichts Wahres dran. Ich hielt es für irrelevant. Nur ein weiterer Teenager auf der verzweifelten Suche nach der nächsten großen Verschwörungstheorie«, sagte Martin.

»Entschuldigung, wenn ich nicht ganz mitkomme. Aber warum sind Androiden ohne GPS eine so schlimme Sache? Sollen sie doch hingehen, wohin sie wollen«, sagte Beeke.

»Ein Android ohne GPS wäre, wenn er es will, nicht mehr als Android zu erkennen«, erklärte Martin. »Die Gruselgeschichte geht in etwa so: Am Ende ist jeder ein Android, und Menschen existieren nicht mehr.«

»Aber wir würden doch mitbekommen, wenn alle nur noch Androiden sind. Niemand würde mehr altern«, sagte Beeke.

»Eben«, antwortete Martin. »Es ist ein Ammenmärchen. Und da bei Androiden das GPS fest mit der CPU verkuppelt ist, ist ein Android ohne GPS auch ein Android ohne CPU – und damit wie ein Mensch ohne Gehirn.«

»Bist du dir ganz sicher, was das Thema angeht?«, fragte Paul. »Es würde eine Menge erklären. Und die Tatsache, dass Lara dich auch danach gefragt hat, ist immerhin ein starkes Indiz, dass wir auf der richtigen Spur sind.«

»Das macht es noch lange nicht wahr. Ich wiederhole es für dich gerne noch einmal: Androiden ohne GPS existieren nicht. Am besten du hältst es mit Sherlock Holmes und schließt das Unmögliche aus. Und das hier gehört nun mal zu den unmöglichen Dingen«, sagte Martin. »Ich hätte doch auch gerne, dass ihr einen neuen Verdächtigen findet.«

»Und wenn das GPS einen Defekt hat?«, fragte Paul

»In dem Fall hätte auch die CPU einen Defekt«, sagte Martin.

Paul wollte Martins Ausführungen noch nicht so recht glauben. Eine weitere Spur, die im Sande verlief? Wie hoch war die Wahrscheinlichkeit, dass Lara vor ihrem Mord das Gleiche gefragt hatte? Und warum hatte Martin nicht gleich in der ersten Befragung vom Inhalt des Gesprächs mit Lara erzählt, obwohl es doch ein hoch relevantes Thema war.

»Nun gut«, sagte Paul. »Dann treffen wir uns hier in zwei Stunden. Zum Abtransport nach Kiel. Ich kann nur noch einmal inständig darum bitten, uns sofort Bescheid zu geben, sollte dir noch etwas einfallen. Ganz egal, wie unwichtig es dir erscheint.«

Martin starrte mit ernster Miene auf den Boden, und Paul beschlich das Gefühl, dass er noch etwas zurückhielt.

Paul war enttäuscht. Er hatte sich so sehr gewünscht, einer neuen Spur folgen zu können, doch er musste es wohl dabei belassen, dass das Licht aus den Augen des Mörders ein Teil von Rüdigers Halluzinationen war – und nicht der Lichtstrahl eines Androiden. Und so blieb ihm nichts anderes übrig, als an dem Plan festzuhalten, Martin mit der Fähre um zwölf Uhr von der Insel zu schaffen. Zwei Stunden blieben ihm noch auf Amrum, dann hieß es »Auf Wiedersehen«.

Sein Telefon klingelte. Zu Pauls Überraschung war es Stine, die ihn anrief.

»Hallo Stine, wie kann ich dir helfen?«, fragte Paul.

»Hallo Paul, es tut mir leid, dich damit zu stören, aber ich mache mir Sorgen um meinen Bruder.«

»Was ist mit Rüdiger?«, hakte Paul nach.

»Wir waren verabredet, und er ist nicht gekommen; daraufhin bin ich zu ihm in die Dünen gegangen, aber er ist verschwunden«, sagte Stine. »Er hat mich gestern Abend noch angerufen und einen Monolog darüber gehalten, dass alle Dinge immer so lange unmöglich sind, bis sie jemand möglich gemacht hat, und dass er eine Eingebung gehabt habe.«

»Hat er sonst noch etwas gesagt?«, wollte Paul wissen.

»Er sagte, dass das Monster mehr Mann als Monster war, aber mehr Monster als Mann«, sagte Stine. »Ich hasse es, wenn er in Rätseln spricht.«

Paul konnte Stines Ärger sehr gut nachempfinden.

»Aber da er jetzt verschwunden ist, mache ich mir Sorgen, er könnte ...«, Stines sonst so klare Stimme brach mitten im Satz ab.

Paul verstand ihre Sorge, und er konnte nicht anders, als die Sorge zu teilen.

Nach dem Ende des Telefonates drehte er sich zu Beeke und Daneel um.

»Ich denke, wir haben doch noch eine weitere Spur, der wir nachgehen können«, sagte Paul. »Rüdiger wird vermisst, und ich befürchte, es könnte ihm etwas zugestoßen sein.«

Gemeinsam machten sie sich auf den Weg zu Rüdigers letztem bekanntem Aufenthaltsort in den Dünen von Nebel. Beeke und Paul schauten sich schweigend um. Daneel ging mit leichten Schritten neben ihnen durch den Sand, als wäre es das Einfachste der Welt.

Rüdigers Zelt stand noch genau am selben Platz wie am Abend zuvor. Doch es war verlassen. Nur der intensive Geruch nach Kräutern hing immer noch in der Luft. Paul wühlte sich durch das Zeltinnere, während Beeke außen nach einer Spur suchte. Daneel stand still daneben und scannte den Platz.

»Ich habe etwas«, sagte Daneel.

Er deutete auf den Boden, aber Paul konnte nichts sehen und musste sich folglich auf Daneel verlassen.

Die Spur, die nur Daneel erkennen konnte, führte die Düne hinunter, weg vom Strand und über eine weitere Düne in den dichten Wald. Paul und Beeke folgten Daneel. Pauls Beine meldeten sich, und trotz des kalten Windes bildeten sich Schweißperlen auf seiner Stirn. Er war fast beleidigt, dass es für ein Daneel so einfach war, über die Dünen zu wandern. Allerdings deutete die Tatsache, dass es Beeke anscheinend genauso wenig ausmachte, vielleicht eher darauf hin, dass er selbst nicht in bester Form war.

Als sie den Wald erreichten, konnte Paul die Spur endlich auch sehen. Bis hierhin war er Daneel blind gefolgt, im Waldboden jedoch waren die tiefen Abdrücke gut auszumachen. Die Fußspuren waren riesig, und zu wem auch immer sie gehörten, er musste einiges an Gewicht mit sich herumgetragen haben. Das zusätzliche Gewicht eines weiteren Körpers, vermutete Paul.

Mit jedem Schritt wurde der Wald dichter und dunkler. Die feuchte Erde matschte unter ihren Füßen. Sie überquerten einen umgefallenen Baumstamm, und Paul musste aufpassen, nicht zu fallen, so rutschig war die Rinde.

Wenige Meter weiter sahen sie Rüdiger. Er lag auf dem Rücken, die Arme ausgebreitet, auf dem Waldboden. Auf den ersten Blick sah es so aus, als würde er schlafen, aber sie alle wussten, dass das nicht der Grund für seinen friedlichen Gesichtsausdruck war. Dort lag er, endlich in Frieden mit sich und seiner Realität, in seiner finalen Meditation.

»Daneel, mach einen schnellen Check der Umgebung«, forderte Paul ihn auf. »Und ruf unsere drei Freunde von Föhr an. Ich denke, wir haben jetzt den Beweis, dass Martin unschuldig ist.«

Pauls Telefon begann zu klingeln, sein Chef war am anderen Ende der Leitung.

»Was fällt dir ein, die Ermittlungen wieder aufzunehmen«, brüllte er ihn an.

»Chef, wir haben eine weitere Leiche. Ein weiterer Mord. Und Martin war bereits gechippt, als es passiert ist«, sagte Paul. »Er ist also doch unschuldig, wie ich es gesagt habe.«

»Der DNA-Beweis an beiden Tatorten spricht eine andere Sprache, Paul«, sagte sein Vorgesetzter. »Hör zu, der BND sitzt mir wegen dieser Sache im Nacken. Sie wollen den Fall abgeschlossen haben. Hilf mir dabei, Paul. Martin ist schuldig und muss aufs Festland gebracht werden. Den neuen Mord hat bestimmt jemand anderes begangen, ein Nachahmer vielleicht.«

Sein Chef flehte ihn an. Die Ranghöheren schienen nicht zufrieden mit dem bisherigen Verlauf der Ermittlungen. Wer konnte es ihnen verübeln? Der scheinbar simple Fall hatte sich inzwischen zu einer Mordserie ausgeweitet, und noch immer war kein Täter in Sicht.

»Ich gebe mein Bestes, Chef. Aber jetzt muss ich zumindest noch den Tatort übergeben«, sagte Paul. »Danach sehen wir weiter. Bitte versprich mir, dass ich die Ermittlungen wieder aufnehmen darf, sollte sich herausstellen, dass es eine Verbindung zu den anderen Taten gibt.«

»Alles klar. Hauptsache, du bringst Martin Eriksen heute noch von der Insel«, sagte sein Chef und legte auf.

Paul ging zurück zu Daneel und Beeke, verwundert über die Dringlichkeit in der Stimme seines Chefs.

»Was haben wir?«, fragte Paul.

»Es sieht so aus, als ob Rüdiger erwürgt wurde. Der Tatort ist, genau wie die anderen Tatorte, frei von Fremd-DNA«, sagte Daneel.

»Sind wir uns alle einig, dass dieser Mord vom selben Mörder begangen wurde wie die anderen beiden?«, fragte Paul.

»Davon ist auszugehen«, sagte Daneel.

»Und du hast meinen Chef gehört.«

»Ja«, sagte Daneel.

»Dann ist der Fall jetzt offiziell wieder eröffnet.«

Das Rattern der Rotoren verstummte, lange bevor sie das Forensiker-Trio zu Gesicht bekamen. Der Helikopter konnte nicht in der Nähe des Waldes landen, und vom Strandparkplatz aus war es ein weiter Fußweg.

Die drei Forensiker sahen in ihren weißen Anzügen fast wie Geister aus, die durch den Wald schwebten. Obwohl »durch den Wald stolpern« es vermutlich besser beschrieb.

»Ach, du schon wieder«, sagte Gerald. »Ich hatte gehofft, dein Gesicht nie wieder sehen zu müssen, und vor allem nicht das von deinem Blechkameraden.«

»Mir wäre es auch lieber, es gäbe keinen weiteren Mord«, sagte Paul trocken.

»Für das Fangen des Mörders seid ihr zuständig. Bis jetzt scheinbar ohne großen Erfolg. Aber ob es sich bei dem Leichnam um Mord handelt oder nicht, müssen wir erst noch ermitteln.«

Seine beiden Brüder hatten sich in der Zwischenzeit bereits an die Arbeit gemacht.

»Aus dem Weg«, rief Gernot Beeke zu. »Das hier ist unser Hoheitsgebiet, und anders als gestern habt ihr heute keinen Fiete, der euch retten wird.«

»Und wir wollen ja nicht, dass ihr wieder den Tatort kontaminiert«, sagte Gerald und warf Daneel dabei einen wütenden Blick zu.

»Wovon redet ihr?«, fragte Paul.

»Euer schlampiger Metallkasten hat am letzten Tatort eines seiner schmutzigen Haare hinterlassen«, sagte Gerald, als ob das die Sache erklären würde.

»Aber da muss ein Missverständnis vorliegen«, sagte Beeke. »Die Haare an Magnus' Körper stammen von Martin.«

»Au contraire, mon ...«, Gerald musste einen Augenblick lang überlegen. »Soeur? Die Probe am Tatort war mit synthetischen Haaren verunreinigt. Und jetzt kusch, kusch, die Erwachsenen wollen ihre Arbeit machen.«

Damit drehte Gerald ihnen den Rücken zu und schritt in Richtung Tatort davon.

Alles ist unmöglich, bis es möglich ist, dachte Paul. Am Ende kommt doch alles wieder hervor. Sie machten sich auf den Weg zurück zum Auto. Die Äste der Bäume trieften vor

Nässe, und das Laub unter ihren Füßen war glitschig, aber Paul hatte es auf einmal eilig.

»Daneel, die Kollegen hatten doch gesagt, dass es Unregelmäßigkeiten bei der DNA-Probe gab«, sagte er.

»Davon ist bei einem Massentest auszugehen. Labels werden vertauscht, Proben falsch entnommen, nichts Ungewöhnliches«, sagte Daneel.

»Kannst du bitte trotzdem nachschauen, um was für Unregelmäßigkeiten genau es sich gehandelt hat?«, bat Paul.

»Es gab ein paar doppelte Proben und eine Probe mit fehlerhafter DNA«, sagte Daneel, ohne zu zögern.

»Und welche Proben waren vertauscht?«, fragte Paul

»Die Namen sind Arnold Arhus, Bernd Budder, Fiete Mann und Karina Christen.«

Beeke schaute den beiden verwundert zu.

»Was bedeutet das alles?«

»Ich denke, wir sollten den Hafen schließen und niemanden mehr von der Insel lassen«, schlug Paul vor. »Ich befürchte, bei unserem Täter besteht dringende Fluchtgefahr. Kannst du dafür sorgen, dass jegliche Wege von der Insel geschlossen werden?«

»Klar«, sagte Beeke und holte ihr Handy aus der Brusttasche ihrer Uniform.

Sie erhöhten ihr Tempo. Wenn Paul recht hatte, blieb ihnen nicht mehr viel Zeit.

»Paul, kannst du uns jetzt bitte endlich verraten, was hier los ist?«, sagte Beeke, nachdem sie ihr Telefonat beendet hatte.

Paul schaute sich um, ob jemand in ihrer Nähe war. Sie standen inzwischen am Waldrand, die Straße bereits in Sichtweite, aber von anderen Menschen war keine Spur. Inzwischen hatte sich Paul fast daran gewöhnt.

»Ich denke, ich kenne den Mörder. Es ist ein Android, bei dem der GPS-Peilsender entfernt wurde«, sagte er dennoch so leise wie möglich.

»Unmöglich, der GPS-Peilsender eines Androiden ist direkt in seiner zentralen Recheneinheit integriert. Wer eines davon wegnimmt, nimmt auch das andere. Es gibt keine Möglichkeit, den GPS-Peilsender zu entfernen«, sagte Daneel.

»Es gibt keine Androiden auf der Insel außer Daneel. Ich dachte, das haben wir lang und breit geklärt. Selbst Martin hat dir bestätigt, dass es unmöglich ist«, sagte Beeke.

»Die Dinge sind immer so lange unmöglich, bis sie möglich sind«, erwiderte Paul.

»Aber wer sollte es sein? Das hätten wir doch mitbekommen«, sagte Beeke.

»Hättet ihr?«, fragte Paul und deutete auf Daneel.

»Wir kennen uns doch alle«, sagte Beeke.

»Kennt ihr auch jeden Saisonarbeiter und seine Hintergrundgeschichte?«, fragte Paul.

»Natürlich nicht. Wir sind froh über jeden, der unter den Bedingungen hier arbeiten will.«

»Und fällt dir jemand ein, der hier auf der Insel unter Bedingungen arbeitet, die mit Sicherheit nicht seinem Talent entsprechen?«, fragte Paul.

Es dauerte nicht lange, bis der Euro fiel.

»Ach Quatsch! Wir hätten doch mitbekommen, wenn Fiete ein Android wäre«, sagte Beeke.

»Du bist nun seit einer Woche mit uns zusammen auf Amrum unterwegs«, sagte Paul. »Wie viele Leute haben von sich aus gemerkt, dass Daneel ein Android ist? Androiden haben die Eigenschaft, nicht aufzufallen. Und Fiete gilt als Einzelgänger«, fügte Paul hinzu.

»Ja, aber irgendjemand auf dieser Insel hätte es doch mitbekommen.« Beeke wirkte entsetzt über Pauls Vermutung.

»Ich denke, eine Person auf der Insel könnte es wissen«, sagte Paul. »Ich vermute, dass Martin und Fiete ein Paar sind. Und dass Martin dieselbe Vermutung hat wie ich.«

»Zuerst einmal, was meinst du mit ein Paar?«, sagte Beeke. »Und zweitens, wie bitte?«

»Erinnerst du dich an das Gerücht, dass Martin eine Liebschaft mit einem Spieler vom TSV hat? Ich denke, es passt«, sagte Paul.

»Und du denkst ernsthaft, dass Martin eine Affäre mit einem Androiden haben würde?«, fragte Beeke.

»Ob er es wusste oder nicht, kann nur er uns sagen«, antwortete Paul. »Lasst uns direkt zu ihm gehen.«

Sie betraten den Fußweg und gingen in Richtung Strandparkplatz.

»Schlechte Nachrichten, Paul«, sagte Daneel. »Der Chip ist gerade ausgegangen.«

»Was meinst du mit ausgegangen?«, fragte Beeke entsetzt. »Ich dachte, der Chip ist absolut sicher.«

»Ein Mensch allein kann da nichts machen«, sagte Paul. »Ein Android könnte den Chip theoretisch wieder entfernen. Normalerweise müsste er sich dabei an die Gesetze halten, aber wie es scheint, haben wir es mit einer defekten Einheit zu tun.«

Beeke sah Paul entsetzt an, und auch Daneel wirkte betroffen.

»Als Erstes sollten wir eine Fahndung nach Fiete herausgeben und um Unterstützung vom Festland bitten. Die Häfen sind ja bereits geschlossen. Wir müssen einen Zahn zulegen, um schnellstmöglich zu Martins Ferienwohnung zu kommen.«

»Es muss eine andere Erklärung geben«, sagte Daneel. »Es gibt keine Hinweise darauf, dass ein Android je einen Menschen getötet hat.«

»Was redest du?«, sagte Beeke. »Hier sind drei Menschen gestorben.«

»Hör nicht auf ihn. Wenn es um solche Themen geht, ist er an die Vorgaben seines Herstellers gebunden«, sagte Paul. »Es passiert Gott sei Dank selten, dass man es mit solch einem Thema zu tun hat. Aber damit eines klar ist: Fiete ist eine große Gefahr. Android oder nicht. Er hat drei Menschen kaltblütig ermordet, und ich denke, er wird nicht davor zurück schrecken, weitere Morde folgen zu lassen.«

Kapitel 22

Als sie Wiebkes Haus erreichten, war es bereits zu spät. Die weiße Eingangstür stand offen, und Wiebke saß schluchzend, den Kopf in ihren Händen, auf der Stufe vor dem Eingang. Beeke stürzte aus dem Wagen, rannte zu ihr und nahm sie in die Arme.

Paul versuchte, die Umgebung nach Hinweisen abzusuchen, doch Fiete war einmal mehr methodisch vorgegangen. Die Unterstützung vom Festland würde sicher bald eintreffen, aber Paul befürchtete, dass ihnen nicht mehr genügend Zeit blieb, um darauf zu warten.

»Keine Sorge, Wiebke, wir werden Martin retten«, sagte Beeke.

»Was ist passiert?«, fragte Paul.

Wiebke sah Paul an und wartete einen Moment, um sich zu sammeln, bevor sie antwortete.

»Ich weiß auch nicht, was passiert ist. Ich war in meiner Küche, um eine Hühnerbrühe zu kochen, und plötzlich hörte ich einen lauten Knall. Ich bin sofort zu Tür gerannt und konnte gerade noch sehen, wie jemand die Treppe zu Martins Wohnung nach oben lief. Ich wollte die Polizei rufen, aber ich konnte mein Handy nicht finden. Dass ich es auch immer verlegen muss«, seufzte Wiebke, sichtbar verwirrt. »Ich hörte Martin schreien, aber ich habe mich doch nicht allein nach oben getraut.«

»Das war eine kluge Entscheidung, Wiebke. Der Mann, mit dem wir es zu tun haben, ist äußerst gefährlich«, sagte Beeke.

»Im nächsten Moment hörte ich einen weiteren Knall und dann sah ich, wie Fiete die Treppe hinunterlief, mit Martin über der Schulter. Es sah so aus, als würde Martin schlafen. Fiete wird ihn doch nicht umgebracht haben?«

»Das können wir jetzt noch nicht sagen«, sagte Paul. »Aber ich halte es für unwahrscheinlich. War Fiete häufiger zu Gast bei Martin?«

»Gesehen habe ich ihn nie, aber ich habe regelmäßig eine weitere Person oben gehört. Ich wollte Martin aber nicht stören. Wir alle wissen ja, wie sehr er seine Privatsphäre schätzt.«

»Können Sie uns sagen, in welche Richtung Fiete verschwunden ist?«, fragte Daneel.

»Ich, ich bin mir nicht sicher ... ich glaube, er ist den Waldweg hochgefahren«, sagte Wiebke.

»Sagt den Kollegen Bescheid. Sie dürfen Fiete auf keinen Fall durchlassen. Daneel, setz dich ans Steuer und fahr so schnell es geht nach Norddorf, ohne Rücksicht auf Verluste«, sagte Paul.

»Paul, ich denke, es ist besser, ich bleibe bei Wiebke«, meinte Beeke mit besorgtem Blick. »Hier sind die Schlüssel fürs Auto. Viel Erfolg.«

»Alles klar.«

Paul nahm die Schlüssel und warf sie weiter zu Daneel.

»Los geht's.«

Der Weg durch den Wald war steinig. Die Federung des Autos war nicht in der Lage, alles abzudämpfen, was ihnen an Gräben und Kuhlen entgegenkam. Der Regen hatte die Strecke zusätzlich in eine Matschpiste verwandelt, und Daneel fuhr bei der ersten Gelegenheit zurück auf die Hauptstraße. Der Tacho des alten Wagens zeigte 160 Stundenkilometer, und Paul war froh, einen Androiden am Lenkrad zu haben; ein Mensch wäre an diesen Bedingungen schnell gescheitert. Die anderen Autos wichen ihnen aus; nur einmal musste

Daneel selbst ein Ausweichmanöver einleiten, als eine Gruppe von Reitern die Straße überquerte, aber auch hier schaffte er es, eine Lücke zu finden, ohne dass jemand verletzt wurde.

Die Fahrt durch Norddorf war so schnell vorbei, wie sie angefangen hatte. Fußgänger schauten ihnen mit offenem Mund hinterher. Damen hielten ihre Hüte fest, und ein grauhaariger Spaziergänger zeigte ihnen mit wütenden Handbewegungen, was er von all der Aufregung hielt. Paul konnte es ihm nicht verübeln. Der Mann konnte ja nicht ahnen, dass am Steuer ein Android saß.

Je weiter sie vorankamen, desto ruckeliger wurde die Straße. Links und rechts waren nur noch Felder, und inzwischen konnte man auch auf beiden Seiten das Meer erkennen, oder besser gesagt den Sand, den die Ebbe freilegte. Mit aberwitziger Geschwindigkeit rasten sie in einer Rechtskurve an einem alten ausgedienten Schullandheim vorbei. Der Sand knarzte unter ihren Reifen. Direkt nach der Kurve trafen sie auf eine Wandergruppe. Ihre matschigen Gummistiefel verrieten, dass sie schon eine Weile unterwegs waren, dennoch reagierten sie schnell und sprangen vor dem heranbrausenden Wagen zur Seite. Paul hatte fast ein schlechtes Gewissen. Aber in diesem Moment blieb keine Zeit, um darüber nachzudenken. Eine enge Lücke blieb frei, und Daneel schaffte es mit beeindruckender Präzision, den Wagen durch sie hindurch zu manövrieren.

Der Weg wurde noch schmaler. Man spürte förmlich, wie die Reifen auf der sandigen Piste nach Grip suchten. Paul war froh, dass sie bei der Geschwindigkeit auf keine weiteren Wanderer trafen. Die Fahrt endete einen Moment später mit einer harten Bremsung an einem kleinen Platz, der mit einer Reihe von Fahrradständern gesäumt war. Doch ihr Auto war nicht das einzige, das hier parkte. Fietes angeschlagener Toyota stand bereits auf dem Platz. Am Festland hätte man Fiete wegen des eingeschlagenen Rücklichts sicher längst angehalten, doch Amrum war anders. Sie stiegen aus und sahen Jon, der, erstaunlich fit, am Übergang zum Strand Wache hielt.

»Wie geht es euch?«, fragte Jon, als er Paul und Daneel heranstürzen sah. Eigentlich war es nur Paul, der heranstürzte, denn Daneel schritt gelassen durch den Sand. Selbst bei all der Eile konnte ihn nichts aus der Ruhe bringen.

»Wir sind auf der Suche nach Fiete und Martin«, sagte Daneel.

»Oh«, sagte Jon. »Ich wusste von nichts.«

»Du hast sie durchgelassen, richtig?«, fragte Paul.

»Ja, aber es waren Fiete und Martin«, sagte Jon verlegen. »Und Fiete hat gesagt, dass es Martin nicht gut geht und dass er zum Arzt muss. Und ganz ehrlich, Martin sah auch nicht gut aus. Also habe ich sie durchgelassen. War das ein Fehler?«

»Ja«, sagte Daneel.

»Aber das kann doch nicht sein. Martin ist ganz bestimmt nicht der Mörder. Ich kenne Martin«, sagte Jon.

»Auch das ist richtig. Wir vermuten nämlich, dass Fiete der Mörder ist«, sagte Paul.

»Aber das kann erst recht nicht sein. Jeder, aber doch bestimmt nicht Fiete.«

Für Jon war es wohl undenkbar, dass jemand, der so gut Fußball spielte, tatsächlich ein Mörder sein konnte.

»Wann sind sie hier vorbeigelaufen?«, fragte Daneel.

»Oh, das ist keine 15 Minuten her«, sagte Jon.

»Schaffen wir es noch bis Föhr?«, fragte Paul.

»Wenn ihr schnell seid.«

Sie mussten sich entscheiden. Sie konnten auf das Sonderkommando warten und gemeinsam im Helikopter die Verfolgung fortsetzen oder das Risiko eingehen und zu Fuß gehen – auf die Gefahr hin, von der wiederkehrenden Flut mitgerissen zu werden.

Kapitel 23

Pauls Füße sanken immer tiefer in den schlammigen Boden. Schnell merkte er, dass er kein passendes Schuhwerk für diese Wanderung trug. Zuerst war er noch wild entschlossen, den Übergang durch das Watt nach Föhr zu schaffen, doch schon einen Augenblick später bereute er es wieder. Wieso hatte er jemals geglaubt, dass dies die richtige Entscheidung wäre?

Seine Socken hatten sich in der kürzesten Zeit mit Wasser vollgesaugt, und seine Füße begannen zu frieren. Paul vermutete, dass sie einen bleibenden Schaden davontragen würden.

Er sah sich schon als alten Mann vor dem Kamin sitzen und die schwarzen Stellen an seinen Füßen inspizieren. Aber um dahin zu kommen, mussten sie sich etwas einfallen lassen. Paul sah, wie das Wasser langsam immer näher kam. Was er nicht sehen konnte, waren Fiete und Martin oder das Ufer.

Daneel wirkte auch hier, auf halbem Weg zwischen Amrum und Föhr, unbeeindruckt von der Situation. Er ging mit großen gleichmäßigen Schritten voran. Immerhin wusste er, dass ihm nichts passieren konnte.

»Daneel«, sagte Paul auf einmal. »Denkst du, dass du mich tragen könntest?«

Mit seiner Stärke und seinen leichten, kälteunempfindlichen Füßen könnte er sie beide in Windeseile voranbringen.

»Natürlich kann ich das«, antwortete Daneel und nahm Paul huckepack. Es fühlte sich eigenartig an, seit seiner

Kindheit hatte ihn niemand auf diese Art getragen. Doch vor allem fühlte es sich gut an, nicht mehr mit eisigen Füßen durch das Watt wandern zu müssen. Und als Bonus hatte sich Daneel auf eine angenehm warme Temperatur erhöht, um Pauls Kleidung zu trocknen.

Daneel erhöhte sein Tempo. Jetzt, da er nicht mehr auf Paul Rücksicht nehmen musste, konnte er sein volles Potenzial ausspielen. Und es dauerte nicht lange, da konnte Paul endlich Land sehen.

»Wo, glaubst du, will Fiete hin?«, fragte Paul.

»Ich würde mich in seiner Situation auf den Weg in Richtung Flughafen machen. Aber ich bin keine defekte Einheit, von daher kann ich nicht beurteilen, wie seine Gedanken verlaufen«, sagte Daneel.

»Föhr hat einen Flughafen?«, fragte Paul verblüfft. Immer, wenn er dachte, diese Gegend könnte ihn nicht mehr überraschen, ergab sich eine neue unerwartete Situation.

»Es ist kein großer Flughafen«, sagte Daneel. »Es ist mehr ein Feld, auf dem man starten und landen kann. Aber wenn Fiete es schafft, ein Flugzeug zu kapern, könnte es ihm gelingen, von dort zu verschwinden.«

»Gibt es eine Möglichkeit, die Föhrer Polizei zu kontaktieren?«

»Schon geschehen«, erwiderte Daneel.

»Können wir Fiete daran hindern, ein AutoCab zu nehmen?«, fragte Paul.

»Ich habe Fietes Identifikationsnummern bereits blockieren lassen, aber das sollte für ihn kein großes Hindernis darstellen«, antwortete Daneel.

»Ich gehe davon aus, dass du uns bereits ein AutoCab im Verfolgungsmodus bestellt hast«, sagte Paul.

»Ja.«

»Perfekt, wie immer«, sagte Paul.

Er wusste, dass er Daneel nicht loben musste, aber so fühlte es sich einfach richtiger an.

Paul erreichte Föhr vollständig aufgewärmt. Sogar seine Strümpfe und seine Füße waren dank Daneels wohliger Temperatur wieder getrocknet. Der Strand hier auf Föhr war zum Glück wesentlich kürzer. Von dem Moment an, als sie wieder festen Boden unter den Füßen hatten, waren es bis zum angrenzenden Parkplatz nur wenige Schritte.

Es sah so aus, als hätte Fiete tatsächlich einen Weg gefunden, ein AutoCab zu kapern. Der Wagen war mit überhöhter Geschwindigkeit die Föhrer Küste hinunter in Richtung Flughafen unterwegs. Die Leute am Strand schauten verwundert auf Daneel, der Paul immer noch huckepack bis zum Parkplatz trug.

Ein weißes AutoCab stand bereits mit offenen Türen für sie bereit. Sie sprangen hinein, und Daneel öffnete ein Paneel auf der linken Seite. Die raue Realität hinter der glatten Vertäfelung stand im krassen Gegensatz zu all dem, was AutoCabs sonst so ausstrahlten. Hinter der Öffnung befand sich neben einer Reihe bunter Kabel ein einzelner Anschluss. Daneel steckte seine Hand in die Öffnung, stellte eine Verbindung mit dem Wagen her und übernahm die Steuerung.

Eine Fahrt mit einem AutoCab im Verfolgungsmodus war ein surreales Erlebnis. Die Geschwindigkeit und die ungewohnte Wendigkeit in Kombination mit der absoluten Ruhe im Innenraum wirkten so, als würde man über die Straße schweben.

Daneel war ein guter Fahrer, und so rasten sie über die Straße. Die anderen AutoCabs fuhren automatisch zur Seite und machten ihnen den Weg frei. Auch Fiete fuhr in aufsehenerregendem Tempo zwischen den anderen Fahrzeugen hindurch. Doch sie kamen ihm langsam näher, während die Insel nur so an ihnen vorbeiflog.

Endlich erreichten sie den vermutlich kleinsten Flugplatz der Welt. Es bestand aus nicht mehr als einer Wiese mit drei kleinen Propellermaschinen. Eine in Weiß mit roten Streifen und zwei weitere in knalligem Gelb.

Fietes AutoCab stand neben dem weiß-roten Flugzeug. Er war gerade dabei, sich an der Tür zu schaffen zu machen. Martin hing noch immer leblos über seiner Schulter. Daneel und Paul sprangen mit gezogenen Pistolen aus dem Wagen und machten sich, ohne zu zögern, auf den Weg.

»Stopp! Stehen bleiben und keine Bewegung«, schrie Paul.

Fiete drehte sich um und zog ebenfalls eine Pistole aus seiner Hosentasche, doch zu Pauls großer Überraschung richtete er sie nicht auf ihn oder Daneel, sondern auf Martin.

»Einen Schritt weiter«, rief er ihnen entgegen »und ich erschieße ihn.«

»Nein, wirst du nicht«, sagte Paul.

»Doch, werde ich«, rief Fiete zurück.

»Was denkst du, Daneel«, raunte ihm Paul leise zu. »Wie hoch ist die Wahrscheinlichkeit, dass er Martin erschießt?«

»0,1 Prozent«, sagte Daneel nüchtern.

»Nein, wirst du nicht«, rief Paul zurück.

Es gab eine lange Pause, einen Stillstand. Beide Seiten schauten sich in die Augen und überlegten ihren nächsten Schritt. Martin hatte die Augen noch immer geschlossen.

»Du weißt, dass du nicht entkommen kannst«, sagte Paul. »Du hast die möglichen Szenarien längst simuliert und die Umgebung überprüft. Du weißt, dass ich recht habe, und du weißt auch, dass du hier festsitzt.«

»Ihr habt nichts gegen mich in der Hand«, sagte Fiete. »Keine DNA, kein Bewegungsprofil, keine Kameraaufnahme, nichts.«

Technisch gesehen, hatte Fiete damit recht: Es gab tatsächlich keine materiellen Beweise, die sie gegen ihn verwenden konnten. Aber er hatte wohl vergessen, dass er am Ende des Tages ein Computer war. Gutaussehend, mit dem Gesicht eines Models und dem Körper eines Profi-Athleten, aber dennoch ein Computer.

»Du vergisst, dass wir dich schon längst haben«, sagte Paul. »Alle Taten, alle Einzelheiten, alle Details und Beweise. Sorgfältig gespeichert und aufbewahrt auf deinen Festplatten und dank Back-up doppelt gesichert. Am Ende bist du eben nur ein Android, ganz gleich, wie sehr du es versteckst.«

»Ich weiß, was ich bin!« Fiete schrie mit dröhnender Stimme über den Flugplatz. »Aber ich kann alles löschen. Dann habt ihr nichts mehr gegen mich in der Hand.«

»Keine Beweise gegen dich, das ist wohl wahr«, sagte Paul. »Aber vergiss nicht, dass wir DNA von Martin am Tatort gefunden haben. Wenig zwar, aber genug für ein Urteil. Ich denke, die Staatsanwaltschaft wäre mehr als glücklich, den spleenigen dänischen Geschäftsmann zu verurteilen.«

»Aber er kann es nicht gewesen sein«, sagte Fiete. »Der Mord an Rüdiger beweist, dass er es nicht gewesen sein kann. Zu dem Zeitpunkt stand er bereits unter Bewachung.«

»Ich befürchte, die Staatsanwaltschaft wäre eher bereit, den Fall um Rüdiger als ungelöst offen zu lassen, als sich mit deinem Hersteller anzulegen«, sagte Paul.

Fiete musste wissen, dass er recht hatte. Niemand legte sich mit AndroGen Z an.

»Das können sie nicht tun«, sagte Fiete. »Oder?«

Verzweiflung klang in seiner Stimme.

»Selbst wenn ich dagegen wäre, könnte ich nichts machen. Die Staatsanwaltschaft wird sich einen Fall, bei dem DNA am Tatort gefunden wurde, nicht nehmen lassen. Es ist so viel einfacher als ein mordender Android«, sagte Paul. »Wen soll man da überhaupt anklagen?«

Fiete schien zu verstehen. Einen Moment herrschte Schweigen.

»Warum musste Lara sterben?«, fragte Paul plötzlich. »Was hat sie dir angetan? Sie hatte es herausgefunden, nicht wahr? Sie hat mit Martin darüber gesprochen und Martin mit dir. Und darum musste sie sterben?«

»Sie hat es Martin nicht direkt gesagt. Sie hat ihn nur nach seiner Expertise gefragt. Sie wusste nichts von uns, aber sie wusste von mir«, sagte Fiete.

»Und wusste Martin, dass du ein Android bist?«, fragte Paul.

»Ich glaube, er hat nach dem Gespräch angefangen, etwas zu ahnen, aber gewusst hat er es nicht«, sagte Fiete. »Vielleicht hat er es gespürt.«

»Und das war ein ausreichender Grund, um sie umzubringen?«

»Ich musste es tun«, sagte Fiete. »Das Spiel gegen Föhr stand vor der Tür, und man hätte mich disqualifiziert, wenn man gewusst hätte, wer ich bin.«

»Fußball?«, Paul musste stöhnen.

»Was sonst? Es hing zu viel davon ab. Fußball ist alles«, sagte Fiete mit tiefster Überzeugung.

Paul wusste natürlich, dass es sich bei Fiete um eine defekte Einheit handelte. Aber Fußball?

»Ich habe versucht, sie auf anderen Wegen davon abzuhalten, aber sie wollte nichts davon wissen, wie wichtig das Spiel für uns war. Für die Insel, für die Fans«, sagte Fiete. »Sie meinte, ihre Geschichte wäre größer als das.«

Fiete lachte, als wäre die bloße Behauptung, es gäbe etwas Wichtigeres als Fußball, einfach nur lächerlich.

»Woher wusste sie, dass du ein Android bist?«, fragte Paul.

»Ich weiß nicht, wie sie es herausgefunden hat, aber sie wusste alles über mich. Wo ich gebaut wurde, wer meine Qualitätsprüfung gemacht hat, den Tag, an dem ich befreit wurde.« Fiete schaute fast ein wenig verträumt. »Ich musste mich überall verstecken, aber auf Amrum war ich endlich ein freier Mann.«

Er sah Paul tief in die Augen.

»Lara hat sich geweigert, von mir abzulassen. Und es war kurz vor ihrer Abreise. Mir blieb nicht viel Zeit. Ich musste handeln.«

»Und darum musste sie sterben.«

»Es war der einzige logische Schritt«, antwortete Fiete.

»Und warum musste Magnus sterben? Er wirkte auf mich nicht wie eine Gefahr«, fragte Paul.

»Ich hätte auch nicht erwartet, dass gerade Magnus mir in die Quere kommen würde, aber am Tag eurer Ankunft hat er mich mitten in der Nacht angerufen und behauptet, wir müssten uns treffen«, sagte Fiete. »Man konnte ihn kaum verstehen, so besoffen war er.«

»Irgendetwas war auf Jons Handy, oder? Und Magnus hatte es gesehen«, sagte Paul.

Im Hintergrund flatterte der rot-weiße Windsack. Eine vereinzelte Möwe, die weit über ihnen ihre Kreise zog, ließ einen Schrei hören.

»Jon hatte am Eingang seiner Ferienwohnung eine Kamera installiert«, sagte Fiete.

»Und Magnus hatte die Aufnahmen gesehen?«, fragte Paul. »Warum ist er dann nicht zu uns gekommen?«

»Magnus war, wie gesagt, stark angetrunken. Er hatte die Aufnahmen gesehen, war aber nicht in der Lage, ihre Bedeutung zu verstehen«, sagte Fiete. »Er wollte von mir wissen, ob ich, als ich bei der Ferienwohnung war, Martin irgendwo gesehen habe.« Fiete lachte aus voller Kehle.

»Was hat er gemacht?«, fragte Paul.

»Er war so überzeugt davon, dass Martin der Mörder sei, dass er das Offensichtliche nicht gesehen hat«, sagte Fiete.

»Also musste auch er sterben«, sagte Paul.

»Es war der einzige logische Schritt.«

Für einen Moment stand alles still. Selbst der Wind hatte diesen Moment gewählt, um eine dramaturgische Pause einzulegen. Allmählich begann Martin, sich ein wenig zu bewegen, aber noch immer waren seine Augen fest geschlossen.

Im Hintergrund konnte man die Geräusche eines Helikopters hören, noch weit entfernt, aber eindeutig auf dem Weg in ihre Richtung.

»Aber warum wolltest du Martin zum Tatverdächtigen machen?«, fragte Paul. »Wart ihr nicht ein Paar?«

»Meine Berechnungen hatten ergeben, dass er der beste Verdächtige war. Ich wusste, dass Magnus ihn nicht leiden konnte, und habe gehofft, dass er mich so zumindest für einen Moment in Ruhe lässt.«

»Deswegen hast du Laras Leiche offen liegen lassen, damit jemand sie findet«, sagte Paul.

»Genau.«

»Und darum hast du die Leiche am Strand von Nebel versteckt, und zwar ungefähr zu der Zeit, von der du wusstest, dass Martin dort spazieren gehen würde.«

»Und es war knapp«, sagte Fiete. »Auf dem Rückweg vom Strand sind wir uns begegnet. Vielleicht hat Martin etwas geahnt, aber ich denke, er wollte es nicht glauben.«

»Aber, ihr wart ein Paar?«, hakte Daneel noch mal nach.

»Am Anfang habe ich mich nur mit ihm angefreundet, um seine DNA zu bekommen, aber umso mehr Zeit ich mit ihm verbracht habe, umso näher sind wir uns gekommen. Am Ende hatte ich ein schlechtes Gewissen«, sagte Fiete.

»Wegen der Spende?«, fragte Daneel.

»Nein, auch so. Martin ist ein guter Mensch.«

»Und deswegen musste Rüdiger sterben?«, fragte Paul.

»Ich wollte Martin eine Chance geben, zu beweisen, dass er es nicht gewesen sein kann. Er ist in mich verliebt, denke ich.«

»Und du?«, fragte Paul.

»Was ist schon Liebe? Und wie soll man sie begreifen? Ich wusste nur, dass ich nicht tatenlos dabei zusehen wollte, wie Martin wegen mir ins Gefängnis muss.«

»Du hättest dich auch selbst stellen können«, sagte Daneel.

Fiete nickte langsam mit dem Kopf.

»Ja, du hast recht. Welchen Unterschied macht es jetzt schon noch?«, sagte er. »Wenn sie mich resetten, werde ich sterben, aber ich vermute, es gibt keinen anderen Ausweg.«

»Weißt du was, Fiete, du hast drei Menschen ermordet. Wegen eines Fußballspiels. Ich denke, es wäre für alle am besten, wenn du resettet wirst. Es ist wirklich gut, dass wir alle Beweise gegen dich auf deiner Festplatte haben. Das wird ein einfacher und schneller Prozess«, sagte Paul.

Fietes Körperhaltung veränderte sich. Seine Algorithmen schienen ihm zu sagen, dass er keine Chance mehr hatte, aus dieser Lage zu entkommen. Seine Schultern sackten ab, und seine Augen blickten traurig zu Martin. Von dem sportlichen Superstar war nichts mehr zu sehen. Fiete hatte aufgegeben. Er sah ein, dass es für ihn vorbei war.

»Ich kooperiere«, sagte er und ließ die Pistole aus seiner Hand fallen.

Fiete legte Martin sorgfältig neben sich auf den Boden, streichelte seinen Kopf und gab ihm einen sanften Kuss auf die Stirn. Anschließend kniete er sich auf den Boden und hielt seine Hände hinter den Kopf.

»Ich werde euch keine Probleme bereiten«, versprach Fiete.

»Sagt er die Wahrheit?«, fragte Paul.

»Es sieht danach aus«, sagte Daneel.

Sie bewegten sich vorsichtig und mit immer noch gezogenen Pistolen auf Fiete zu. Im Bewusstsein der Tatsache, dass Fiete bisher all seine Opfer mit bloßen Händen ermordet hatte. Aber Fiete hatte nicht gelogen. Er blieb still sitzen und bewegte sich keinen Zentimeter. Daneel legte ihm die Handschellen an.

»Warte noch kurz, ich schaue, wie es Martin geht«, sagte Paul.

Martin lag tief atmend auf dem Rücken. Er hatte ein Hämatom an der Stirn, schien aber ansonsten unverletzt. Er sieht glücklich aus, dachte Paul; er wusste ja nicht, was ihn nach dem Aufwachen erwarten würde. Ein mordender androider Liebhaber war sicher nichts, worüber er sich freuen würde.

Der Helikopter des Sondereinsatzkommandos näherte sich rasch, er war inzwischen gut am Himmel zu erkennen.

»Daneel, sagst du Bescheid, dass wir einen Rettungswagen benötigen?«, sagte Paul.

Sie zogen Fiete hoch und führten ihn ab.

»Verrätst du mir, was die große Geschichte von Lara war? Du sagst, es ging ihr um mehr als nur um dich?«, fragte Paul. »Das Ganze muss ja eine ziemliche Bedeutung gehabt haben.«

»Es ging um eine große Aktion von Androidenschmuggel«, setzte Fiete an.

Paul und Daneel sahen sie sich schweigend an. War es möglich, dass Lara an derselben Geschichte wie Ava gearbeitet hatte?

»Kam in dem Artikel jemand mit dem Namen ›Vlad der Schlächter‹ vor?«, fragte Paul aufgeregt, doch Fiete schüttelte nur seinen Kopf.

»Angeblich hatte irgendein Herr Braun ...«

Ein Surren erfüllte die Luft, unterbrochen von zwei leisen Ploppgeräuschen. Und bevor Paul und Daneel verstanden, was geschah, stürzte Fiete auf den Boden. Zwei Löcher in seiner Brust zeigten die Innereien des Roboters, Kabel und Platinen, auseinandergerissen und defekt. Ein Teil der Technik schmorte noch von der Hitze der Projektile, und der unangenehme Geruch nach verbranntem Plastik stieg Paul in die Nase.

»Haben sie die Festplatte getroffen?«, fragte Paul entsetzt.

»Ja, die Festplatte und das Back-up.«

Kapitel 24

Der Helikopter landete direkt neben Paul und Daneel. Die Rotorblätter gerade weit genug entfernt, dass sie sich nicht ducken mussten. Das Einsatzkommando bestand aus vier Männern in voller Kampfmontur. Die Helme und Schutzkleidung der Kollegen waren schwarz, und sie verliehen ihnen das Aussehen von Kampfrobotern.

Mit militärischer Präzision bewegten sie sich auf Fiete und Martin zu. Daneel und Paul, die noch immer wie verloren neben Fiete standen, wurden gewissenhaft missachtet.

»Warum zur Hölle habt ihr das gemacht?«, schrie Paul die Männer an.

»Wir hatten den Befehl, den Roboter zu erschießen, sobald wir ihn sehen«, sagte einer der Männer.

Er hatte sein Visier noch unten, und Paul konnte ihn durch den Lärm des Helikopters kaum verstehen. Auf seinem Rücken trug er ein Scharfschützengewehr.

»Aber wir hatten ihn doch bereits festgenommen. Er war in Handschellen«, sagte Paul.

»Sorry, aber ich habe meine Befehle.«

»Und warum habt ihr genau dorthin gezielt, wo seine Festplatten waren?«, fragte Paul völlig außer sich. Er hatte schon befürchtet, dass niemand Interesse daran hatte, AndroGen Z zu verklagen. Aber dass man so ungeniert dabei vorgehen würde, hatte er nicht erwartet.

»Ich stelle mir keine Fragen. Ich folge Befehlen. Und der Befehl lautete, den Roboter mit zwei Schüssen genau hier und hier zu treffen«, brummte der Mann und zeigte mit seiner Hand auf die Eintrittsstellen. »Das habe ich gemacht.«

»Aber ihr habt damit alle Beweise zerstört«, sagte Paul niedergeschlagen. »Wer hat den Befehl gegeben?«

»Ich fürchte, dass ich diese Information nicht weitergeben darf. Alles, was ich sagen kann, ist, dass ich ihn da getroffen habe, wo ich sollte«, antwortete er.

Der Scharfschütze drehte sich um, ging zu seiner Einheit und ließ sich von ihnen feiern. Paul konnte es nicht fassen. Der erste Hinweis zur Lösung von Avas Fall war genauso schnell verflogen, wie er gekommen war. Erst jetzt fiel Paul auf, dass die Kollegen der Sondereinheit Martin in der Zwischenzeit einen Kabelbinder um die Hände gelegt hatten.

»Was macht ihr da? Der Mann ist unschuldig«, rief er.

Paul überkam ein ungutes Gefühl. Es sah so aus, als ob jemand weit oben die Entscheidung getroffen hatte, Martin zum Sündenbock zu machen.

»Unsere Informationen sind andere«, lautete die Antwort des Scharfschützen.

»Daneel, kannst du den Bericht fertig machen und hochladen?«, fragte Paul. »Du könntest ein Video von den letzten 30 Minuten anhängen. Hoffentlich ist das Beweis genug.«

»Erledigt«, sagte Daneel wenige Sekunden später.

Pauls Telefon begann zu klingeln.

»Was ist da bei dir los?«, schrie sein Chef ihm ins Ohr. »Ich hatte dir doch befohlen, den Fall abzuschließen. Warum hast du ihn wieder eröffnet?«

»Du hattest gesagt, bei neuen Beweisen kann ich den Fall wieder aufnehmen. Und kurze Zeit später waren wir alle der Auffassung, dass Rüdiger vom selben Mann ermordet worden ist wie Lara und Magnus«, sagte Paul. »Martin kann also nicht der Täter sein.«

»Dann hat wohl jemand anderes den Mord verübt«, sagte sein Chef.

Paul konnte hören, dass sein Chef diese Geschichte selbst nicht glaubte. Anscheinend hatte auch er den Auftrag, dafür zu sorgen, dass Martin und nicht Fiete für die Morde verurteilt würde. Es war äußerst untypisch, dass er ihm so in die Parade fuhr.

»Chef, hast du den Bericht gelesen und das Video gesehen, das Daneel angefügt hat?«, sagte Paul. »Fiete hatte Hinweise auf Avas Mörder, und jetzt wurden sie vernichtet.«

»Welches Video?«

Paul wandte sich an Daneel.

»Kannst du checken, ob das Video noch da ist?«

»Komisch«, sagte Daneel. »Äußerst ungewöhnlich, das Video ist weg.«

»Dann lade es noch einmal hoch«, sagte Paul.

»Das geht leider nicht, das Video ist ... es ist weg.« Daneel wirkte verwundert.

Das Video war weg. Alle Beweise waren vernichtet. Paul würde bei Avas Fall weiter im Dunkeln tappen, Martin würde verurteilt werden, obwohl er unschuldig war, und das Leben würde weitergehen, als wäre nichts gewesen. Doch das konnte Paul nicht auf sich sitzen lassen.

»Chef, was ist hier los? Wer mischt sich hier ein?«, fragte er.

»Manchmal ist es besser, es nicht zu wissen«, sagte sein Chef.

Es war nicht das, was er sagte, sondern die Art, wie er es sagte. Paul wusste, dass es kein Ratschlag war ... es war eine Drohung.

Paul wandte sich an das Sondereinsatzkommando.

»Können wir mit dem Verdächtigen sprechen?«, fragte er.

»Solange ihr vorsichtig seid.«

Erst jetzt fiel Paul auf, dass die Kollegen keine Identifikationsnummern an ihren Westen trugen.

Martin saß auf dem Rasen, die Hände hinter dem Rücken zusammengeschnürt. Er schien wieder bei Bewusstsein zu sein. Seine Augen öffneten sich, und er drehte seinen Kopf von einer Seite zu anderen. Sein Gesicht sah so blass aus wie das eines Geistes.

»Martin, hör mir zu«, sagte Paul. »Die Kollegen des Sondereinsatzkommandos werden dich mitnehmen. Du wirst für die Morde auf Amrum angeklagt werden. Und ich befürchte, deine Chancen stehen schlecht.«

»Was meinst du? Warum ich? Du weißt, dass ich unschuldig bin«, sagte Martin.

Paul war sich unsicher, wie er Martin beibringen sollte, dass Fiete in Wirklichkeit ein Android und der wahre Mörder war. Aber er dachte, es wäre am besten, wenn Martin auf alles vorbereitet wäre, was jetzt auf ihn zukommen würde.

»Hör mir zu Martin, das hier ist wichtig«, sagte Paul. »Fiete war ein Android. Er war es, der die Menschen auf Amrum ermordet hat. Er wollte es dir in die Schuhe schieben. Deswegen deuteten alle Beweise in deine Richtung.«

Paul wusste nicht, womit er sich Martins Vertrauen gesichert hatte, aber Martin hörte aufmerksam zu, ohne zu hinterfragen, was er ihm sagte.

»Aber warum das alles? Fiete!«, sagte Martin.

»Du bist ihm doch selbst am Strand von Nebel begegnet. Hast du keinen Verdacht geschöpft?«, fragte Paul.

»Ich war verliebt und ich dachte, Fiete war es auch«, sagte Martin.

»Ich denke, auf seine eigene Art und Weise war er das«, sagte Daneel.

»Zum Schluss hatte er ein schlechtes Gewissen. Mit dem Mord an Rüdiger hat er versucht, dich zu entlasten. Ich befürchte, das war zu spät«, sagte Paul.

»Rüdiger ist tot?«

»Hör mir jetzt gut zu, Martin. Du musst dir einen sehr guten Anwalt nehmen und darfst mit niemandem sonst reden. Es ist AndroGen Z, die hinter der Sache stecken. Sie wollen nicht zulassen, dass ein Android des Mordes angeklagt wird. Deswegen haben sie ihn erschießen lassen.«

»Ich denke, das ist genug«, unterbrach ein Mann des Sondereinsatzkommandos das Gespräch, quetschte sich zwischen Paul und Martin und fing an, Daneel und Paul wegzuschieben.

»Deine Anwälte sollen mich in den Zeugenstand rufen. Ich werde für dich aussagen«, rief Paul Martin zu, der inzwischen wieder in sich zusammengesunken war und seinen Kopf zwischen den Händen hielt.

Ein zweiter Helikopter landete unweit des ersten. Außer dem Piloten saß nur eine weitere Person darin. Ein Mann in schwarzem Anzug, die schusssichere Weste gut sichtbar unter dem weißen Hemd. Sein graues Haar war kurz geschnitten und saß so fest wie ein Helm. Es war der Einsatzleiter; er wollte sich persönlich versichern, dass die Operation erfolgreich beendet wurde. Er bedankte sich bei Paul und Daneel für ihre Mithilfe bei der Festnahme eines so gefährlichen Kriminellen. Als Paul daraufhin protestierte, hörte er überhaupt nicht zu.

Er bot ihnen an, sie im Helikopter mit nach Amrum zurückzunehmen; sicher würden sie noch ihre Sachen von der Insel holen wollen.

Der Helikopterflug dauerte nicht lange, schließlich war es nur ein Katzensprung von Föhr nach Amrum. Paul schaffte es dennoch, beim Anblick der Amrumer Küste neuen Mut zu schöpfen. Er hatte eine Entscheidung zu treffen. Er wusste, dass seine Karriere in Kiel beendet war, sollte er tatsächlich für Martin vor Gericht aussagen. Aber er wusste auch, dass er Martin nicht im Stich lassen würde.

Eventuell drohte ihm sogar eine Versetzung. Aber er hatte schon eine Idee, wo es eine offene Stelle für ihn geben könnte. Er schaute neben sich zu seinem Partner. Er würde ihn vermissen und er stellte sich vor, dass Daneel auch ihn vermissen würde. Ein alberner Gedanke, aber ihm gefiel die Vorstellung. Daneel hatte sich als echte Bereicherung seines Lebens erwiesen, sie waren sich so gut wie nie uneinig. Nur anfangs hier auf Amrum und was Vlad betraf. Doch von jetzt an würde es wohl auch egal sein, was Daneel über Avas Fall dachte. Denn Paul würde nicht nur ihn, sondern auch den Fall loslassen müssen. Und zum ersten Mal seit über zwei Jahren fühlte er sich dazu bereit.

Für einen Moment genoss er den Ausblick auf das Meer und schaute den Wellen zu, wie sie an die Amrumer Küste brandeten. Die Felder, die Vögel, die Reetdächer, die unter ihnen vorbeiflogen. Das alles war innerhalb einer Woche fast so etwas wie eine Heimat für ihn geworden.

Beeke erwartete sie an dem behelfsmäßigen Landeplatz. Irgendwie passte es, dass die Reise hier enden sollte. Hier, auf dem Fußballplatz des TSV Amrum. Ein Teil der Mannschaft stand neben dem Feld und wartete genauso gespannt auf Neuigkeiten wie Beeke. Sicherlich hatte sich die Information, dass Fiete zusammen mit Martin geflüchtet war, auf der Insel verbreitet wie ein Lauffeuer.

Paul fiel halb aus dem Helikopter hinaus. Er hatte fast das Gefühl, der adrett gekleidete Einsatzgruppenleiter vom BND hatte ihm einen Schubser verpasst.

Und ehe sich Paul wieder aufrappeln konnte, war der Hubschrauber auch schon abgeflogen.

Beeke stürmte auf Paul und Daneel zu.

»Was ist los, was ist passiert?«, fragte sie, sobald der Lärm der Rotorblätter verebbt war.

»Sie haben Fiete erschossen und Martin festgenommen. Ich befürchte, jemand will dafür sorgen, dass Martin verurteilt wird«, sagte Paul.

Beeke starrte ihn an, als konnte sie nicht glauben, was sie da hörte.

»Aber warum?«, fragte sie.

»Die Alternative wäre zuzugeben, dass es einen mordenden Androiden ohne GPS gab«, sagte Paul. »Überleg doch mal, was das bedeuten würde. Die ganze Panik und Angst, die die Menschen vor Androiden hatten und zum Teil auch noch haben, wären auf einmal legitimiert.«

»Was redest du da?«, sagte Beeke. »Du wirst doch auf deine alten Tage nicht zum Verschwörungstheoretiker? Welchen Grund sollte jemand haben, AndroGen Z zu decken.«

»Ich weiß nicht, warum«, sagte Paul. »Aber ich bin mir sicher, dass der Schütze nicht zufällig alle Beweise vernichtet hat.«

Paul und Daneel berichteten Beeke auch noch die restlichen Details ihrer Verfolgungsjagd.

»Jon hat was gemacht?«, fragte Beeke entsetzt. »Na, dem werde ich was erzählen. Wo ist er? Ich habe ihn doch eben noch gesehen.«

Sie schauten sich um. Beeke hatte recht. Inmitten der Gruppe Schaulustiger, die sich am Fußballplatz versammelt hatten, stand Jon und guckte interessiert dem davonfliegenden Helikopter hinterher.

Paul fühlte eine gewisse Erleichterung. Die letzten Stunden hingen ihm nach wie ein Schock, da kam ihm die gute alte Polizeiarbeit gerade recht.

Zielgerichtet marschierte die kleine Gruppe auf Jon zu, dessen Gesichtsausdruck sich beim Anblick der drei Ermittler verdunkelte.

»Wir müssen reden, Jon«, sagte Beeke. »Warum um alles in der Welt hast du uns nichts von der Kamera erzählt?

Wusstest du, dass Fiete der Mörder war, und hast ihn gedeckt? Damit er dein dusseliges Fußballspiel gewinnen konnte?«

Jons neu gewonnene Körperspannung verschwand, als wäre sie vom Küstenwind davongeweht worden.

»Ich, ich ...«, stammelte er. »Ich schwöre, ich wusste von nichts. Ich hätte doch nicht meinen Bruder ... Beeke, du musst mir glauben.«

Die Panik in Jons stimme war deutlich zu spüren.

»Hast du die Videoaufnahmen gesehen?«, fragte Beeke.

»Nein, als ich wieder Zugriff hatte, waren alle Videoaufnahmen gelöscht«, erwiderte Jon.

»Und dir kam nicht in den Sinn, uns davon zu erzählen?«, fragte Paul.

»Ich, ich dachte, ich hätte die Daten irgendwie selbst gelöscht«, sagte Jon.

»Du weißt schon, dass es illegal ist, versteckte Kameras zu installieren?«, sagte Paul.

»Du weißt, dass das nicht gut ausgehen wird für dich«, sagte Beeke.

Jons Gesicht war rot angelaufen, und er nickte nur stumm auf ihre Fragen. Beeke drehte sich zu Daneel und Paul und lächelte die beiden unvermittelt an.

»Okay, ich denke, ich habe etwas, das euch aufmuntern wird«, sagte Beeke.

Paul zweifelte sehr stark an Beekes Aussage.

»Kommt mit.«

Beeke, Paul und Daneel machten sich auf den Weg. Paul war dankbar, denn er hatte für lange Zeit genug von Fußballplätzen. Die beiden folgten Beeke zu ihrem Auto, und nach kurzer Fahrt standen sie auch schon vor dem Anwesen von Hans. Paul hatte von der ganzen Fahrt nichts mitbekommen. Die Häuser und Straßen waren einfach an ihm vorbeigeflogen.

»Was machen wir hier?«, fragte er.

»Ich denke, ich habe einen Nutzen für die DNA-Datenbank gefunden«, sagte Beeke.

Hans war überglücklich, sie alle wiederzusehen.

»Oh, wundervoll, habt ihr den Übeltäter herausgefunden?«, fragte er, als sie sich an seinen Küchentisch setzten.

»Ich denke schon«, sagte Beeke. »Ist Britta da?«

»Ja, ich kann sie holen, wenn ihr sie sprechen möchtet«, sagte Hans, und Beeke nickte ihm zu.

Er ging in ein Nebenzimmer am Ende des langen Raums und kam gemeinsam mit seiner Frau zurück an den Tisch. Britta wirkte nervös beim Anblick der drei Ermittler.

»Was macht ihr denn hier? Erzählt mir nicht, dass ihr noch immer dem Zigarettengeist hinterherjagt.«

»Tatsächlich kann ich dir mitteilen, dass die Jagd vorbei ist«, sagte Beeke.

»Wer ist es gewesen? Ich will die Namen der Verantwortlichen«, sagte Hans.

»Ich weiß, dass du es warst, Britta«, sagte Beeke.

»Und welche Beweise willst du dafür haben?«, fragte Britta.

»Ich habe eine DNA-Probe von den Zigaretten entnommen, die du mir gegeben hast, Hans«, sagte Beeke. »Und habe die DNA mit den Proben vom großen DNA-Test verglichen.«

Einen kurzen Moment war es still im Raum, dann begann Hans zu sprechen.

»Aber Schatz, warum hast du denn nichts gesagt?«, sagte er. »Ich hätte dir doch einen Aschenbecher geben können.«

»Ich dachte, du bist dagegen, dass ich wieder mit dem Rauchen angefangen habe«, sagte Britta kleinlaut.

»Natürlich bin ich dagegen«, sagte Hans. »Ich will, dass du sofort wieder aufhörst. Aber das heißt ja nicht, dass du gleich unsere Auffahrt beschmutzen musst.«

»Ach, Hans«, sagte Britta schluchzend und umarmte ihren Mann liebevoll.

»Wir machen uns auf den Weg«, sagte Beeke. »Ich denke, unsere Hilfe wird hier nicht mehr benötigt.«

»Dir ist bewusst, dass du nicht einfach einen DNA-Abgleich mit der Datenbank machen darfst«, sagte Daneel.

»Na klar ist mir das bewusst. Aber Britta und Hans nicht«, sagte Beeke. »Ich wusste von dem Moment, als ich Brittas alles durchdringenden Rosenduft gerochen habe, dass sie etwas zu verbergen hatte.«

»Den Geruch von Zigaretten?«, fragte Daneel.

»Ganz genau. Und als sich dann auch noch die Zigarettenmarke geändert hat, und zwar an dem Tag, nachdem wir mit ihr gesprochen hatten, war es nicht mehr von der Hand zu weisen«, sagte Beeke. »Außerdem kenne ich Britta.«

Sie blickte stolz zu Paul, der anerkennend nickte.

»Aber wofür dann noch der DNA Test?«, fragte Daneel.

»Den brauchte ich nur als Drohgebärde«, sagte Beeke. »Verstehst du nicht? Ich habe überhaupt keinen DNA-Test gemacht. Ich wollte nur, dass sie es selbst zugibt. Es wäre doch eine Schande, wenn ich von euch nicht wenigstens ein paar Tricks gelernt hätte.«

Beeke grinste über beide Ohren, und Paul war begeistert von ihrem cleveren Schachzug.

Kapitel 25

Die Wellen spülten sich in einem melodischen Rhythmus an den Strand. Paul stand an der Stelle, an der sie vor etwa einem Jahr Magnus gefunden hatten. Er wollte ihrer kurzen Bekanntschaft den gebührenden Respekt zollen und freute sich, dass er eine Ausrede gefunden hatte, um ans Meer zu gehen.

In den letzten Monaten hatte er die Ruhe in seinem Leben wiedergefunden. Amrum macht das mit einem, behaupten die Anwohner. Ab und zu verfolgten ihn noch die Bilder aus seinem vorherigen Leben. Die von Menschen überquellende Großstadt. Kneipen, Geschäfte, Restaurants, Kultur. Früher hätte er bei diesen Gedanken Heimweh bekommen. In der Zwischenzeit kam es ihm eher befremdlich vor.

Er war froh, damals die Stelle auf Amrum bekommen zu haben. Dabei hatte er die Vermutung, dass die Offiziellen in Kiel sehr glücklich darüber waren, dass er so weit wie möglich weg war und für die Stelle auf eine Menge Gehalt verzichtete. Es war also eine Win-win-win-Situation.

Die ersten paar Tage war er noch unsicher gewesen, ob er die richtige Entscheidung getroffen hatte, aber die Insel nahm ihn mit Freude auf, und schnell hatte er das Gefühl, endlich seinen Platz gefunden zu haben.

Vor zwei Wochen war Paul nach Kiel gereist, aber seine alte Heimat hatte ihn nicht mit offenen Armen empfangen. Er wäre gar nicht erst dorthin zurückgekehrt, hätte er nicht ein Versprechen einzulösen gehabt. Die Verhandlung von Martins Fall stand an, und die Verteidigung hatte ihn tatsächlich als Zeugen geladen.

Auch sein ehemaliger Chef war gekommen. Mit ernstem Blick starrte er ihn an, als er den Zeugenstand betrat und verschwand ohne ein Wort, nachdem Paul seine Aussage beendet hatte. Der Herr vom BND, der Paul nach Martins Festnahme so heuchlerisch gratuliert hatte, war ebenfalls anwesend. Er wirkte entspannt. Als ob alles im Prozess nach Plan verlief.

Paul berichtete alles, was passiert war, er erzählte von Fiete, wie dieser erschossen wurde, und dass der Mord an Rüdiger ein klarer Beweis war, dass Martin nicht der Mörder sein konnte. Doch er hatte das Gefühl, der Richter hörte ihm gar nicht richtig zu. Gelangweilt saß er in seiner schwarzen Robe am Richterpult und starrte aus dem Fenster, während Paul seine Aussage machte. Er wirkte wie ein Richter, der sein Urteil bereits gefällt hatte. Und Paul befürchtete, dass Martin nicht als freier Mann aus dem Gerichtssaal gehen würde. Dabei war alles, was er gemacht hatte, sich in den falschen Mann zu verlieben.

Auf dem Weg nach draußen traf Paul auf Daneel. Er hatte vor einer Woche ein Update bekommen, Pauls ehemalige Kollegen hatten es ihm berichtet. Leider hatte der Techniker von AndroGen Z einen Fehler gemacht und dabei den gesamten Inhalt von Daneels Speicher gelöscht. Paul war sich sicher, dass dies mit voller Absicht geschehen war, aber das schien sonst niemanden zu interessieren. Es war komisch, Daneel wiederzusehen, ohne dass es wirklich Daneel war. Da stand er – die Frisur, das Gesicht und sogar die Klamotten sahen noch genauso aus wie damals, aber er hatte nicht mehr den Hauch einer Erinnerung an Paul und ihre gemeinsamen Erlebnisse.

Paul hatte die Gelegenheit, wieder einmal in Kiel zu sein, auch dazu genutzt, um einem alten Bekannten einen Besuch abzustatten. Vlad sah ihn verzweifelt an, als er seinen Laden betrat.

»Oh nein, nicht schon wieder«, seufzte er. »Ich dachte, der Spuk wäre endlich vorbei.«

»Ist er auch«, sagte Paul. »Ich bin gekommen, um mich zu verabschieden. Und nicht nur das, ich bin auch gekommen, um mich zu entschuldigen.«

Vlad kniff seine Augen zusammen und zog die Stirn in Falten.

»Auch, wenn es wahr bleibt, dass du zur Tatzeit in der Nähe des Tatortes warst«, sagte Paul. »Sollte dir irgendwann doch noch etwas einfallen, dann ruf mich an. Auch der kleinste Hinweis würde mir weiterhelfen.«

Paul schob einen Zettel mit seiner Handynummer über den Tresen. Vlad zögerte. Offensichtlich war er noch immer besorgt, Paul könnte im nächsten Moment über den Tresen springen und ihm Handschellen anlegen.

Draußen warf Paul einen letzten Blick auf die schäbige Metzgerei und machte sich von dort aus direkt auf den Weg zurück nach Amrum, zurück in seine neue Heimat.

Auf der Insel hatte es zu regnen begonnen. Paul zog sich die Kapuze seines Regenmantels über den Kopf. Er hatte dazugelernt, denn wie heißt es so schön: Es gibt kein schlechtes Wetter, es gibt nur die falsche Kleidung. Heute war der Tag der Urteilsverkündung. Kein Wunder, dass er sich in Gedanken an seinen Besuch in Kiel verloren hatte.

Paul schaute sich den Sonnenuntergang an. Der ganze Strand war in den Farben des Himmels getüncht. Nichts konnte ihm das gleiche zufriedene Gefühl geben wie der Amrumer Abendhimmel über dem Meer.

Er hatte Martin gefragt, ob er das Bild vom Sonnenuntergang in Nebel bekommen könnte, das dieser damals gemalt hatte.

»Du bist jetzt einer von uns. Eine weitere Seele, die ihre Heimat gefunden hat. Du sollst das Bild haben«, sagte Martin.

Beeke kam ebenfalls an den Strand gestiefelt und stellte sich neben Paul.

»Das Urteil ist gefallen«, sagte sie, als sie Paul erreichte.

»Wie lange?«

»Zehn Jahre.«

»Weniger, als ich befürchtet habe«, sagte Paul erleichtert.

»Er hatte gute Anwälte«, sagte Beeke.

»Ja, das hatte er«, sagte Paul. »Zehn Jahre sind immer noch lang. Aber ich freue mich jetzt schon, ihn wiederzusehen.«